이서영 교장쌤의

오늘도 가슴 뛰는 삶

이서영 지음

이서영 교장쌤의
오늘도 가슴 뛰는 삶

초판 1쇄 발행 2025년 3월 1일

지 은 이   이서영
발 행 인   권선복
편   집   한영미
디 자 인   서보미
마 케 팅   권보송
전 자 책   서보미
발 행 처   도서출판 행복에너지
출판등록   제315-2011-000035호
주   소   (157-010) 서울특별시 강서구 화곡로 232
전   화   0505-613-6133, 010-3267-6277
팩   스   0303-0799-1560
홈페이지   www.happybook.or.kr
이 메 일   ksbdata@daum.net

값 22,000원
ISBN   979-11-93607-74-9 (03810)

도서출판 행복에너지는 독자 여러분의 아이디어와 원고 투고를 기다립니다. 책으로 만들
기를 원하는 콘텐츠가 있으신 분은 이메일이나 홈페이지를 통해 간단한 기획서와 기획
의도, 연락처 등을 보내주십시오. 행복에너지의 문은 언제나 활짝 열려 있습니다.

오늘도 가슴 뛰는 삶

이서영 지음

초등교원의 3% 교장이 되기까지

성공전략 메! 시! 포! 여행으로 에너지 충전!

도서
출판 행복에너지

활기찬 삶으로 전하는
'행복 바이러스'

나에게는 오래 간직한 꿈이 하나 있었다. 40여 년간의 교직 생활을 마치며, 소박하게나마 나의 삶을 담은 작은 수필집을 내고 싶다는 바람이었다. 2001년부터 한 편씩 꾸준히 써온 글들을 모아 퇴임할 즈음에 책으로 엮어서, 지금까지 응원해 주고 지지해 준 동료들과 선후배들에게 퇴직 기념으로 따뜻한 '이별 선물'을 전하고 싶었다.

그러던 어느 날, 우연히 김선옥 작가님의 저서 『당신의 삶도 이미 베스트셀러다』를 읽게 되었다. 책장을 넘기며 '나의 삶도 베스트인데?'라는 생각이 들었고, 출간 시간을 조금 앞당겨도 좋겠다는 용기가 생겼다.

사실 글을 쓰게 된 계기는 '예비 엄마 수기 공모' 참여였다. 그동안 써 온 글들은 결혼 생활의 단상, 학교 현장의 에피소드, 자녀

교육 경험, 행복한 학교 경영 이야기, 여행 후기 등으로 다양하다. 기록한 글들을 다시 꺼내 보니, 수정 보완할 점이 적지 않았다. 그간 월간지와 계간지 등에 실렸던 글들도 다시 읽어보니 낯 뜨거운 부분들이 있었고, 이번 책에 담기에 적합하지 않은 내용도 있었다. 그렇게 그동안 써 두었던 글들을 고쳐 쓰고, 거기에 새로운 주제를 더해 1년 동안 열심히 다듬어 이 책을 완성한 것이다.

출간을 결심하기까지 망설임도 많았다. 필자보다 더 능력 있고 글재주가 좋은 사람들도 많고, 학교 경영자로서 훌륭한 분들도 많은데, 이렇게 나의 삶을 책으로 펴낸다는 것이 한편으로 매우 조심스러웠다. 그럼에도 불구하고 책을 펴내기로 결정한 것은, 무엇보다 '새로운 일, 하고 싶은 일'에 도전하고자 하는 마음이 컸기 때문이다. 그리고 이 책이 학생들에게는 품격 있는 사람, 창의적인 사람, 주도적인 사람으로 성장하는 데 조금이나마 도움이 되었으면 하는 바람도 있었다. 또 교사, 학교 경영자, 학부모, 직장인, 은퇴를 앞둔 사람들에게는 지금보다 좀 더 행복한 삶을 살아가는 데 작은 '쉼표'가 되었으면 한다. 이것이 바로 '책의 힘'이라 생각한다.

요즘 교권 침해와 생활지도의 어려움으로 공교육이 무너지고, 학교 현장을 떠나는 교사들이 많아지는 현실이 무척 안타깝다. 최근 교육계의 크고 작은 사건들로 인해, 학교 현장은 무기력과 상실감으로 교사로서의 사명감을 찾기가 더욱 어려워졌다. 이를 다시 회복하고 학교 교육과정이 정상적으로 이루어지기를 간절히 바라는 마음이다. 이를 위해 정부와 교육공동체 모두가 함께 노력해야 할 때라고 생각한다. 학교 현장에서 묵묵히 맡은 일을 열심히 수행하시고 있는 선생님들, 행복한 학교를 경영하고자 노력하시는 교감, 교장 선생님들께 나의 소소한 이야기가 응원의 메시지가 되었으면 한다.

이 책은 총 5Part로 구성되어 있다. 시간이나 공간 순으로 엮은 것이 아닌 주제별로 나누었기 때문에 시간 순서는 다소 혼동될 수도 있지만, 다양한 이야기를 유기적으로 담고자 노력했다. Part I 부터 Part Ⅲ까지는 일상생활과 직장생활 중 행복했던 일들, 소중한 인연들, 그리고 학교 현장에서 학생들과의 만남 등 지금까지 가슴 뛰고 행복했던 일들로, 좀 더 아름다운 세상을 만들고 싶은 염원을 담았다. Part Ⅳ에서는 여름과 겨울방학을 이용해 다녀온 해외여행 중 새롭게 알게 된 내용, 설렘, 감동 등을 담았다. Part Ⅴ는 100세 시대를 맞아 은퇴를 준비하는 과정과 은퇴 후 하고 싶은 일 등 퇴직 전후의 설계 내용을 담았다. 그리고 본문에 실린 명언들은 수많은 명언 중 내용 전달에 가장 도움이 된다고 생각한 것들을 최대한 선택하여 실었다.

무엇보다 이 책이 나올 수 있었던 것은 우리 글자, '한글' 덕분이다. 한글 덕분에 생각과 마음속 이야기를 자유롭게 표현할 수 있었기에, 다시 한번 고마움을 느낀다. 책을 쓰는 1년여 동안 매우 행복했다. 한 편의 글을 완성하고 다시 수정하는 과정에서 큰 기쁨을 맛보았고, 그 과정에서 스스로 성장하는 모습도 발견하게 되었다.

마지막으로 많은 시간과 경험을 함께한 가족과 지금의 나를 응원하고 지지해 주신 모든 분께 무한 감사를 드린다. 특히 빛과 소금 같은 남편의 지지와 응원, 행복한 가정을 꾸려준 아들과 며느리, 건강하고 행복하게 자라고 있는 손자들이 내 힘의 원동력이다. 그리고 끝까지 글쓰기를 코칭해 주신 김선옥 작가님, 이 책이 세상에 나올 수 있도록 따뜻한 관심과 애정을 보내주신 (도)행복에너지 권선복 대표님, 원고 검토로 애써 주신 한영미 작가님, 디자인 편집으로 고생하신 서보미 디자이너님께도 깊이 감사드린다.

2025년 2월

이 서 영

여행하듯이 살아온
가슴 뛰는 삶

고대 그리스 신화 스토리텔러이자 교육자인 미국 작가 이디스 해밀턴(Edith Hamilton)은 퇴직을 준비하면서 한 권의 책을 쓰기로 마음먹었다. 어릴 때부터 즐겨 읽었던 고대 그리스 신화와 비극 작품들을 독자들이 쉽게 이해할 수 있도록 정리하는 것이다. 그녀는 볼티모어에 있는 브린 모어 여학교 교장으로 25년간 봉직하고, 60세에 은퇴한 후 드디어 책을 쓰기 시작했다. 63세가 되던 1930년, 『고대 그리스인의 생각과 힘』이란 책 제목으로 생애 첫 작품을 발표한다. 이 책은 '고대 그리스 세계'를 20세기의 독자들에게 생생하게 보여주면서 뜨거운 호응을 얻었고, 그녀는 순식간에 스타덤에 올랐다. 이후 백악관에서 강의하는 단골 강사가 되었다. 해밀턴은 이렇게 새로운 인생 2막을 시작하면서, "우리의 과거는 그저 서막에 불과할 뿐이다."라고 고백했다. 뜻을 세우고 자신의 삶을 변화시키는 여러 방법 중에서 책 쓰기만큼 탁월한 것은 없다.

여기 이서영 작가 또한 현재 초등학교 교장으로, 퇴직을 준비하면서 책을 출간하기로 마음먹었다. 36년간 교직에 있으면서 여행하듯이 살아온 가슴 뛰는 삶을 한 권의 책으로 엮는 것이다. 이렇게 은퇴를 앞두고 개인 저서를 남기고 싶은 마음은 인지상정이리라. 이디스 해밀턴이 그랬고, 필자가 그랬으며, 이서영 작가가 그렇다.

이 작가를 알게 된 것은 필자의 저서 『당신의 삶도 이미 베스트셀러이다』를 읽고 이메일을 보내와서이다. 이렇게 책이 인연을 맺어주어, 책 쓰기 코칭까지 하게 된 것이다. 이 작가는 수필집을 내는 것이 꿈이었기에, 2001년부터 다양한 주제로 글을 쓰기 시작했다. 일상생활, 교직 생활, 자녀 교육, 여행 후기, 월간지 및 계간지에 기고 등 이미 작가로 활동하고 있었다. 이 모든 글을 모으고, 미처 쓰지 못한 내용을 써서 신간 『이서영 교장쌤의 오늘도 가슴 뛰는 삶』을 출간하게 된 것이다.

이 작가에게 학생들과의 만남은 삶의 활력소였고, 학교는 행복의 공간이었다. 인사이동으로 옮겨가는 학교마다 새롭게 만나는 학생, 학부모, 직장동료 모두가 행복바이러스가 되었다. 그렇게 활기차고 행복한 교직 생활을 한 지 36년째, 곧 은퇴를 앞두고 이 책을 출간하게 된 것이다.

레오나르도 다 빈치(Leonardo di ser Piero da Vinci)가 말한 "행동하는 것이 중요하다. 아는 것으로 그쳐서는 안 된다."처럼, 이 작가야말로 아는 것에 그치지 않고 행동으로 옮기는 실천가이다. 꿈의 크기가 곧 그 사람의 인생 크기이듯이, 교장으로서 추진력과 지치지 않는 열정으로 학생들을 변화시키고 교직원과 학교를 변화시켜 왔다. 독서 분위기 조성, 수업 방법 개선, 공간 혁신 변화 등 행정가로서 학교 경영에 최선을 다했음을 이 책을 통해 알 수 있다.

그 가슴 뛰는, 행복한 삶을 이렇게 책으로 펴낼 수 있게 되어 진심으로 축하드리며, 이 책이 삶에 지친 독자들에게 쉼을 주고, 행복한 삶으로 이끄는 데 마중물이 되었으면 한다. 책 출간 후 새로운 인생 2막에서 교육자로서의 삶은 인생 서막에 불과했다고 고백하기를 바라며, 그림에도 소질이 있어 개인 전시회를 열 정도이니, 앞으로 미술 작품활동도 기대된다. 그리고 이 작가의 주머니 속에는 아직도 간직한 꿈이 많으니, 꿈을 펼칠 때마다 더욱 가슴 뛰는 삶이 펼쳐지리라 확신한다.

테라폰 책쓰기코칭아카데미

대표 김선옥

CONTENTS

004   시작하며
008   추천사

Part I   행복한 리더의 스마트한 선택

016   가장 아름다운 선택, 나만의 길 찾기
023   내 인생의 성공 키워드, 메! 시! 포!
030   교원의 3%만 교장이 되는 이유
037   꿈과 끼를 채우는 공간, 채움뜰 이야기
044   공간혁신, 삶을 디자인하다
051   육아휴직은 선택이 아니라 삶의 기본권
059   책이 주는 힘, 실패 없는 도전의 시작

Part II   사람과의 연결이 행복을 만든다

068   학교에서 시작되는 행복 네트워크
075   내 인생의 멘토, 송일남 선생님
081   아침 밥상머리, 가족 행복의 시작점
089   사랑동 가족이 선물한 소중한 시간
095   빈센트 반 고흐와의 특별한 만남
102   두 여자, 통영을 누비다
110   부(富)의 대물림보다 사랑 대물림
117   김선옥 작가와의 만남, 내 인생의 터닝포인트

Part Ⅲ 교장쌤이 들려주는 행복 마스터 클래스

126   교장쌤, 행복은 어디에 있나요?
131   물고기 잡는 법을 배우는 지혜
138   칭찬, 성장의 비밀 무기
146   꿈과 끼, 그리고 감성을 키우는 제자들에게
153   백록담에서 찾은 작은 행복
160   최고의 성형은 건강한 다이어트
166   첫 개인 전시회, 나의 새로운 도전
172   가야문화에서 찾은 잊지 못할 순간들

Part Ⅳ 해외로 떠나라, 성장·힐링·감성 UP

182   영어듣기 만점의 꿈, 캐나다로 떠나다
188   해상 실크로드, 장보고의 발자취를 따라
195   태국, 슬픈 미소 속에서 감성을 발견하다
203   황하문명의 발상지, 중국 베이징 탐험기
211   인도의 길 위, 혜초와 동행하다
221   도스토옙스키의 도시, 상트페테르부르크
228   북해도, 여름의 쉼표를 찍다
235   동유럽, 로맨틱 감성과 배움의 여정
243   미국 서부, 초등교육 현장에서 얻은 통찰
250   북유럽, 젊은 무지개가 뜨다

Part V ▶ 은퇴 무렵의 가슴 뛰는 삶

262   5년 후의 나를 디자인하다

268   교과서 속 식물도감을 내 손으로

275   오색 빛깔 취미로 행복을 그리다

282   품격 있는 인생을 살아가는 법

288   전국 17개 도시에서 1주일씩 살아보기 프로젝트

296   행복을 나누다, 봉사로 완성하는 내 삶

303   스포츠댄스로 S라인 도전하기

310   맺음말

312   출간후기

- 가장 아름다운 선택, 나만의 길 찾기
- 내 인생의 성공 키워드, 메! 시! 포!
- 교원의 3%만 교장이 되는 이유
- 꿈과 끼를 채우는 공간, 채움뜰 이야기
- 공간혁신, 삶을 디자인하다
- 육아휴직은 선택이 아니라 삶의 기본권
- 책이 주는 힘, 실패 없는 도전의 시작

Part Ⅰ

행복한 리더의
스마트한
선택

가장 아름다운 선택,
나만의 길 찾기

"나의 선택이 나의 삶을 만든다."
– 카렌 케인(Karen Kain)

삶은 선택의 연속이다. 아침 식사로 무엇을 먹을까? 어떤 옷을 입고 출근할까? 등 매일매일 선택하며 살아가고 있다. 그래서 프랑스 작가 장 폴 사르트르(Jean-Paul Sartre)는 "인생은 B(Birth)와 D(Death) 사이의 C(Choice)"라고 말했을 것이다. 지금까지 살아오면서 해온 많은 선택 중에 '나를 행복으로 이끌었던 가장 아름다운 선택은 무엇일까?' 하고 곰곰이 생각해 보았다.

그림으로 상을 받은 것은 초등학교 4학년 때가 처음이다. 교내 사생대회 때, 정물화를 그려서 제출했는데, 놀랍게도 최우수상을 받은 것이다. 초등 4학년생들이 그림으로 상을 받는 일은 무수히 많기에 무심코 넘겼었다. 그리고 이후 그림에는 관심을 둔 적이 없었다.

대학교 2학년 말, 초등교육을 전공하고 있는 학생들은 3학년이 되면 심화 과정을 선택한다. 심화 과정은 초등교육 전공 외 다른 교과 중에서 좀 더 깊이 있게 공부할 부전공을 선택하는 것이다. 당시 교육학과 미술교육을 두고 고민하다가 결국, 교육학을 선택했다. 이유는 그동안 초등교육을 공부했으니 교육학에 대해 더 공부할 자신이 있었고, 또 우리 과의 50%가 교육학을 선택했으니 못 할 것은 없겠다는 생각에서였다.

또한 중등 미술교육을 전공한 친구들과 함께 수업을 들어야 했기 때문에, 학점을 잘 받을 자신도 없었다. 한국교원대학교는 일반 교육대학과 달리 유아교육부터 미술교육까지 유·초·중·고 모든 교과를 공부할 수 있는 종합대학이었다. '대학 입학 전부터 미술 실기와 입시 준비를 해온 미술교육과생들을 내가 무슨 재주로 이길 수 있을 것인가?' 하는 부담감 때문에 자신이 없었다. 그들과 함께 공부한다고 생각하며 처음부터 다시 배우겠다는 자세로 임했다면 미술교육과를 선택했을 것이다. 하지만 결국 교육학을 선택하여 대학 공부를 마치게 됐다.

대학 졸업 후, 초등학교 교사가 되어, 직장 생활하면서 한동안 그림도 잊고 정신없이 살았다.

어느 날, 같은 학교에 근무하는 선생님의 소개로 우연히 문인화를 만나게 되었다. 화실을 방문한 그 첫날, 내 가슴이 얼마나 뛰었는지 모른다. '내 안에 그림이 자리하고 있었구나!' 하고 그제야 알게 되었다. 복잡한 학교 일로 머리가 아픈 날, 가정일로 속상할 때도 화실에 들어서면 솔솔 피어나는 묵향과 화실 벽에 죽 걸려 있는 동료들의 그림이 복잡한 내 머리를 말끔하게 씻어주었다.

체본(體本)을 하시는 선생님의 손끝만 봐도 가슴이 설레었다. 수련잎 사이에서 살짝 고개를 내민 개구리를 그리시고는 마지막 눈동자를 '콕' 찍는 그 순간이 나에겐 얼마나 가슴 뛰는 순간이었는지 모른다. 바구니에 가득 담긴 석류, 그 석류가 '펑' 터져 석류알이 한 알 한 알 모습을 나타내는 그 순간을 보는 것도 참으로 놀라웠다. 퇴근 후 화구통을 어깨에 메고 '묵정 화실'을 드나들 때가 참으로 행복했었다. 그림을 시작한 지 얼마 되지 않은 나에게 이렇게 행복한 순간이 많았던 것은 화실 선생님이 해주신 칭찬과 격려 덕분이었으리라.

그렇게 문인화 공부를 2년 정도 하고 나서, 좀 더 깊이 있게 그림 공부가 하고 싶어졌다. 대학 졸업할 때 대학원 공부는 절대 하지 않겠다고 큰소리친 적이 있었는데, 학부 시절 초등교육 전공에 또 심화 과정으로 교육학을 하다 보니 공부가 심드렁해졌다고나 할까? 교육학 공부에는 더 이상의 미련은 없었지만, 화실에 다니면서 대학원에 가서 좀 더 체계적으로 미술교육을 공부하고 싶었다.

교육대학원 미술교육을 공부하기로 하고, 퇴근 후 다닐 수 있는 가까운 대학교의 교육대학원을 알아보았다. 초등학교에 다니는 두 아이도 돌보아야 했으므로 남편의 도움도 필요했다. 평소 필자가 하는 일에 흔쾌히 지지하지 않던 남편이 대학원 공부는 도와주겠다고 했다. 남편의 적극적인 지원으로 퇴근 후 화요일과 목요일, 이렇게 주 2회 2년간 열심히 공부하러 다녔다.

밤늦게 운전하는 길인데도, 그 운전이 힘들지 않았다. 참 신기하기도 했다. 절실한 일, 꼭 하고픈 일을 할 때는 무엇을 해도 힘듦보다 오히려 힘이 솟고 흐뭇함이 앞섰다. 집안일, 학교 수업과 생활지도, 그리고 학급 운영도 벅찰 때인데 오히려 학교생활이 신났다. 대학원 가는 길에 피어오르는 아지랑이도 아름다웠다. 창문 밖의 찬 공기도 시원해서 좋았고 주변의 풀들도 나에게 사랑한다고 말하는 듯했다.

대학원 공부하는 기간에 직장에서와 대학원에서는 늘 즐거웠으며, 가정도 더 화목해졌다. 교육대학원 수업으로 미술교육에 대한 이론과 실제, 미술 감상 비평, 한국화, 서양화, 조소 등 다양하게 공부했고, 어느 때보다 실기도 열심히 했다. 대학원 공부가 학생 지도에도 많은 시너지 효과를 냈다. 지금도 지도해 주셨던 교수님들의 열정이 눈에 선하다.

당시 대학원 수업을 4명이 함께 들었는데, 가끔 만나서 그때를 회상하며 수다를 떨기도 한다. 앨런 코헨(Alan H. Cohen)은 이렇게 말했다.

"오늘의 선택이 내일의 현실을 만든다."

문인화 화실에서 시작한 그림을 지금도 놓지 않고 조금씩 그리고 있다. 때로는 같이 근무하는 교사들에게 연수하기도 하고, 미술 교과 연구회 활동에 참여하기도 한다. 미술 관련 대회에 참가하여 수상도 했다. 미술 관련 동아리 활동에 참여하며 만나는 사람의 폭을 넓히기도 했다. 지금은 세종사생회 회원으로 정기 전시회에 참여하고 있다. 회원 중, 어떤 회원은 연 5~6회 이상 전시회를 열기도 한다. 필자는 직장업무로 인해 자주는 열지 못하지만, 연 1회는 꾸준히 참여한다. 그림을 놓지 않고 꾸준히 참여하는 것이 나의 목표이기에, 정기 전시회만이라도 성실히 참여하려고 한다.

올해는 5월에 정기 전시회가 있다. 어떤 작품을 준비할지 구상 중이다. 작년에는 큰며느리가 손자를 데리고 바닷가 근처에서 산책하는 모습을 그렸었다. 제주도 한 달 살기 하러 간 큰아들네가 사진을 찍어 보내왔었다. 그 사진에 있는 모습이 내 마음을 울렸다. 그렇게 아름다운 모습을 본 적이 없었기 때문이다. 제주도 애월 부근 바닷가 근처에서 손자의 손을 잡고 걷는 며느리 모습은 모네의 '양산을 든 여인'을 떠올리기에 충분했다. 아니, 며느리가 양산을 들지 않았는데도 카미유보다 더 아름다웠다. 내가 달려가 양산을 씌워주고 싶을 만큼 예뻤으니까.

제임스 클리어(James Clear)는 이런 말을 남겼다.

"모든 큰 변화는 작은 선택에서 시작한다."

대학 3학년 때 선택하지 못한 심화 과정에 계속 미련을 두고 있다가, 늦게라도 선택하여 그림을 그리기 시작한 것이 내 인생에서 가장 아름다운 선택이다. 만약 대학 때 부전공으로 미술교육을 선택했더라면 나의 삶은 달라졌을까? 지금 와서 후회하지는 않지만, 그때의 아쉬움이 있었기에 화실에 가서 감동받고, 대학원도 신나게 다녔으리라.

애나 메리 로버트슨 모지스의 저서 『인생에서 너무 늦은 때란 없습니다』에서는 삶은 스스로 선택하여 만드는 것이라는 것을 잘 말해 주고 있다. 그녀는 76세의 늦은 나이에 한 번도 배운 적이 없는 그림을 그리기 시작했다. 그녀만의 아기자기하고 따뜻한 정서를 담은 그림들이 어느 수집가의 눈에 띄어 세상에 공개되었다. 88세 때에는 '올해의 젊은 여성'으로 선정되었고, 93세 때에는 〈타임〉지 표지를 장식했으며, 그녀의 100번째 생일은 '모지스 할머니의 날'로 지정되었다. 이후 존 F. 케네디 대통령은 그녀를 '미국인의 삶에서 가장 사랑받는 인물'로 칭했다. 그녀는 말한다. "정말 하고 싶은 일을 하세요. 당신의 나이가 이미 80이라 하더라도요."

세상에서 가장 아름다운 선택이란 무엇일까? 어떤 이는 돈을 많이 버는 일이라 할 것이고, 어떤 이는 좋은 직장을 갖는 일이라 할 것이다. 어떤 이는 명예를 얻는 일이라 할 것이며, 또 어떤 이는 좋은 사람을 만나는 것이라 할 것이다.

그러나 필자는 이렇게 말하고 싶다. 애타게 하고 싶은 일, 사무치게 그리운 일, 가슴 설레는 일, 작은 것에도 행복을 느끼는 일을 하는 것. 그것이 세상에서 가장 아름다운 선택이라고.

혹, 하고 싶은 일이 있는데 용기가 부족하여 아직도 망설이는 사람이 있다면, 지금이라도 시작해 보길 권한다. 늦었다고 생각할 때가 가장 빠르다고 하지 않던가? 늦은 때란 없다. 내가 시작하는 때가 가장 빠른 때다.

봄나들이 (2023. 세종사생회 전시작)

이서영 교장쌤의 오늘도 가슴 뛰는 삶

내 인생의 성공 키워드,
메! 시! 포!

> "성공하기까지는 항상 실패를 거친다."
> – 미키 루니(Mickey Rooney)

성공 키워드 '메! 시! 포!'는 하고 싶은 일 또는 이루고 싶은 목표를 '메모하기, 시작하기, 포기하지 않기'의 첫 글자를 딴 것으로, 지금의 필자로 성장하는 데 밑거름이 되어주었다.

강규형 작가의 저서 『성과를 지배하는 바인더의 힘』에는 메모하기의 힘이 잘 나타나 있다. 1979년 하버드 경영대학원 졸업생들에게 명확한 장래 목표를 설정하고 기록하여 이를 위한 계획을 세웠는지 질문한 결과, 그들 중 3%만이 메모하여 계획을 세웠다고 답했다. 13%는 목표를 머릿속에만 가지고 있고 기록은 하지 않았으며, 나머지 84%는 구체적인 목표를 세우지 않았다고 답변했다.
10년 후 그들을 대상으로 다시 조사했을 때, 결과는 놀라웠다. 목표는 있었으나 기록하지 않았던 13%는 목표가 없었던 84%보다 평균 2배의 수입을 올리고 있었고, 목표를 종이에 기록했던

3%는 나머지 97%에 비해 평균 10배가 넘는 수입을 올리고 있었다고 한다. 이는 목표를 종이에 기록하면 목표 스스로가 목표를 이룰 힘을 가진다는 것이다.

필자 또한, 첫 번째 성공 키워드인 '메모하기'를 실천하게 된 계기가 있었다. 그것은 2005년, 처음으로 과학부장을 맡았을 때의 진로 교육 담당자 연수에서였다. '글로벌 시대, 진로 교육의 중요성'이란 주제의 연수로 기억되는데, 이때 신선한 충격을 받았다. 19년 전의 일이라 강사님의 성함은 잘 생각나질 않지만, 그분이 말씀하시기를 "메모하면 하고 싶은 목표가 이루어진다."라는 것이다. '기록하면 정말 이루어진다고?' 의문이 생기기도 했지만, 그 말을 믿고 실천하고 싶어졌다. 그렇게 나의 미래를 위한 성공 키워드 '메모하기'가 시작되었다.

존 고다드(John Goddard)의 『꿈의 목록』에는 이런 내용이 있다.

> *"127개의 꿈 목록을 메모했다. 그리고 그 목록을 항상*
> *가지고 다니면서 시간이 날 때마다 꺼내 보며 자신이*
> *꿈을 이루는 모습을 상상했다. 그래서 그중,*
> *103개를 이루었다."*

정말 메모만 했다고 해서 성공이 찾아온 것은 아닐 것이다. 시각화된 목표가 뇌에 작용하고, 이는 상상이 아닌 현실 세계에 서서히 구현되기 시작했을 것이다. 또한, 목표를 종이에 기록함으로써 그 목표가 스스로 이뤄질 힘을 가질 수 있었을 것이다.

이서영 교장쌤의 오늘도 가슴 뛰는 삶

19년이 지난 지금 되돌아보니, 진로 담당자 연수를 받은 후부터 메모하는 습관이 꾸준히 이어진 것으로 기억된다. 그 연수를 해주신 분을 만나게 된다면, 지금이라도 무한한 감사의 마음을 전하고 싶다.

　새해를 맞이하면 우리는 늘 새해 계획을 세운다. 필자 또한 매년 5~6가지 정도의 새해 계획을 메모장에 기록하곤 했다. 다이어트가 늘 첫 번째에 자리 잡았고, 그다음으로는 자격증 취득하기, 대학원 공부, 영어 공부, 연구대회 참가, 표창장 수상, 한국사 등급 받기, 교원미전 출품 등 미래를 위한 새해 계획을 메모했다. 그렇게 꾸준히 목표를 메모하고 행동으로 시작하기를 지금까지 실천해 왔다.

　지그 지글러(Zig Ziglar)는 이런 말을 남겼다.

<blockquote>
"행동하는 사람 2%가
행동하지 않는 사람 98%를 지배한다."
</blockquote>

　두 번째 성공 키워드는 '시작하기'이다. 목표를 잘 세워 메모한다고 해도, 그 목표를 달성하기 위해 시작하지 않으면 아무 소용이 없다. 2005년 이후부터 매년 목표를 설정하고 이를 메모한 후, 실천에 옮겼다. 그중 자격증 취득하기를 계획한 결과, 2006년 워드 프로세서 1급 자격증을 취득하는 데 성공했다. 물론, 다이어트

는 아직도 진행 중이지만 말이다.

　지금은 교육대학교를 졸업하기 전에 워드 자격증을 취득해야 임용고시를 볼 수 있다. 하지만 과거에는 워드 자격증이 필수가 아닌, 승진을 목표로 한 사람들만 선택하는 것이었다. 필자는 마흔 살을 맞이하며 워드 프로세서 자격증을 취득하기로 마음먹었다. 3급부터 시작해 1급까지 도전하겠다는 계획을 세우고, 3급 필기와 실기부터 2급까지는 큰 어려움 없이 합격할 수 있었다. 공부하는 과정에서 느꼈던 기쁨은 이루 말할 수 없었다. 다섯 번의 필기와 실기 합격은 필자에게 커다란 성취감을 안겨주었다.

　이제 남은 것은 최후의 관문, 1급 실기였다. 이 시험만 패스하면, 1급까지 모두 취득하는 데 성공한다. 그런데 그 1급이 그리 호락호락하지 않았다. 처음에는 주변 사람들로부터 여러 번 보고도 떨어졌다는 이야기를 듣고, 최소 세 번은 도전하겠다고 다짐하며 실기 준비를 시작했다. 지금은 IT가 일상이 되다 보니 1급 자격증 획득이 누워서 떡 먹기처럼 느껴지지만, 당시에는 쉽지 않은 시험이었다. 어떤 사람은 열 번째 도전 끝에 합격하기도 했고, 또 다른 이는 1급 시험에 번번이 실패해 승진을 포기하기도 했다고 했다.

　필자도 첫 번째 도전에서 실패했다. 다시 도전했지만, 또 실패, 그리고 세 번째 도전마저 실패로 돌아갔다. 정말이지 난감했다. 이젠 정말 '내가 능력이 안 되나…' 스스로 실망하기도 했다.

　하지만 용기를 내어 상공회의소에 전화를 걸었다. "여보세요?

이서영 교장쌤의 오늘도 가슴 뛰는 삶

수고가 많으십니다. 제가 자격증을 취득하는 데 실패했는데, 어디에 문제가 있었는지 알고 싶습니다. 힘드시겠지만, 확인이 가능할까요?"라고 정중히 문의했다. 다행스럽게도 곧 확인해 보겠다고 하더니, 답변해 주었다. "영문 타자에서 대문자를 소문자로 입력한 것이 11개 나왔습니다."라고.

'그러면 그렇지! 다른 것에서 틀린 것이 아니라 오타였어. 그럼 실망하지 않아도 되는 거야.'

스스로 위로하면서 다시 한번 더 도전하기 위해 원서를 접수했다.

그리고 네 번째 도전하는 그날! 시험 장소로 이동했다. 그리고 시험지를 펼쳐보았다. 시험 문제가 지난번에 봤던 문제와 비슷했다. '아하! 이번엔 꼭 성공할 거야!' 열심히 답을 적고, 지난번에 실수했던 문제의 영문 대문자도 하나하나 확인하면서 모든 점검을 자신 있게 마쳤다. 이번엔 시험을 치르고 검토까지 마쳤는데도 2~3분 정도 남아 여유도 생겼다. 여러 번 실패를 경험하고 보니, 완전하다 싶어도 어딘가 또 잘못된 것이 나타날 것만 같아 이번에는 더 신중하게 점검을 반복했다.

시험 결과를 기다리는 동안에, 시험 치른 사실을 아무에게도 말하지 않았다. 아니, 말하지 못했다. 드디어 발표 날! 아침에 컴퓨터를 켜고 발표 시간을 기다리는 순간 얼마나 떨리던지, 도저히 키보드를 누를 용기가 나지 않았다. 떨리는 마음으로 생년월일을 하나씩 입력한 뒤 눈을 감고 있다가, 한참 후에야 눈을 떠 컴퓨터

화면을 확인했다. 어찌 되었을까?

"합격입니다."

"야호! 합격이다!" 저절로 환호성이 터져 나왔다. 드디어 기다리고 기다리던 그 워드 1급 자격증을 필자도 손에 쥐게 되었다.

하나씩 패스하면서 얻게 되는 기쁨! 그 기쁨은 직접 경험해 본 사람만이 알 수 있다. 가능하면 성공 가능한 것부터 시작하는 것이 좋다. 어떤 자격증이든 곧바로 1급에 도전하기보다 쉬운 급수부터 하나씩 성공의 맛을 느끼는 것을 추천한다.

피터 드러커(Peter Drucker)는 이렇게 말했다.

"미룬 일은 포기해 버린 일이나 마찬가지다."

세 번째 성공 키워드는 '포기하지 않기'이다. 메모하고 시작은 했지만, 세운 목표를 미루거나 포기하면 결과는 나오지 않기 때문이다. 과정을 중시한다고 해도 그 결과가 나오지 않는다면 참 난감하다. 워드 1급 도전에 실패했을 때 포기했다면 1급 자격증 취득의 기쁨은 맛보지 못했을 것이다. 두 번, 세 번 실패해도 다시 도전하기를 여러 번, 포기하지 않는 것이 내 성공 전략이다.

초등학교 6년을 마무리하는 졸업식에서 학교장에게는 훈화 시간이 주어진다. 교장으로서 졸업생들에게 당부하고 싶은 말을 전하는 시간이다. 길게 전하면 지루한 시간이 될 뿐만 아니라, 온전히 전달되기도 어렵다는 것을 잘 안다. 그리고 시간이 많이 주어지는 것도 아니어서, 약 3분 안에 최고의 명언을 남겨야 한다. 즉 간단명료하면서도 임팩트 있는 당부를 해야 한다. 그래서 고민 끝에 지난해 졸업생들에게는 '메시포'를 당부했다. 아르헨티나의 축구선수 메시가 아니고 '메(모), 시(작), 포(기 않기)'의 첫 글자를 가져온 것으로, 이 세 가지를 교장이 된 지금까지의 인생 성공 키워드로 삼았다고 전했다. 그리고 졸업생들도 이 세 가지를 실천에 옮겨 꿈을 꼭 이루기를 바란다고 강력하게 전달했다. 몇 명의 학생들이 '메!시!포!'를 기억하고 실천할지 모르겠으나, 졸업생 중 한 명이라도 '메!시!포!' 실천으로 성공하는 인생에 다가갔으면 한다.

성공하고 싶다면 메모하라, 그리고 그 일을 시작하라. 그리고 시작했으면 포기하지 말아라. 이 세 가지가 교장으로서 졸업생들에게 마지막으로 당부하는 말이다.

교원의 3%만
교장이 되는 이유

"자신감은 성공의 첫 번째 비결이다."
– 랠프 월도 에머슨(Ralph Waldo Emerson)

2023 교육기본통계조사에 따르면 우리나라 유·초·중등 교원 수는 508,850명이다. 그중에 초등 교원 수는 195,087명이다. 초등학교는 6,175개교로, 계산해 보면 초등 교장은 약 6,100명이다. 비율로 계산하면 전체 교원의 약 1.2%, 초등 교원의 3.1%가 초등 교장이 된다. 그만큼 학교 경영자로 승진하기는 쉽지 않다.

필자는 교직에 처음 임용되고 10년 즈음 될 때까지는 평교사로서 건강한 목소리를 내며 칠판에 판서하면서 수업하고, 학생들의 꿈과 끼를 키워주는 교육 활동을 한 후 건강이 허락하는 한 정년퇴직을 하려고 했었다. 그렇게 근무하던 중 대전에서 세 번째 학교를 이동하려고 내신서를 작성하는데, 당시 류 교감선생님께서 안내해 주셨다. 인근 학교로 이동하게 되면 연구학교가 있고, 거기서 근무하는 것이 승진에 도움이 되니, 그 학교로 만기 내신을

이서영 교장쌤의 오늘도 가슴 뛰는 삶

내면 어떠냐고. 그 말씀을 듣고 집에 와서 고민했다. 애들이 어릴 때인데 멀리까지 출퇴근하려면 '아침 시간이 가능할지?' 그리고 '승진은 아직 생각도 못 했는데 학교를 어디로 정해야 할까?' 결국은 집에서 제일 가까운 학교로 내신을 쓰기로 결정했다. 교감선생님께는 개인 사정을 말씀드리고 도움 주신 말씀은 감사하다고 했다. 당시 부족한 점이 많았음에도 진로를 생각해서 학교를 추천해 주시니, 인정을 받는 것 같아 감사하고 한편 뿌듯했다.

그해 3월, 필자가 희망했던 집 가까운 학교로 발령이 났다. 그런데 이전 학교 교감선생님이 안내해 주셨던 귀국 학생 학급이 필자가 이동한 그 학교에도 두 개 학급이나 있었다. 정말로 깜짝 놀랐다. 그것이 승진을 생각하게 된 첫 번째 계기이다. '이건 우연이 아니다. 운명인지도 모른다.'라는 생각을 했다. 그때는 잠시 '내가 승진할 수도 있겠구나.' 하는 생각을 어린 나이에 잠깐 했었다. 그래서 학급경영, 수업, 생활지도 업무 등 즐거운 마음으로 열심히 했었다.

학교를 이동해서 2년째 되던 해, 교감선생님이 필자의 학급에 찾아오셨다. 내년에 부장 업무를 할 수 있겠냐는 것이다. 또, 고민했다. 승진 생각을 하지 않고 집 가까운 곳으로 이동했더니, 생각지도 않던 귀국 학생들이 있는 학교였고, 또 부장 업무를 맡으라고 제안을 하시니 도전해 보자는 생각이 들었다. '도전해 보고, 노력했음에도 기회가 오지 않으면 그때 포기하자. 도전도 하지 않고 포기하면 나중에 후회할 수도 있어.' 그런 생각이 들었다. 그래서 과학부장을 처음 시작하게 되었다. 이것이 승진을 생각하게 된 두 번째 계기이다. 일반교사가 교감·교장으로 승진하려면 갖추어야 할 자격 조건이 여러 가지가 있다. 물론 시·도별로 약간의 차이가 있기는 하지만, 교육공무원 승진 관련 규정에 따라 경력, 근무 성적, 연수 성적, 가산점, 평정 등이 포함된다.

연구학교를 운영하면서 주변 선배들의 승진 루트를 듣고 나름대로 준비를 시작하게 되었다. 승진을 준비하는 길은 그리 간단하지 않았다. 승진 준비하는 다른 분들의 모습을 지켜보며 필자 역시 나름의 준비를 시작했다. 10년이면 뭐든 할 수 있다는 주변의 격려와 응원을 믿고 업무에 충실하며 학교생활을 이어갔다. 그렇게 하나씩 하나씩 준비한 내용 중 가산점 관련 일부 내용을 간단히 정리하면 아래와 같다.

- 귀국학생 적응수업 연구대회
- 교실수업개선 실천사례 연구발표대회
- 문종별 글쓰기 대회
- 독서논술력 대회
- 창작동요부르기 대회
- 교재개발연구위원(진로) 연구대회
- 대전교육자료전

- 평생교육 실천사례 연구대회
- 교과교육연구 연구대회
- 학급경영목표관리 실천사례 연구대회
- 교실수업 실천사례 발표대회
- 교과교육연구회 운영(미술감상)
- 교육부정책연구학교 운영
- 시지정연구학교 운영
- 제1지구중심학교, 협력학교 운영
- 수업컨설팅 지원강사(수업지도)
- 수업컨설팅 지원강사(학급경영)
- 국가수준학업성취도 평가문항 출제
- 좋은수업만들기 지원강사
- 교육정책 전문위원
- 대전 초등미술 교과연구회 작품전시회
- 교육대학원 석사학위 취득
- 워드 프로세서 1급 자격증 취득
- 초등교사 임용 면접 위원
- 제1회 개인 전시회
- 교육활동보호 연구회 활동
- 초등 돌봄컨설팅 지원단 활동
- 전문적 학습공동체 동아리 운영지원
- 교원예술동아리 활동
- 유치원평가단 요원 활동 등

승진을 생각하는 교사가 있다면 다음 내용이 도움이 되길 바란다.

첫째, 근무하고 있는 학생들과 수업을 즐겁게 하기 바란다.

학생들과의 하루가 즐겁지 않다면 승진 역시 의미가 없을 것이다. 교사가 제일 행복할 때가 수업이 즐거울 때라고 생각한다. 내 수업을 함께 참여한 학생이 그 수업을 통해 새로운 사실을 배웠다면 또 즐겁게 참여했다면 그 수업은 성공했다고 볼 수 있을 것이다. 무엇보다 교사의 수업을 통해 학생은 미래의 훌륭한 인재로 성장한다. 잭 캔필드(Jack Canfield)는 『꿈꾸는 정원사』에서 아래와 같이 말한다.

> "평범한 교사는 말을 전한다
> 훌륭한 교사는 설명을 한다.
> 뛰어난 교사는 모범을 보인다.
> 위대한 교사는 하고픈 마음이 생기도록 한다."

둘째, 매년 전략을 짜서 메모하고 점검한다.

연수, 연구대회, 부장 업무, 대학원 등 필요한 가산점 획득을 위한 장기 전략을 세워서 하나씩 준비해 가길 바란다. 요즘 신규 교사들은 예전과 달리 10년 프로젝트를 스스로 잘 계획한다. 어느 후배는 자기의 계획을 먼저 말하고, 조언을 구하기도 했다. 참 현명한 후배라고 생각한다. 목표를 먼저 정하고 그 목표를 향해 달려가는 것도 좋은 방법이라 하겠다.

셋째, 전문성과 더불어 훌륭한 인성을 갖춘다.

학생들에게 인성교육이 중요하듯, 교사도 인성을 먼저 갖추는 것이 중요하다. 현재 함께 근무하고 있는 교직원들과의 관계를 따뜻한 인간관계로 맺어가길 바란다. 또한, 지금 가르치고 있는 학생과 학부모와의 관계도 마찬가지이다. 승진을 위해서가 아니라 자기 스스로를 위해서이다. 사람 사이의 갈등 관계가 업무나 수업으로 힘든 것보다 스트레스가 훨씬 더 크다는 것을 알 것이다. 업무로 인한 스트레스는 그 업무만 해결하면 되지만, 사람과의 관계는 한 번 얽히면 풀기가 매우 어렵고 잘 풀리지도 않는다. 무엇보다 자신으로 인해 다른 사람이 힘들지 않도록 서로 노력한다면, 그 공동체는 행복한 공동체가 될 것이다. 미국 발명가 알렉산더 그레이엄 벨(Alexander Graham Bell)은 이렇게 말했다.

> *"꾸준한 발전을 통해 성공할 때에 결국*
> *가장 성공한 사람이 될 수 있다."*

과거에는 교직을 시작하면서부터 승진을 준비하는 사람은 그리 많지 않았다. 필자 역시 그 당시 주어진 일을 즐겁게 했고, 열심히 하다 보니 기회가 왔던 것이다. 그래서 지금의 이서영 교장은 주변의 여건이 만들어 주었고, 필자 주위의 선·후배 교사들의 지지와 도움 덕에 만들어진 교장이다. 교사는 학생들과의 관계가 제일 중요하지만, 경영자는 학생, 학부모, 교직원, 그 외 지역사회와 더불어 학교를 경영해야 하므로, 그 범위가 더 넓다. 함께할 공동체의 범위가 그만큼 넓어진다는 뜻이다. 그에 따른 책무와 역할도 커지지만, 그만큼 효능감도 높아진다.

이서영 교장쌤의 오늘도 가슴 뛰는 삶

꿈과 끼를 채우는 공간,
채움뜰 이야기

> "꿈을 포기하지 마라. 끊임없이 도전하라.
> 그것이 인생을 가치 있게 만든다."
>
> – 레이 브래드버리 (Ray Bradbury)

17학급, 전교생 282명 되는 작은 학교로 발령이 났다. 예전에 근무했던 학교에 약 10년 후 교장으로 다시 오니 감회가 새로웠다. 50년 이상 된 건물과 운동장이며 주변 숲은 모두 그대로였다. 달라진 것은 당시 25학급이었던 학급 수와 학생 수가 많이 줄었다는 것이다.

공간혁신은 사람의 생각뿐만 아니라 삶을 변화시키고 미래를 변화시킨다고 생각하고 있었던 터라, 학교 공간을 변화시킬 기회가 된다면 꼭 개선하려고 했다. 그렇게 공간의 변화를 매우 중요하게 생각하고 있을 때, 교육지원청에서 '예감존 구축 희망학교 공모 계획'이란 공문이 왔다. 문득 이서윤, 홍주연 작가의 공저 『더 해빙』에 나오는 '행운'에 관한 글이 떠올랐다.

"행운이란 노력에 비해 쉽고 빠르게 원하는 걸 얻는 것이다.

행운은 우리의 노력에 곱셈이 되는 것이지 덧셈이 아니다.
노력이 0이면 아무것도 얻을 수 없다."

공간변화를 생각하는 중에 원하는 공문이 도착했으니, 이것이
바로 행운이라 생각했다. 업무 담당 교사가 이 사업을 신청하는
데 어려움이 없도록 지원했다. 기존 자료를 찾고 계획 내용을 공
유하며 신청 방법을 안내했다. 이 사업을 담당하신 분은 경력이
있는 선생님인데, 사업 내용을 긍정적으로 받아들이고 기쁘게 추
진해 주셔서 매우 감사했다. 아래는 신청서의 일부이다.

활용 상황
야외학습실 및 공연무대(창체 활동, 예체능 수업, 휴식 공간 등)

개선필요성
야외수업을 위해 필요한 탁자와 의자가 없어 활용을 못 하고 있음. 숲에
잡목이 많아 학생들의 휴식 공간으로 활용하기 어려움.

공간활용계획
1. 야외학습실을 조성하여, 마음껏 공연하고 감상할 수 있도록 공간을
   변화시켜 예술 경험을 확대한다.
2. 교육공동체와 함께하는 각종 어울림 행사를 개최한다.
   · 야외무대를 설치하여 교육공동체 어울림 행사를 진행하고, 문화예술교육의
   결과를 홍보하며 모두가 즐길 수 있는 체험의 기회를 제공한다.
3. 둘레길을 활용한 휴식 공간을 학생들에게 제공한다.

· 둘레길을 조성하여 학생들의 작품을 전시하고, 점심시간과 방과 후 시간을 이용하여 휴식 공간을 제공하여 학생들의 정서 함양에 도움을 준다.

· 지역주민들의 휴식 공간 제공 및 산책로로 활용한다.

4. 교육과정에 따른 동아리 활동 계획 시, 미술, 음악 관련 동아리 부서를 두어 공간을 효과적으로 활용한다.

관련 사진

중국단풍나무 아래 암석원

채움숲 주변 등나무 그늘

아름드리 '중국단풍나무'를 활용한 야외학습 공간을 만들면, 학생들의 창의적 체험활동 외 다양한 교육 활동 장소가 되어, 그들의 꿈과 끼를 키우는 기회가 많아질 것이며, 쉼터로도 활용될 것이다. 본교의 비전인 '꿈·끼·재능의 감성을 키워가는 행복한 배움터'가 될 '예감존'을 조성하고자 했다. 그래서 매일 교정을 돌아볼 때마다 '학교 주변을 어떻게 활용하여 '예감존'을 조성할까?' 하고 늘 고민했다.

이렇게 작성한 신청서를 제출했는데, 당연히 본교가 선정되었다. 이제부터는 사업을 실행해야 했다. 학생들의 설문조사를 통해 우리 학교만의 '예감존' 이름을 공모한 결과, 〈채움뜰(꿈·끼·재능을 채워가는 뜰)〉이 선정됐다. 그래서 본교 교정에 있는 중국단풍나무를 활용한 학생들의 꿈·끼·재능을 키우고 채워갈 〈채움뜰〉이 멋지게 완성됐다.

아래 사진은 지난 어린이날을 기념하여 추진한 '한마음 해피 데이' 행사에서 〈채움뜰〉과 〈채움숲〉에서 활동한 학생들의 모습이다. 교육과정 설문조사를 학생들 대상으로 했는데, 제일 신나고 기억에 남는 것이 〈채움뜰〉에서의 활동이었다고 의견을 주는 것을 보고, 〈채움뜰〉은 참으로 의미 있는 공간으로 자리매김하고 있음을 알게 되었다.

〈채움뜰〉이 조성된 후, 본교는 또 하나의 새로운 이름을 공모

이서영 교장쌤의 오늘도 가슴 뛰는 삶

했다. 바로 학교 급식실 이름이다. 〈예감존〉 공모 때는 참여율이 그리 높지 않았지만, 급식실 이름 공모에는 전교생이 모두 참여했다. 지난 번 공모 행사 참여 경험도 있었지만, 무엇보다 매일 점심을 먹는 공간이라는 점에서 학생들의 관심이 그만큼 컸다. 부상으로 학생들이 좋아하는 '피자와 치킨'을 내건 것도 한몫했다.

공모한 10개 이상의 급식실 이름에 스티커 붙이기를 하여 가장 많이 붙은 것을 선정하기로 했다. 전교생과 교직원들이 참여한 결과, 새일초등학교의 '새일'에 레스토랑의 '토랑'을 붙여 지은 〈새일토랑〉이 1등으로 선정되었다. 6학년 3반 여학생이 자기가 제안한 이름이라며 자랑스럽게 얘기해서 엄지척을 해 주었다.

　　　　　　　　　　　　이서영 교장쌤의 오늘도 가슴 뛰는 삶

본교 교직원들과 학생들은 점심시간마다 〈새일토랑〉으로 식사하러 간다. 이름 없는 급식실에서 먹는 점심보다, 공모해서 지은 이름인 〈새일토랑〉에서 먹는 점심시간을 더 즐거워한다. 특히 학생들 스스로 지은 이름이어서 자부심이 대단하다.

윌리엄 제임스(William James)는 말한다.

"너 자신의 끼를 발견하고
그것을 발전시키는 것이
성공의 시작이다."

공간혁신,
삶을 디자인하다

> "공간을 혁신한다는 것은
> 그곳에 있는 사람들의 상호작용 방식을 혁신하는 것이다."
> — 토마스 헤더윅 (Thomas Heatherwick)

현재 우리는 먹고사는 문제에서 벗어나 웰빙과 힐링을 우선시하는 시대에 살고 있다. 최근 물가 상승과 경제 불안으로 인해 소비성향까지 변화되고 있다고는 하나, 지금은 '삶의 질'을 고민하는 시대이다. 이러한 사회의 변화에 따라 학교 현장에서도 미래교육 전환에 대응한, 행복한 학교생활을 위한 학교 공간 혁신 사업이 활발하게 추진되고 있다.

필자는 평소 '공간혁신은 사람의 생각뿐만 아니라 삶을 변화시키고 미래를 변화시킨다.'라는 생각을 하고 있었다. 그리고 학생들이 더욱 쾌적한 환경에서 생활함으로써 학교생활 만족도가 높아지고, 다양하고 새로운 공간에서 학생들의 심미적 감성 능력을 최대한 발휘할 수 있다고 생각했다. 그래서 교장 발령 초기에 야외 채움뜰(예감존) 사업을 추진했고, 그 후 학생들이 새로운 공간의 변화에 얼마나 민감하고 행복해하는지 알고 있기에, 더욱 적극적으로 학교 공간혁신 사업을 추진하게 되었다.

학생 수가 점점 줄어들면서 본교에도 여유 교실이 생겨나고 있었지만, 학생들의 꿈과 끼를 발휘할 적합한 장소는 마련되지 않았다. 교내 소규모 발표회나 학예회, 동아리 활동, 공연 등에서 학생들이 자신의 꿈을 발표하고 끼를 발휘할 장소가 필요했다. 그래서 공간혁신 사업에 '예드림(藝-Dream)홀'과 '공간수업 프로젝트' 두 사업을 신청했다. 여러 학교가 이 사업을 추진하기 위해 신청하기 때문에 엄격한 심사를 통과하기 위해서 사전 준비를 1년 전부터 철저히 해야 했다. 교육과정 담당 부장의 사전 기획 아래 전 교직원, 학생들, 학부모들이 설문에 동참하고 6학년 학생들이 직접 참여하여 공간혁신 아이디어를 제안하여 사업신청서를 완성했다.

결국, 본교는 예술교육 활동(발표, 공연 활동) 장소인 '예드림(藝-Dream)홀'과 디지털 교육, 실습 교육, 소규모회의실 용도인 '공간수업 프로젝트실' 두 곳이 선정되었다. 공간혁신 사업을 추진하기 위해서 시 교육(지원)청, 컨설팅지원단, 학교(교원, 학생, 학부모) 대표 등이 한자리에 모여 공간혁신에 대한 컨설팅을 여러 번 받았다. 그 결과를 토대로 설계에 들어갔고, 여름방학 기간을 이용해 공사를 시작했다. 유난히도 무더웠던 2024년, 폭염을 견디며 '예드림(藝-Dream)홀'과 '공간수업 프로젝트실'이 서서히 완공되었다. 여름

이름 공모 참여

상상드림 입구

상상 아트홀

이서영 교장쌤의 오늘도 가슴 뛰는 삶

방학을 온전히 반납한 담당부장님의 노력에 깊이 감사드린다.

이 사업의 특징은 학교 사용자(학생)가 참여하는 사용자 설계 수업을 진행하고, 학생들의 의견을 사업에 반영한다는 점이다. 그래서 '예드림(藝-Dream)홀'과 '공간수업 프로젝트실'의 용도를 설명하고, 전교생과 학부모님들의 이름 공모를 통해 '상상 아트홀(예드림(藝-Dream)홀)'과 '상상 제작소(공간수업 프로젝트실)'가 선정되었다. 공사 현장을 둘러보러 갈 때마다 하나씩 변화하는 모습을 보며, 학생들처럼 필자 역시 기대가 되었다.

여름방학이 끝나자, 학생들은 새로운 공간의 변화에 대해 매우 궁금해했다. 6학년 학생들이 직접 필요 공간과 시설 아이디어를 제안했던 만큼, 그들의 기대는 더욱 컸다. 방학 동안 달라진 모습을 전혀 볼 수 없었기에 학생들의 호기심은 날로 커졌다. 하지만 준공검사가 완료될 때까지는 출입을 통제해야 했기에, 기다림은 필수였다.

드디어 준공검사가 마무리되고, 사업명, 교실 이름, 소프트웨어 설치 등 수업 및 교육 활동이 가능한 모든 준비를 완료했다. 그리고 학생들에게 새로운 공간을 공개하는 날이 찾아왔다.

공개하던 날, 맨 먼저 나온 표현은 "너무 좋아요. 멋져요."였다. 그리고 "쉼터를 카페로 만들면 더 좋겠어요.", "아트홀 유리 벽면

복도 벽면 구성 아트홀 진로 체험 교육

이 신기했어요."라는 의견도 이어졌다. 교장으로 발령받아 학생들의 교육 활동을 적극적으로 지원하겠다고 약속하며 이룬 성과가 학생들에게 이렇게 기쁨을 줄 수 있다니, 생각만 해도 가슴이 뛰었다.

지역 자율장학 공동연수 시 교장선생님들을 초대해 공개했더니 디자인, 활용도, 시설 등을 꼼꼼히 살펴보며 연신 사진을 찍으셨다. 학교에 돌아가서 자신의 학교에 적용해 보겠다고 말씀하시니 매우 뿌듯했다.

이 상상드림 공간에서 학생들의 꿈과 끼를 맘껏 펼치기를 기대한다. 학생들이 행복해하는 모습, 교사들의 감탄을 쏟아놓는 표정, 학부모들의 감동하는 모습들이 또 다른 사업을 준비하라는 신호처럼 느껴졌다. 찰스 임스(Charles Eames)의 말이 떠오른다.

> *"좋은 디자인은 삶의 질을 향상시키고, 공간을 목적에 맞게 변형시킨다."*

2023년부터 교육부에서는 전국적으로 학교복합시설을 추진했다. 학교복합시설이란 학교 외 지역에서 필요한 교육·돌봄·문화·체육시설 등을 복합적으로 설치하여 학교와 지역 주민들이 함께 사용하는 시설을 말한다. 학령인구 감소로 인한 지역 소멸 대응책의 하나로 추진된 사업이다.

필자는 세 번의 시 교육청 설명회, 교육부 설명회, 학교복합시설 인사이트 투어 등을 통해 이 사업이 우리 학교에 절실히 필요하다고 느꼈다. 특히 3~5학년 생존 수영 교육을 위한 장소를 찾기가 매우 어려웠다. 인근 현대화된 시설의 수영장을 예약하려 하면, 참여 학생 수가 적다는 이유로 일정이 뒷순위로 밀려 불편함이 컸다. 수익을 내야 하는 업체의 사정을 이해하면서도 한편으로 소외감을 느낄 수밖에 없었다.

또한, 대전 외곽에 위치한 본교는 문화시설 등이 부족하여 학생들과 지역주민들이 누릴 문화 혜택이 다른 학교들에 비해 적었다. 학교에 수영장이 있다면 좋겠고, 학생과 학부모, 지역주민들이 가까이에서 이용할 수 있는 테마가 있는 도서관이 생긴다면 더욱 좋겠다고 생각했다. 교사들을 위한 지하 주차장도 필요했고, 학부모와 지역주민들을 위한 평생학습 공간이 조성된다면, 학교와 지역 자치단체가 모두 윈윈(win-win)할 수 있을 것이라고 판단했다.

그래서 교직원 설문과 학부모 설문을 통해 수영장, 돌봄교실, 도서관, 지하 주차장 설립을 위한 준비를 진행했다. 대덕구청 평생학습관 김종범 팀장님의 열정적인 준비 덕분에 대전시교육청, 대덕구청과 함께 MOU를 체결한 후, 2024년 하반기 교육부 공모사업에 신청했다.

오랜 기다림 끝에 8월, 필자가 일본 연수 중일 때, 드디어 선정 결과가 나왔다. 최충규 대덕구청장님은 너무 반가워하시며 당장 공모사업 선정 축하 인터뷰와 인증샷을 찍고 싶어 하셨다. 여기저기서 축하 인사를 받았고, 특히 지역 기관장협의회에서는 학교보다 먼저 축하 현수막을 지역 사거리 두 곳에 걸어주었다. 결국, 시 교육청, 대덕구청과 함께한 학교복합시설은 그렇게 시작되었다.

학교복합시설은 복합문화시설 1개 동으로, 지하 2층, 지상 1층, 연면적 4,417.87㎡에 총사업비 250억 원 규모이다. 대지면적은 20,771㎡이며, 가칭 '새일 학교복합시설' 사업이 2025년부터 건축에 들어갈 예정이다.

새일 학교복합시설이 완공된 모습을 상상하기만 해도 가슴이 뛴다. 윈스턴 처칠(Winston Churchill)은 이렇게 말했다.

"공간은 단지 물리적인 곳이 아니다. 그것은 사람들의 행동을 형성하고 경험을 풍부하게 한다."

이서영 교장쌤의 오늘도 가슴 뛰는 삶

육아휴직은 선택이 아니라
삶의 기본권

"어머니의 사랑은 우리 인생의 가장 강력한 힘이 된다."
– 알렉상드르 뒤마 피스 (Alexandre Dumas fils)

여성가족부가 발표한 '2023년 통계로 보는 남녀의 삶'에 따르면, 육아 휴직자는 지난해 약 13만 1,000명으로 2019년과 비교하여 24% 이상 증가한 것으로 나타났다. 출생률은 매년 줄어들고 있는데, 육아 휴직자는 이렇게 늘고 있는 이유가 무엇일까?

본교에도 올해 육아휴직 중인 교사가 5~6명 있다. 교원이 30여 명인 학교이니, 약 20% 수준이다. 규모가 큰 학교라면 육아휴직 인원이 더 많을 것이다. 육아휴직 제도가 도입된 초창기에는 지금처럼 일반화되지 않았다. 육아휴직 급여도 지원되지 않았고, 제도를 활용하는 방법조차 잘 알지 못했다. 필자도 30년 전 약 3년간 육아휴직을 했지만, 처음부터 휴직을 계획했던 것은 아니었다. 시부모님이 아이를 돌봐주신다고 했기에 그에 맞춰 가족계획을 세웠었다.

큰아이를 낳고 출산휴가로 60일을 썼다. 지금은 90일까지 가능하니 세상이 많이 바뀌었다. 당시 60일도 길다고 여겨졌던 시절이었다. 출산휴가가 끝난 후에는 시댁의 도움을 받으며 남원에서 주말 가족 생활을 시작했다. 토요일 근무(주 6일 근무)가 끝나면, 눈에 넣어도 아프지 않을 큰아이를 보기 위해 달려갔다. 주말 동안 아이와 시간을 보내고, 월요일 새벽 안개 낀 길을 뚫고 남원에서 대전까지 출근했다.

지금 돌이켜 보면 한두 주쯤 쉬었을 법도 한데, 그 당시에는 그렇게 힘든 줄도 몰랐다.

지금도 남편은 이렇게 말한다. "난 주말에 한 번도 빠지지 않고 아기 보러 갔어. 당신은 한 번 빠졌잖아." 그랬다. 일요일에 일직 근무가 있어서 딱 한 번 남편 혼자 내려간 적이 있다. 그런데도 마치 큰일을 한 것처럼 큰소리를 친다. 그렇게 큰아이가 20개월이 될 때까지 우리는 주말 가족으로 지냈다.

그해 4월의 어느 날, 월요일 새벽 대전으로 올라오던 길이었다. 둘째를 임신 중이었고, 주말에 가족 행사가 있어 서울 친척을 차에 태우고 올라오는 중이었다. 그때 교통사고가 났다. 오토바이를 타고 가던 한 주민이 차 앞으로 갑자기 뛰어들어 부딪친 것이다. 필자는 잠들어 있었는데, '쿵' 하는 소리에 깜짝 놀라 깨어보니 사람이 쓰러져 있고 차 범퍼가 찌그러져 있었다.

즉시 경찰에 신고했고, 구급차가 와서 다친 분을 병원으로 이송했다. 보험사 덕분에 사고 처리는 순조로웠지만, 문제는 남편이었다.

이서영 교장쌤의 오늘도 가슴 뛰는 삶

교통사고 후유증으로 운전에 대한 두려움을 가지게 된 것이다. 큰 사고는 아니었지만, 처음 겪은 사고라 당황스러웠고, 잘못 대처했다는 자책감까지 더해져 힘들어했다.

어느 날 남편이 제안했다. "육아휴직을 해보면 어떨까?"

고민할 필요도 없었다. 당연히 그렇게 하기로 했다. 시부모님께 양해를 구하고 학교에 육아휴직을 신청했다. 최대 3년까지 가능한 제도였기에, 2년 9개월로 결정했다. 둘째가 세 살이 될 때까지 키우고, 학기에 맞춰 복직할 계획이었다.

결국 큰아이가 20개월이 되었을 무렵, 우리는 남원에서 대전으로 이사를 하며 온 가족이 함께 살게 되었다. 앤드루 존슨(Andrew Johnson)은 이런 말을 남겼다.

"부모의 사랑은 자녀에게 최고의 선물이다."

이렇게 큰아이가 20개월 되던 해 5월, 필자는 육아휴직을 결정했다. 까마득한 옛날 얘기 같지만, 남편은 그 시절을 직장생활 중 가장 행복한 때로 기억한다. 매일 보고 싶어 했던 아들을 곁에서 볼 수 있었으니, 행복하지 않을 수 없었을 것이다. 하지만 남편의 행복에 비례해 필자의 노동 강도는 배로 늘었고, 그때가 가장 힘든 시기였다.

필자가 특히 힘들어했던 것은 큰아이가 또래 친구가 없다는 점이었다. 앞집에는 5살과 3살 형제가 살았는데, 둘은 형제끼리 놀기에도 충분해 보였다. 그러나 우리 큰아이는 그 아이들과 함께 놀고 싶어 했다. 지금도 선명하게 기억난다. 함께 놀던 중 작은 다툼이라도 생기면 앞집 아이들이 "너랑 안 놀아"라고 말했고, 그 말에 큰아이는 크게 상처받아 시무룩해지곤 했다. 아이들 세계란 한편으로 이해되면서도, 또 한편으로는 참 복잡하게 느껴졌다.

그래서 어떻게든 큰아이가 앞집 형제들과 잘 어울릴 수 있도록 돕기로 했다. 임신한 몸이었지만, 매일 아침이면 아이 셋을 데리고 주변 놀이터로 향했다. 때로는 동네 또래 친구들까지 데리고 가곤 했다. 그것이 나의 오전 일과였다.

교사였기에 아이들과 노는 일 자체는 익숙했고, 그리 어렵지는 않았다. 큰아이와 친구들이 함께 웃고 뛰노는 모습을 보는 것만으로도 고마운 일이었다. 놀이터에서는 모래놀이, 잡기놀이, 세발자전거 타기 등 다양한 놀이를 하며 한참을 보냈다.

놀다가 돌아오면 간식 시간이 되었다. 이웃집 아이들을 돌려보내고 큰아이를 낮잠 재운 후에는 집안일을 마무리하고 잠깐 쉬었다. 그러나 그렇게 겨우 숨을 고르면 어느새 오후가 다가오곤 했다.

둘째 아이가 태어나면서 두 아이의 엄마가 되었다. 큰아이를 키울 때도 바빴지만, 두 아이를 돌보는 일은 훨씬 분주했다. 시장에 가고 싶어도 마음 편히 다녀올 수 없는 상황이 많았다. 가끔 동네 5일장을 찾고 싶을 때는 두 아이가 모두 잠든 틈을 타 숨이 차도록 달려가 필요한 찬거리를 신속히 사 오곤 했다. 한 명이 깨어 있을 때는 유모차에 태운 채로 장을 봐야 했다.

시장에 다녀와서 아이들이 깨지 않고 평온하게 자고 있는 모습을 볼 때면, 얼마나 예쁘고 고마운지 가슴이 뭉클해지고 눈시울이 뜨거워지곤 했다. 그렇게 보낸 2년 9개월은 길고도 힘든 시간이었다. 지금 다시 그 시절로 돌아가 그 생활을 하라고 한다면, 못할 것 같다.

필자는 MBTI 검사 결과 외향적인 성향으로 나왔다. 띠도 단순히 말띠가 아니라 '백말띠'다. 그러니 얼마나 바깥세상을 그리워했겠는가. 출근도 하지 않고 두 아이를 집에서 키우며, 때로는 동네 아이들까지 돌보았다니, 지금 생각해도 스스로 대견하다는 생각이 든다. 어머니가 위대하다는 말은 정말 맞는 말이다.

지금은 육아휴직을 1년 단위로 신청하고 필요하면 연장할 수도 있다. 하지만 당시 필자는 3년간의 휴직을 신청하면 그 기간을 무조건 지켜야 하는 줄 알았다. 복직을 미리 하거나 조기에 계획을 변경할 수 있다는 사실을 전혀 알지 못했다. 그저 3년간 휴직 기간을 채우는 것이 당연하다고 생각했다.

결국 2년 9개월 후 복직했지만, 문제는 둘째였다. 당시에는 어린이집에 보내려면 아이가 4세가 되어야 했다. 지금처럼 0세부터 받아주는 어린이집은 없던 시절이었다. 그래서 다시 시댁으로 5세와 3세 두 아이를 보냈다. 주말마다 아이들을 보러 다니며 또다시 주말 가족 생활을 이어갔다.

그렇게 1년을 더 보낸 후, 둘째가 4세가 되어 집 근처 동화나라 유치원에 들어갔다. 그제야 우리는 완전한 가족으로서 함께할 수 있었다.

직장 일을 잠시 접어두고 집에서 두 아이를 키우며 생활하는 동안 무척 힘들었다. 지금 그때를 돌이켜보면, 오로지 우리가 낳은 두 아이를 책임지고 잘 키워야 한다는 생각뿐이었다. 부모로서의 책임을 다하려는 마음에 생활과 육아의 무게가 어깨를 짓눌렀던 시절이었다. 그렇게 어렵게 키운 두 아들이 장성하여 지금은 결혼하여 가족을 이뤘다. 첫째는 우리와 두 블록 거리에서 살고 있고, 둘째는 멀리 춘천에서 예쁜 가정을 꾸려 알콩달콩 잘살고 있다. 손자들을 보며 새삼 깨닫는다. 필자가 두 아이를 키울 때는 말을 배우는 과정이 그렇게 신기하게 다가오지 않았었다. 아니, 말을 하나씩 배워가는 과정을 잘 알아채지 못했었다. 그런데 손자들이 커가면서 단어를 익혀가는 과정을 지켜보니 매우 신기했다. 엄마, 아빠에서 시작해 하비, 하미라 부르더니, 이내 할아비, 할미로, 그리고 어느 순간에는 또렷이 할아버지, 할머니라고 불렀다. 우리 애들 키울 때는 그런 과정을 자세히 알아차리지 못했다. 그저 말과 글을 알려주려고만 했던 것 같다. 그런데 손자는 한 발짝 뒤로 물러나 있으니, 그저 보기만 해도 예쁘다. 손자들이 태어나 준 것만 해도 기쁘고, 감사하며 행복하다.

그때는 왜 그렇게 여유가 없었을까? 어떻게든 애들을 잘 키워서 멋진 미래인재로 키워야 한다는 책임감을 우선으로 여겨서였을까? 지금 돌이켜보면 필자도 성숙하지 못한 엄마였다. 좀 더 여유롭고 넉넉한 마음으로 아이들을 바라보면서, 아이들이 태어난 것만으로도 행복해하며 대해주었어야 했는데, 그렇게 하지 못해 아쉬움이 많이 남는다.

젊은 선생님들은 휴직을 신청하며 이렇게 말한다.

"아이들의 어린 시절에는 함께해주고 싶어요."

맞는 말이다. 출산 후 육아휴직에 대해 고민할 필요가 없다. 육아휴직은 필수로, 특히 세 살까지는 '애착'이 형성되는 시기이므로, 부모가 키운다면 얼마나 좋겠는가. 가까이 사는 큰아들네는 우리처럼 아들만 둘이다. "낳으려면 한 명 더 낳는 게 엄마, 아빠도 좋고 애들에게도 좋다"라고 여러 번 얘기해서인지 큰며느리는 겁도 없이 덜컥 둘을 낳았다. 둘째네는 아들 한 명을 낳았다. 두 아들네가 애기들을 키우기는 힘들겠지만, 손자들 셋을 보는 우리 부부는 참 행복하다. 큰며느리는 육아휴직을 두 번씩이나 했다. 큰아들도 6개월간 육아휴직을 하고 아이를 돌봤다. 이 글을 쓰고 있는 지금은 둘째 아들도 육아휴직 후 복직했다. 가까이에서 아이를 돌보고 키우는 일이 얼마나 기쁘고 보람 있는 일인 줄 두 아들네는 알고 있을까? 둘째 며느리도 지금 육아휴직 중이다. 이렇게 요즘 젊은이들은 육아휴직이 필수라고 생각한다. 우리 가족은 남편 빼고 모두 육아휴직 유경험자들이다. 고대 그리스 철학자 플라톤(Plato)이 이런 말을 남겼다.

"아버지가 무엇을 하든, 아들에게 영향을 미친다."

　지금은 아이를 가지면 모성보호시간, 출산하면 출산휴가, 육아시간, 육아휴직 등 법적으로 많은 혜택이 주어진다. 아니, 혜택이라기보다 당연한 권리를 찾고 있는 것일지도 모른다. 그렇게 해야아이 정신건강과 성장에 큰 도움이 되니 말이다. 이 밖에도 국가에서 육아 수당 등 예전에 없었던 경제적 지원을 상당 부분 하고있으니, 시대가 그만큼 변화하였다. 1960~1970년대에는 연간출생률이 100만 명이었는데, 이렇게 지원을 해도 2023년의 출생률은 23만 명이라고 한다.

　젊은이들이 자녀가 주는 행복이 얼마나 큰지 알았으면 하는 바람과 동시에, 직장, 주택, 결혼, 육아 등 그들이 원하는 행복한 삶이 되도록 국가가 더 정책적으로도 지원을 해야 한다고 생각한다. 물론 지금도 예전에 비하면 엄청난 제도적·재정적 지원이 이루어지고 있지만 말이다. 젊은이들이 결혼하여 마음 놓고 아이들을 낳아서 키우며 각 가정에서 웃음꽃이 피는 행복한 가정을 꾸리기를간절히 바라본다.

책이 주는 힘,
실패 없는 도전의 시작

"책을 읽는 사람에게는 무엇이든 가능성이 열린다."

– 브라이언 트레이시 (Brian Tracy)

미국에서 가장 유명한 토크쇼 진행자 오프라 윈프리는 세계에서 가장 영향력 있는 여성으로 꼽힌다. 성장기에 온갖 역경을 겪었지만, 그것을 이겨내고 자신감을 회복해서, 지금은 미국에서 가장 잘나가는 방송인이 되었다. 토크쇼 진행자, 앵커우먼, 배우 외에 프로덕션 사장까지 겸하고 있다. 또한, 엄청난 자산가이기도 하다. 오늘의 그녀를 만든 요인은 여러 가지가 있다. 그중에 제일 중요한 한 가지가 독서다. 오프라 윈프리는 자신의 저서 『내가 확실히 아는 것들』에서 "책은 내게 일종의 탈출구 역할을 했다."라고 고백하고 있다.

고명환 개그맨이 TV에서 사라진 후, 언제인가 이런 인터뷰를 한 적이 있다. 개그맨으로 불러주지 않아 힘들 때 책을 엄청나게 읽었는데, 몇천 권을 읽었는지 모른다고 했다. 그 후 책 속에서 아이디어를 찾아 유명한 맛집을 경영하면서 지금은 사업가로 행복하게 살고 있다. 그는 자신의 저서『나는 어떻게 삶의 해답을 찾는가?』에서 한 달에 하루 10시간 정도 책을 읽고 생각하는 날을 만들자고 제안까지 한다. 그리고 독서를 낙타, 사자, 어린이 3단계로 나눠 각 단계에 맞는 책을 추천하기도 한다. 그는 "내가 먹는 음식이 나를 만들고, 내가 하는 생각이 나를 만들며, 내가 만나는 사람이 나를 만든다."고 하면서 위대한 도서관을 만나라고 추천하기도 한다.

『알바생이 어떻게 부사장이 되었을까?』의 저자 박경미 작가는 자신의 멘토를 '책'이라고 했다. 멘토란 극적인 상황에서 손길을 내밀어주는 존재가 아니라, 그동안 보지 못한 것을 조금 더 폭넓게 보게 하고, 경험하지 못한 것을 경험한 이에 불과하다. 멘토는 가르쳐주는 것뿐 아니라 격려하고 기다려주는 것이다. 알바생에서 회사를 경영하는 부사장이 되기까지 온갖 책을 찾아 읽었고, 책 속에서 회사경영을 위한 지식을 얻었으며, 책을 읽고 있노라면 지혜가 떠올랐다고, 이 책에서 이야기하고 있다.

오래전 필자는『공부머리 독서법』의 저자 최필승 작가의 강의를 대면으로 들은 적이 있다. 그때 최 작가가 말하기를 독서의 효용 두 가지는 글을 읽고 이해하는 능력과 자아 강화 효과라고 하면서, 특히 언어능력의 학습적 효용을 강조했다. 공부를 잘하려면 글을 읽고 이해하는 능력 즉 언어능력을 키워야 하며, 그 언어능력을 끌어올리는 힘이 바로 독서라는 것이었다. 고3 학생들이 보는 수학 능력 시험도 독서를 통해 40점을 끌어올릴 수 있다고도 했다. 물론 잘 읽고 이해할 경우를 말하며, 잘 읽고 이해했다는 가장 강력한 증거가 바로 책을 재미있게 읽는 것이라며 '재미 독서'를 강조했다. 그 내용은『공부머리 독서법』에도 잘 나타나 있었다. 〈읽기 열등 상태를 극복하는 초등 저학년 독서법〉에서는 아래 내용을 특히 강조하기도 했다.

- 재미있는 독서부터 시작한다.
- 독서 시간을 정해 매일 읽는다.
- 지식 도서를 강요하지 않는다.
- 일주일에 1번은 도서관이나 서점에 간다.
- 스마트폰이나 컴퓨터는 늦게 접할수록 좋다.
- 천천히 많이 생각하며 읽을수록 똑똑해진다.

『독서는 절대 나를 배신하지 않는다』의 저자 사이토 다카시(Saito Takashi)는 학교에서 아침 독서활동을 하는 4가지 원칙을 이렇게 말한다.

- 모든 학생과 교사가 참여하기.
- 하루도 빠뜨리지 않고 날마다 읽기.
- 학생이 좋아하는 책 고르기.
- 독후감 쓰지 않고 읽기만 하기.

본교에서도 〈아침 10분 독서하기 활동〉을 하고 있는데, 학생들로부터 10분 이상 하면 안 되느냐는 문의가 들어왔다. 이 얼마나 놀라운 일인가? 10분 이상이면 더욱 좋지만, 시간이 부족하여 10분이라도 읽자는 취지였는데, 학생들 스스로 그렇게 제안하니 무엇보다 성공한 교육 활동이라 생각한다. 일일 업무 첫 시작은 이렇다.

"새일의 아침은 10분 독서와 함께!
행운이 찾아오는 데 걸리는 시간은 하루 10분이면 충분합니다."

이렇게 우리는 교사와 학생이 함께 독서 활동에 참여하고 있다. 그리고 최대한 아침 독서를 방해하지 않기 위해 업무 내용을 꼭 필요한 사항만 전달하고, 가능하면 아침 시간을 피해서 전달한다. 독서교육 활성화를 위해 1교시 교과 수업 시간 10분도 적극적으로 활용하도록 교육과정을 열어두고 있다.

필자는 책 읽기의 중요성 중 문해력 향상을 우선으로 꼽고 있다. 초등학교에서 한글을 읽고 책의 내용을 이해하는 능력이 있는 학생들은 그렇지 않은 학생들보다 몇 배 더 다양한 지식정보를 알 수 있을 뿐만 아니라, 상상력과 집중력도 월등하다. 따라서 다양한 책을 읽고 책 내용을 이해한다는 것은 그렇지 않은 학생에 비해 다른 세상을 더 빨리 볼 수 있다는 것이다. 적어도 초등학교 1학년을 마칠 때까지는 한글을 읽고 문장을 이해하는 능력이 필수다. 책

이서영 교장쌤의 오늘도 가슴 뛰는 삶

을 많이 읽은 학생들은 정규 교육과정 수업 시간 교과 내용을 이해하는 데에도 큰 도움이 된다. 그 외 상상력과 창의력 향상, 정서적 안정, 지식정보 획득, 자기 계발과 성장, 공감 능력 향상 등에도 도움이 된다. 이처럼 책을 통해 세상을 탐험하고 자기 삶을 더욱 풍요롭게 만들어 나가기 위해 다음 몇 가지를 실천한다면 큰 도움이 될 것이다.

첫째, 책을 가까이하자.

일찍 한글을 해득하여 책을 많이 읽을 수 있다면 더욱 좋다. 물론 강요가 아닌 스스로 책을 가까이할 동기가 필요하다. 어린 자녀들은 스스로 책과 가까이할 동기를 갖기는 어려울 것이다. 따라서 부모가 그 동기를 처음엔 의도적으로 만들어 주는 것이 필요하다. 가정에서 책을 자녀와 함께 읽으며 행복한 시간을 자주 갖기를 권한다. 또 함께 도서관이나 책방에 가서 자연스럽게 책을 가까이하도록 한 후, 맛있는 간식을 먹게 하거나 즐거운 놀이를 하면서 행복을 느끼게 해주는 것이다. 도서관이나 책방에 가면 기쁜 일이 기다리고 있다는 것을 알면, 스스로 찾게 될 것이다. 그래서 책 속에 무궁무진한 재미가 있음을 자녀 스스로 느끼도록 하는 과정을 부모가 함께해 주길 바란다.

둘째, 책을 읽고 기록하자.

책을 통해 새롭게 알게 된 내용, 인상 깊었던 문장, 자신에게 적용할 것 등 각자의 관점에서 의미 있다고 생각되는 내용을 자기만의 독서 기록장을 만들어 기록해 두는 것이 필요하다. 필자 역시 책을 읽고 정리해 둔 요약내용 등이 이 책을 쓰고 있는 지금, 기초자료 또는 예시자료가 되고 있다. 물론 어린 학생들에게 독후 기록을 강요하다 보면 그것이 오히려 스트레스가 되어 책을 싫어할 수 있으므로, 주의해야 할 것이다.

셋째, 독서 활동을 통해 선한 영향력을 주자.

교원은 학교 현장에서 책 읽기 등 독서교육과 다양한 교육 활동을 통해, 작가는 유익하고 재미있는 책을 써서 독자들에게, 부모는 자녀들과 책을 가까이하는 친한 친구로서, 개개인들은 독서 동아리 활동 참여를 비롯하여 개인적으로 책 읽기 활동을 통해 얻은 새로운 정보를 교환하는 등 자기 성장을 위해 독서로 공감 능력을 향상해서 그 선한 영향력으로 세상을 좀 더 아름답게 만드는 것이다.

성공한 사람들에 관한 연구에 세계 최고의 권위자인 진 랜드럼(Gene Landrum) 박사는 『성공하는 여성들의 심리학』에서 이렇게 말했다.

"책을 통해서 나는 인생에 가능성이 있다는 것과
세상에 실제로 나처럼 살고 있는 사람들이
있다는 것을 알게 되었다.
그래서 나는 내가 열망한 것을 달성할 수 있었다.
독서는 나에게 희망을 주었다.
내게 책은 열린 문과 같았다."

- 학교에서 시작되는 행복 네트워크
- 내 인생의 멘토, 송일남 선생님
- 아침 밥상머리, 가족 행복의 시작점
- 사랑동 가족이 선물한 소중한 시간
- 빈센트 반 고흐와의 특별한 만남
- 두 여자, 통영을 누비다
- 부(富)의 대물림보다 사랑 대물림
- 김선옥 작가와의 만남, 내 인생의 터닝포인트

Part Ⅱ

사람과의 연결이
행복을 만든다

학교에서 시작되는
행복 네트워크

"가장 많은 시간을 함께 보내는 사람
다섯 명의 평균 모습이 바로 당신이다."

– 짐 론(Jim Rohn)

학교에서 가장 흐뭇하고 행복한 만남은 선생님들의 수업 시간에서 이루어지는 만남이다. 다른 학교도 마찬가지겠지만, 본교역시 수업 공개를 통해 각자의 수업 전문성을 높이고 있다. 선생님과 학생들이 만들어 낸 수업의 다양성은 언제나 놀랍다. 수업을마치고 학생들과 잠깐 이야기를 나누어 보면, 스스로 자신감이 붙은 학생들의 상기된 얼굴이 참 보기 좋다.

"ㅇ학년 ㅇ반 최고! 질문이 수준 있네! 발표를 아주 잘하던데?"

하면, 아이들은 다음날 만났을 때 표정이 다르다. "교장선생님!우리 공부 엄청 열심히 하지요?"라고 말하는 듯한 표정이다.

공개수업 후에는 협의회가 열린다. 수업을 진행한 교사와 참관한 교사, 동 학년 교사, 그리고 학교 경영자들이 모여 수업에서 일반화할 내용을 찾아 공유하는 자리다. 수업을 참관하며 궁금했던 점에 대해 질문하고 답변하는 시간도 가진다. 이 협의회를 통해 교사들은 수업, 학급경영, 생활지도 등 다양한 노하우를 서로 공유한다.

올해는 협의회 방식을 새롭게 바꿨다. 이전에는 회의실이나 교실에서 진행하던 협의회를 인근 카페에서 열었다. 개방적인 분위기 덕분인지 토론이 훨씬 활발해졌다.

평교사 시절, '오! 전민!' 모임이 있었다. 2000년대 초반, 내가 근무했던 학교는 대전전민초등학교였다. 당시 5학년 담임을 맡으며 이루어진 모임이 바로 **'오! 전민'**이다. 모임 이름은 학교 이름과 5학년 담임을 맡은 동기들이 모두 전입하면서 붙여졌다. 우리는 단합이 잘되어 수업 나눔도 함께 하고, 방학 때는 연수도 같이 다니며 많은 추억을 쌓았다.

당시 전민초등학교는 학년당 10학급이 있을 정도로 큰 규모의 학교였다. 필자는 2년 동안 5학년 담임을 계속 맡았고, 특히 5학년 9반이 가장 기억에 남는다. 이 반 아이들은 나의 첫째와 같은 또래였다. 쉬는 시간에 잠깐 협의회를 다녀오면, 아이들끼리 율동을 연습하고 있었다. 한 친구가 율동을 만들어 가르치면 나머지 친구들이 쉬는 시간 10분을 이용해 서로 배우고 익혔다. 음악에 맞춰 율동을 하는 모습은 정말 사랑스러웠다.

수업 시간에도 아이들의 눈망울은 초롱초롱 빛났다. 질문을 많이 하니 학습 효과도 뛰어났다. 어느 날 교과전담 교사인 영어 선생님이 내게 이런 말을 했다.

"선생님! 그 반 친구들은 엄청 활기차요. 수업 시간에 집중도 잘하고 반응도 최고예요."

영어 선생님의 칭찬은 지금껏 들어본 칭찬 중 최고였다. 그래서인지 그해 학생들에게 더 열심히 가르쳤고 놀이도 많이 했다. 동학년 선생님들과는 방학 때 여러 연수를 함께했다. 동남아시아부터 시작해서 동유럽을 여행했다. 이집트와 남미는 중요한 연수가 있어서 함께하지 못한 아쉬움에 이제라도 두 곳을 가려고 한다.

학교에서의 '만남'의 행복은 또 있다. 김 선생님을 만나게 된 것은 영어 회화 60시간 연수 때다. 추운 겨울에 연수를 받는데, 날씨는 너무 춥고 아는 쌤은 없고 혼자 외롭게 앉아 있는데, 혼자 온 분이 또 있었다. 우리는 자연스럽게 친구가 됐고 점심 식사도 같이하며 친해졌다. 지금도 그 연수받았던 대학 앞에 있는 순두부 집에서 손을 호호 불며 점심을 맛있게 먹었던 기억이 난다. 영어에 관심이 많았던 필자에게 김 선생님은 엄청 대단해 보였다. 영어 회화를 술술 하고 있었고, 듣기 능력도 뛰어났다. 후에 알고 보니 미국에서 몇 년 동안 생활했다는 것이다.

어느 해, 인사이동으로 학교를 옮겼다. 그 학교에 김 선생님이 계신 게 아닌가? 인사이동으로 학교를 옮기면 모든 것이 낯설어 매우 어색한데, 아는 선생님이 있으니 무척 반가웠다. 김 선생님의 도움으로 새 학교에서 쉽게 적응할 수 있었다. 동 학년 담임을 한 건 아니었지만, 자세한 학교 현황과 교직원들의 조직 관계, 학생 생활지도 등 새 학교 적응을 위한 여러 사항에 대해 도움을 받곤 했었다. 그렇게 함께 근무하다가 김 선생님은 근무 기간이 다 되어 다른 학교로 이동했다.

어느 날, 근무 중에 도움을 청하는 전화가 김 선생님에게서 걸려 왔다. 이동한 학교에서 다리를 다쳤는데, 남편분이 서울에 계셔서 올 수가 없다고 했다. 급히 달려가 보니 필자가 근무하는 학교와는 10분 거리로 아주 가까운 학교였다. 그게 또 인연이 되어 다음 이동 학교를 김 선생님이 근무하는 학교로 가게 되었다. 다시 만난 두 번째 학교에서 만남도 잠시, 그분은 자녀 교육을 위해 휴직하고 다시 미국으로 가셨다. 자녀의 미국 유학 동행기를 들으며 '엄마의 힘은 대단하다'라는 것을 여러 번 느꼈다. 그렇게 뒷바라지했던 자녀가 얼마 전 멋진 짝을 만나 결혼하게 됐다는 소식을 들었다. 기쁜 소식을 듣고 전화했더니, 목소리가 한결 밝고 행복한 모습이었다.

학교에서 만난 또 다른 행복한 인연 '세포'! 세종에서 대전으로 출퇴근하는 네 명의 교장이다. 한 교장선생님은 교무부장 시절부터 지금까지 많은 것을 함께했다. 우연히 같은 지구에서 교무부장을 하면서 업무를 공유하던 어느 날, 집 근처 정원을 돌다가 딱 만났다. 세종시로 이사를 하고 얼마 되지 않았을 때, 한 교장선생님도 한 블록 너머 아파트로 이사를 오신 것이다. 그 후 교감 자격 연수를 같이 받게 되면서 절친이 되었다. 언제나 환하게 웃는 모습, 넉넉한 마음, 밝고 긍정적인 마인드가 늘 주변을 밝게 한다. 현 근무 학교도 같은 지역구여서 더 자주 만난다.

그리고 박 교장선생님은 연구부장 시절, 교실수업 개선 및 연구 대회 자료와 정보 등을 주고받으며 맺은 인연인데, 공통 취미생활로 부부가 한 팀이 되어 가끔 라운딩을 나가면서 더 가까운 인연이 되었다.

이 교장선생님은 별명이 선화공주다. 공주처럼 예뻐서 붙여진 이름이란다. 세종 바로 옆 동네로 이사 오면서 '세포'가 되었다. 퇴근 후 번개팅으로 바로 옆 장군산을 같이 다니며 학교 소식과 정보를 공유하기도 한다. 행복학교경영, AI역량강화 연수 등 교육부 주최 미래 교육을 위한 학교장 연수가 타 지역에서 있을 때 '세포'가 함께 참여하는 경우도 있다. 이때 이 교장선생님은 친절하게 장거리 운전으로 봉사도 해준다. 가끔 '세포+(인원추가)'가 될 때도 있다.

토니 로빈스(Tony Robbins)가 이런 말을 했다.

"당신 삶의 질은 관계의 질이다."

퇴직을 4, 5년 남기고 있는 현재 교장, 교감 동기들과 자주 정보를 공유하고 있다. 특히 '오! 21'(21기 교감 중 5명임을 줄임)과 '보리수'(교장 연수 동기들의 첫 모임 때, 보리수를 함께 딴 일이 있기에 붙인 이름)는 퇴직 후에도 계속 만나게 될 인연들이다.

며칠 전 '오! 21'의 전 교장선생님이 경주로 힐링 연수를 떠나자고 제안했다. 오빠분이 펜션을 운영하는데, 동생 찬스를 쓸 수 있으니 주말을 이용해 가자는 것이다. 그래서 같이 갔는데, 경주에 있는 '카멜○○' 펜션이었다. 입구부터 정성 들여 가꾼 정원이 아기자기하게 펼쳐진다. 작은 그네부터 예쁜 꽃들, 예쁜 양 떼들, 다육이들, 해바라기와 빨강머리 앤 등이 그려진 기왓장, 꽃이 그려진 고무신, 바람에 흔들리며 청아한 소리로 귀를 행복하게 해준 풍경소리, 어느 것 하나 맘에 들지 않는 것이 없었다. 모든 것에 사람의 손길이 듬뿍 느껴졌다.

안으로 들어서니 이번엔 작은 소품들이 우리를 반겼다. 구스타프 클림트의 '해바라기가 있는 농장 정원', 빈센트 반 고흐의 '아몬드 나무' 등의 그림들이 벽면을 채우고 있었다. 필자가 좋아하는 콘셉트이다. 예쁘게 수놓아진 커튼, 침대 시트와 이불, 전등갓 등 모두 올케언니가 손수 만드신 거란다. 곳곳에서 묻어나는 정성 들인 펜션에 짐을 풀고 오빠분이 구워준 고기와 와인을 맛있게 먹으며 저녁 시간을 보냈다.

동궁과 월지의 야경, 다음날 천년 숲 정원과 황룡사 터를 돌아보고 집으로 오기까지 친절한 안내에 완전 공주가 된 기분이었다. 동생과 동생 친구들까지 생각하는 마음에 감동받고, 후에 다시 뵙기로 하고 돌아왔다.

대전의 동·서부 많은 교장선생님들은 서로 정보를 공유하고 응원하며, 행복한 학교 경영을 함께하고 싶은 멋진 분들이다. 갑자기 학교에서 예상치 못한 일이 발생했거나 긴급상황이 발생했을 때, 그리고 새로운 사업을 추진하고 싶을 때 등 다양한 의견을 서로 듣고 참고한다. "다수가 모이면 한 개인의 지능을 능가할 수 있다."라는 집단지성의 힘으로 보다 나은 해답을 도출하는 데 많은 도움이 되고 있다.

내 인생의 멘토,
송일남 선생님

"경험 많은 선배의 지혜는 젊은이들이 실수를 피하게 해준다."
– 제퍼슨 (Thomas Jefferson)

초등교사로 첫 발령을 받고 남원에서 1년 6개월 남짓 근무하다가 남편이 근무하는 대전 지역으로 발령이 났다. 당시 학교 분위기로 보아 새로 전입한 교사들은 기존 교사들이 원하지 않는 5학년 담임으로 주로 배정되었다. 필자 역시 5학년 담임이다. 발령받은 지 얼마 안 된 새내기 교사로서 학생들에게 적응하랴, 도시에 적응하랴 매일 동분서주했다.

그런데 옆 반 송일남 선생님은 항상 여유롭게, 환한 미소를 띤 얼굴로 아이들과 재미있게 생활하셨다. 같은 학년을 맡고 있는데, 우리 반 학생들은 수업집중도 잘 안되고 생활지도도 잘 안되어 무척 힘들었다. 요즘 신규 교사들은 수업도 잘하고 업무도 척척 해내는 능력자들이지만, 그 당시 필자는 부족함이 많았다.

어느 날, 우연히 송 선생님 반 복도를 지나가게 되었다. 그런데 학생들이 귀를 쫑긋 세우고 초롱초롱한 눈빛으로 선생님만 바라보며 열심히 공부하는 모습을 보았다. 창문을 통해 언뜻 본 것이었지만, 어떻게 수업을 하시는지 무척 궁금해졌다. 수업을 마치고 선생님을 찾아갔다.

"선생님! 어떻게 하면 학생들이 그렇게 수업에 열중할 수 있어요? 제가 한 번만 선생님 수업에 참관해도 될까요?"

송 선생님은 환하게 웃으시면서 흔쾌히 승낙하셨다. 그렇게 송일남 선생님의 수업을 참관하는 영광을 얻었다. 요즘 연구부에서 추진하고 있는 신규 교사 멘토링 수업과 비슷한 것이었다. 연구부 계획으로 참관한 것이 아니라, 정말 수업 방법이 궁금해서 선생님께 부탁드린 것이었는데, 안쓰러웠는지 선생님께서 스스로 멘토를 자처해 주셨다.

신규 교사로서 경력도 짧고, 학급경영 경험도 부족하던 때에 선생님 수업을 참관하면서 많은 것을 배우게 되었다. 가장 기억에 남는 것은 학생들의 모둠 공부를 체계적으로 운영하며, 학생들이 자기 주도적으로 학습할 수 있도록 척척 진행해 나가는 것이었다. 학기 초에 학습 훈련을 많이 하신 것 같았다. 선생님이 한 말씀 거들어 주셨다.

"모둠은 대부분 6명으로 구성하는데, 4명이 좋아요. 왜냐하면,

이서영 교장쌤의 오늘도 가슴 뛰는 삶

학생들이 무임승차를 할 수 없거든요. 그리고 무엇보다 책임감을 느끼고 학습활동에 적극적으로 참여하게 됩니다."

그날 이후 송 선생님 말씀대로 필자도 학급경영과 수업경영에 모둠을 구성하고, 4명이 모둠장 및 각각의 역할을 1주씩 돌아가며 맡게 했다. 그리고 틈만 나면 선생님께 달려가 노하우를 여쭙곤 했다. 선생님은 바쁜 일정에도 새내기 교사가 안쓰러웠던지, 반갑게 맞아주시고 친절하게 멘토링을 해주셨다.

송 선생님의 담당 업무는 항상 도서관 운영이었고, 담임은 5학년을 맡으셨다. 그 이유는 6학년은 희망하는 교사가 많아 차례가 안 올 것 같고, 업무도 쉬운 것은 주지 않을 것 같기 때문에, 다른 사람이 맡기 싫어하는 독서업무와 5학년 담임을 희망하면 100% 된다고 하셨다. 그래서 매년 같은 업무에 같은 학년을 희망하신다고 했다. 그리고 다른 학교로 이동해도 "독서교육을 꼭 달라"고 한다는 것이었다. 그러면 그곳 교감선생님께서 "아무도 원하지 않는 5학년 담임에, 일이 많아 모두가 꺼리는 도서관 운영을 희망하니, 감사합니다."라고 말씀하시면서 일을 주신다는 것이다. 이렇게 계속 같은 업무와 같은 학년을 맡다 보니, 전략적으로 도서관 운영에 학급 운영을 한다고 하셨다.

그 후, 선생님의 영향으로 교직 경력 중 5학년 담임을 가장 많이 맡았다. 그리고 교사들이 기피하는 준거집단의 업무를 평교사 시절에 주로 많이 했다. 송일남 선생님의 코칭 덕분에 새 학년, 새 업무에 대한 스트레스를 한껏 줄일 수 있었고, 학급경영과 수업준비를 효율적으로 할 수 있었다. 또한, 같은 업무를 계속하다 보니, 노하우가 생기면서 업무도 수월하게 처리할 수 있었다. 그리고 수업 및 학급경영 자료가 점점 쌓이면서 학생들과 좀 더 활발하고 재미있게 학급 운영을 할 수 있었다. 수업하느라 지쳐서 힘이 빠져 있다가도 선생님과 잠시 대화를 나누면 선생님이 건네주시는 말씀 한마디에 큰 힘을 얻기도 했다. 벤저민 프랭클린 (Benjamin Franklin)이 이렇게 말했다.

> *"스스로 배울 수 있는 사람을 도와주는 것이*
> *진정한 멘토의 역할이다."*

선생님은 책을 즐겨 읽으셨다. 큰 가방 속에는 항상 읽을 책을 가지고 다니셨다. 도서관을 운영하면서 학생들과 함께 도서 대출과 반납, 도서 정리 작업한 후, 시간이 조금이라도 허락되면 언제 어디서든지 책을 꺼내 든다며 밝게 미소를 지으셨다. 방과 후에 어떻게 그 많은 일을 학생들과 하실 수 있느냐고 물으면, 집에도 가기 싫어하고 공부도 하기 싫어하며, 학원도 안 가는 학생들과 함께하니 할 수 있었고, 학생들 또한 즐거워한다고 하셨다. 지금 생각해 보면 학급에서 소외된 아이들에게 사랑과 용기를 주셨으니,

지금 성인이 된 그 학생들은 선생님을 많이 그리워할 것 같다.

도서관에서 아침 1교시 수업을 시작하기 전, 점심시간과 방과 후 시간을 활용하여 전교생을 대상으로 도서 대출을 해주었으니 얼마나 신이 나고 뿌듯했을까?

필자도 선생님 덕분에 책을 가까이하게 되었다. 삶의 의욕이 없고 에너지가 고갈되었을 때, 집 가까운 도서관에 들르기도 하고, 학교 도서관을 찾기도 했다. 책 속에 활력이 있다더니, 정말로 독서를 통하여 새로운 삶의 희망을 품을 수 있었다. 책을 읽고 나면 힘이 솟았고, 무엇이라도 하고 싶은 욕구가 일어나곤 했다. 그래서 도서관이 가까운 집이 좋았다.

한 번은 선생님께서 "승진보다는 정년퇴직할 때까지 학생들과 함께한 후, 교직 생활을 마감하고 싶다."라고 말씀하셨다. 그때 필자는 신규 교사로서 정년퇴직을 생각해 보지도 못했을 때인데, 10여 년 선배인 선생님은 교직 생활 계획을 구체적으로 세우고 계신 듯했다. 선생님의 영향으로 필자 역시 정년퇴직할 때까지 교실에서 분필을 들고 열심히 가르치는 선생님으로 남겠다고 생각했었다. 그렇게 아름다운 선생님, 참 좋은 선생님 상을 상상하곤 했다. 교실에서 학생들과 함께 동고동락하며 평교사로 퇴직하시는 선생님들의 모습이 멋있었고 아름다웠기 때문이다.

그렇게 평교사로 정년퇴직하고 싶어 했던 필자가 지금은 교장이 되었다. 외국에서 살다가 한국으로 돌아온 학생들을 가르치는

'귀국학급'을 맡게 되면서 승진의 기회가 자연스럽게 주어졌고, 그 기회를 붙잡았기 때문이다. 스페인 작가 발타자르 그라시안 (Baltasar Gracian)이 말하기를 "기회는 폭풍과 같아서 일단 지나가면 두 번 다시 돌아오지 않는다."라고 했는데, 그때 기회를 놓쳤다면 승진의 기회를 놓쳤을지도 모른다. 교감 · 교장 자격을 통과하고 학교를 경영하고 있는 지금, 도전정신이 필요하다는 것을 알게 되었다.

지금은 학교와 교육지원청에서 멘토-멘티 프로그램을 지원해 주어, 신규 교사들이 수업 참관도 하고, 연수도 받게 하는 등 다양한 교육 활동에 참여하도록 권장하고 있다. 30년 전만 해도 그런 프로그램들이 아예 없었다. 지금 돌이켜 보니, 웃는 모습도 예쁘신 송일남 선생님이 필자의 멘토 선생님이었던 것이다. 어려운 일이 있을 때마다 달려가 의논했던 생각이 난다. 여자 송일남 선생님 덕분에, 오늘도 필자는 활기차게 학교 현장 이곳저곳을 살피며 학교 경영에 매진하고 있다.

'송일남' 선생님! 이름만 들은 사람은 남자인 줄 알았다고 웃으며 말씀하시기도 한다. 부모님이 남동생 보라고 '일남'이라고 지어주셨단다. 지금은 퇴직하시고 행복한 노후를 설계하시며, 그 누구보다 행복한 모습으로 도서관에 다니실 선생님을 그려본다.

이서영 교장쌤의 오늘도 가슴 뛰는 삶

아침 밥상머리,
가족 행복의 시작점

"먹고 죽은 귀신이 때깔도 곱다."라는 말이 있는데, 어떤 상황에서든지 잘 먹는 것이 좋음을 이르는 말로, 실컷 먹고 싶을 때 자주 사용하기도 한다. 필자의 남편도 밥을 실컷 먹고 싶어 했다. 아침 식사를 빵이나 우유로 대충 때우지 않고, 오로지 밥 지상주의자였다. '밥' 하면 국이나 찌개, 그리고 그 외 밑반찬이 따르기 마련이다. 이렇게 날마다 아침 식사를 준비하느라 진땀을 흘려야 했다.

남편이 밥에 목을 매는 이유가 몇 가지 있다. 첫 번째는 어릴 적엔 가난해서 못 먹은 밥을 지금이라도 실컷 먹겠다는 것이다. 두 번째는 힘들게 군대 생활을 하는 동안 쌀이 부족하여 빵을 한 달이나 먹어야 했던 억울함을 보상받겠다는 심리이다. 그런데 이 두 가지보다 더 큰 이유가 있었다. 살기 위해서였다. 0교시 수업을 해야 하는 남편으로서는 아침 식사를 사수해야만 했다. 하루도 빠지지 않고 말이다.

　남편은 보리밥도 싫어한다. 맛있다는 보리밥집에 가서 외식하자고 하면 왜 돈을 주고 보리밥을 사 먹는지 모르겠다는 것이다. 물론 우리 시어머님도 같은 말씀을 하신다. 그 어머니에 그 아들이 아니랄까? 떡을 비롯하여 간식은 좋아하지 않고 오직 밥에 목을 맨다. 그것도 쌀밥만 고집했다.

　아이 둘을 키우면서 직장 생활하고 아침밥을 꼭 챙긴다는 것은 그리 쉬운 일이 아니었다. 빵과 우유, 주스, 달걀, 과일 등으로 간단히 먹으면 바쁜 아침 시간이 절약될 것이고, 먹고 싶은 것 먹으니 기분도 좋을 텐데……. 오로지 밥을 먹어야 한다는 남편의 그 고집을 나의 힘으로는 꺾을 길이 없었다. 그렇게 몇 년 동안 아침밥을 해서 먹고 두 아이를 데리고 출근하던 어느 날, 남편이 이렇게 말했다.

　"여보! 아침에 밥하기 힘들면 우리도 가끔 간단하게 샌드위치 먹고 출근하지?"

　'무슨 까닭일까? 주위 사람들에게서 여러 얘기를 들었을까? 아니면 필자가 혼잣말로 투덜대는 소리를 들은 걸까?' 이유야 어찌됐든 고마운 일이었다.

　마침 다음 날은 선진학교 견학 연수가 있는 날이어서 아침이 더욱 바쁠 것이기 때문이다. 신이 나서 샌드위치를 만들 재료인 빵과 야채를 샀다. 그리고 저녁에 미리 준비할 수 있는 일은 다 해 놓고 다음 날 아침을 맞았다. 그런데 샌드위치 만들기는 간단하리라 생각했었는데 의외로 잔손이 많이 갔다. 시간도 밥상 차리는 것과 별 차이가 없었다. 단지 고춧가루, 마늘, 간장 등의 양념을 넣고 가스 불에 끓이지 않는 것뿐이었다. 그래도 다행이라 생각하며 샌드위치를 열심히 만들어 아침 식사를 했다.

그리고 출근하여 전 직원이 함께 출발하는 연수를 위해 버스를 탔다. 그 당시 학생들 체험학습을 주말에 많이 하는 준거집단 업무를 담당했을 때라 버스 멀미는 잘 하지 않던 때이다. 그런데 그날 컨디션이 좋지 않았는지, 숨이 막히고 가슴이 답답해 왔다. 점점 버스 안이 좁아지는 듯하더니, 하늘도 노래지는 듯했다. 결국, 도착지에 내리자마자 뒷길로 빠져 아침에 먹은 샌드위치를 몽땅 다 토해버리고 말았다. 주위의 시선도 따갑게 느껴졌다. 차멀미로 토하기까지 하니, 얼마나 촌스러운가? 그렇게 그 바쁜 아침에 만들어 먹은 샌드위치를 탓하며 연수를 망치고 말았다.

어떻게 얻은 기회인데 멀미 좀 했다고, 이 좋은 기회를 앞으로 계속 놓칠 순 없었다. 그래서 월 2회 간편 식사를 계획하고, 다시 식탁에서 물었다. 초등학교 2학년인 둘째가 고개를 살래살래 흔들며 자신은 샌드위치를 안 먹겠단다. 큰아이는 엄마가 원하는 것을 알기에 눈치를 보며 소극적으로 싫다고 한다. 샌드위치 먹은 그날, 필자가 멀미한 것처럼 애들도 속이 불편했던 모양이다. 남편의 엄청난 배려로 시작된 제안은 결국 원점으로 돌아가고 말았다.

우리 가족은 매일 아침 한 밥상에 모여 앉아 밥을 먹는다. 남편이 늦게 퇴근하는 날이 많다 보니, 마주 보고 밥 먹는 날이 많지 않기 때문에, 아침에는 매일 어김없이 모인다. 모두 자다가도 벌떡 일어나 눈을 비비고 하품을 하면서도 아침은 먹는다. 저렇게 먹는 밥이 맛있을까? 라는 생각도 들었지만, 한 번도 방에 들어가 큰아들을 깨운 적이 없을 정도로 스스로 나와서 아침 식사를 잘했다.

　　"정아, 식사 시간!"

　라고 하면, 자다가도 들리는지 항상 벌떡 일어나 눈 비비고 거실로 나온다. 둘째는 아침잠이 좀 많았다. 그래서 꼭 들어가 엉덩이를 두드리며 깨워야 했다. 그렇게 다시 아침 식사를 하며 대화가 오갔다.

　"정아! 요즘 힘들지?"
　"예, 아빠! 저 피아노 학원 끊으면 안 될까요?"
　"그래? 그렇게 힘들면 피아노는 조금 쉬어. 대신 기타는 꾸준히 해라."
　"네! 알았어요."
　"준이는 어때?"
　"아빠! 전 요즘 좋아요. 빨리 끝나고 집에 와서 조금 쉬거든요."
　"그래? 하지만 일찍 와서 텔레비전만 보면 안 되는 것 알지?"

"그럼요. 제가 누구지요?"

"아빠 아들!"

그렇게 새 아침을 시작한다.

아침 밥상이 주는 기쁨이 한 가지 더 늘었다. 아침밥을 준비하기 위해 일찍 일어나는 시간 덕분에 아침 라디오를 듣게 되었다.

"따라라라라 따라라라라……."

아침 6시를 알리는 핸드폰의 알람 소리이다. 이렇게 하루는 시작된다. 제일 먼저 쌀을 씻어 불려 놓고 라디오를 켠다. 지금은 세월이 흘러 그 프로그램이 개편됐지만, 아침 프로그램 '굿모닝 팝스'를 즐겨 들었다. 좋아하는 프로그램을 들으면서 가끔 아침 신문도 보는 동안 서서히 쌀은 제 몸을 불리고 30분이 지나면 압력밥솥에 넣고 가스 불을 켠다. 뜸을 조금 오래 들이면 근사한 누룽지를 먹을 수도 있다. 두부와 호박을 넣고 된장찌개도 끓인다. 보글보글 끓는 된장찌개 소리, 우리 가정의 행복도 보글보글 끓어오른다. 미국의 제3대 대통령 토마스 제퍼슨(Thomas Jefferson)이 이렇게 말했다.

"건강이 있는 곳에 행복이 있다."

요즘 초등학생 중 아침밥을 몇 명이나 먹고 등교할까? 예전 학교에서는 아침 식사를 하고 왔다는 학생이 한 반에 그리 많지 않았다. 현 학교에서도 학생들과 아침 활동을 하며 묻는다. 역시 많은 학생이 아침은 거르거나 간단하게 먹고 오는 듯하다. 부모님의 사정으로 식사를 못 챙겨주는 경우도 종종 있지만, 시대가 많이 변하였다. 자연스럽게 소식과 간헐식이 유행하고 인스턴트 식품이 많아지면서 간단한 식사로 대체하거나, 학교 우유 급식으로 대신하기도 한다. 그것도 아니면 아예 굶고 등교하는 학생들이 예전보다 많아졌다.

　한창 성장할 나이인 어린 학생들은 아침은 거르지 않고 간단하게라도 식사하고 등교하면 좋겠다. '바쁜 일상에 가족이 대화할 시간이 그리 많지 않은데, 아침 식사 시간을 활용해 식탁에 둘러앉아 몇 마디라도 대화를 나누면 얼마나 좋을까?'라는 생각이 든다. 이때 자녀를 응원하거나 축하해 주기도 하고, 때로 힘든 일 있으면 서로 위로하고 격려도 해주고. 자녀들도 학교에서 힘들었던 일, 공부로 인한 스트레스, 진로 등에 관해 얘기하고, 용돈 올려달라는 부탁도 하고, 편하게 말할 수 있는 밥상머리 대화시간을 가져보길 바란다. 부모와의 따뜻한 대화로 시작하는 하루가 자녀들에게는 큰 힘이 되어 행복한 학교생활을 하는 데, 도움이 될 것이다.

　이 외에도 아침 식사를 해야 하는 이유는 많다. ChatGPT는 아침 식사를 해야 하는 이유 3가지를 이렇게 제시했다.

첫째, 에너지 공급: 아침 식사는 밤 동안 소모된 에너지를 보충해 하루를 시작할 수 있는 에너지를 제공합니다. 아침 식사를 통해 몸과 뇌에 필요한 연료를 공급받아 신체적, 정신적 활동을 원활하게 할 수 있습니다.

둘째, 대사 활성화: 아침 식사는 신진대사를 활성화하고, 하루 종일 칼로리를 효율적으로 소모하는 데 도움이 됩니다. 규칙적인 아침 식사는 비만 및 대사 관련 질환의 위험을 줄이는 데 기여합니다.

셋째, 집중력과 기억력 향상: 아침 식사는 뇌 기능을 향상시키고, 집중력과 기억력을 높이는 데 중요한 역할을 합니다. 특히 학생들과 직장인들에게 아침 식사는 학습 능력과 업무 수행 능력을 높이는 데 도움이 됩니다.

필자 역시 10여 년 전부터 아침은 간단히 먹고 있다. 밥 지상주의 남편도 요즘은 아점으로 하루 두 끼 식사만 한다. 흰 쌀밥만 고집하지도 않는다. 오히려 잡곡을 넣어서 지은 밥을 좋아한다. 이제 쌀밥은 맛이 너무 심심하다며 잡곡의 고소하고 오묘하며 건강한 맛을 찾는다. 나이가 들어가고 건강을 생각하다 보니, 쌀밥보다 잡곡밥을 주로 먹고 있다.

그렇게 눈 비비며 일어나 아침을 먹고 성장한 두 아들이 지금은 성인이 되어 행복한 가정을 잘 꾸려가고 있다. 밥 지상주의 남편 덕분에, 아침 식사를 준비했던 것들이 지금 생각해 보면 우리 가정의 행복의 밑거름이 되었다고 생각한다. 두 아들이 잔병치레 없이 지금까지 건강한 것도 그 아침밥 덕분이라고 생각한다. 결혼하여 예쁜 손자를 안겨주기도 하고 직장에서도 인정받고 있으니, 우리 부부에게 두 아들은 여전히 큰 기쁨이고 희망이다.

이서영 교장쌤의 오늘도 가슴 뛰는 삶

사랑동 가족이 선물한
소중한 시간

"봉사는 내 삶을 풍요롭게 하는 것으로,
다른 이들의 삶에 가치를 더한다."

― 앙겔라 메르켈(Angela Merkel)

오늘은 〈행복의 집〉에 가는 날이다. 그래서 둘째, 넷째 일요일 아침에는 분주하다. 직장 일로 바쁘게 생활하는 필자에게 휴일은 '금' 같은 시간인데, 둘째 아들의 학생 봉사활동을 돕기 위해 생애 처음으로 봉사활동을 시작했다. 집에서 먼 거리에 있는 〈행복의 집〉에서 봉사활동을 할 사람이 필요하다는 것을 알게 된 것이 계기였다. 그래서 고등학교 1학년인 둘째를 데리고 충북 현도에 있는 〈행복의 집〉을 찾아가게 된 것이다. 그곳에서 하는 일은 아침 미사 봉헌과 몸이 불편하신 할머니, 할아버지들의 이동, 그리고 식사를 도와드리며 말벗이 되어드리는 것이다.

봉사활동 첫날, 〈행복의 집〉 '소망동'에 배정을 받았다. 마침 화장실 청소할 일이 있다며 직원들이 우리 가족을 반가이 맞아주었다. 봉사활동을 시작하는 첫날이라 어설픈데, 화장실을 청소하는 것이었다. 남편이 팔을 걷어붙이고, 락스물로 일을 척척 해냈다. 집에서 자주 집 안 청소를 도와준 덕분이다. 우리는 뒤를 졸졸 따라다니면서 밀대로 밀기도 하고, 물을 떠 나르기도 하며, 바닥을 닦았다. 이렇게 화장실 청소를 마치니, 온몸이 땀으로 흠뻑 젖었다.

둘째 날 봉사활동부터는 조금씩 손이 익었다. 이번에는 〈행복의 집〉 '사랑동'으로 배정을 받았다. 이곳에서는 아침 일찍 천주교 미사 봉헌을 준비한다. 거동이 불편하신 분들의 휠체어를 밀어 '소망동'에 있는 작은 미사 봉헌실로 이동시킨다. 그분들과 함께 미사에 참여하기도 하는데, 인도 신부님의 어눌한 우리말 미사 봉헌이 가끔 진행되기도 한다. 때론 이해가 잘 안되는 부분도 있었지만, 한글 공부를 많이 하셔서 그런지 전달하고자 하는 뜻은 잘 전달하셨다. 미사가 끝나면 필자는 할머니들의 미사보와 성가책을 정리하고, 이어 주변 정리를 한다. 그 사이 둘째는 휠체어에 탄 어르신들을 다시 사랑동으로 이동시켜 드린다. 이렇게 하면 어느새 점심시간이 다가온다. 손이 불편하시거나 너무 힘이 없어 숟가락을 들 수가 없는 분들은 식사를 떠먹여 드리면서 말벗도 되어 드린다.

1년 가까이 활동하고 나니 할머니 할아버지 성함도 알게 되었다.

이서영 교장쌤의 오늘도 가슴 뛰는 삶

피부가 맑은 노○○ 할머니는 여든이 훨씬 넘으신 분이다. 밥을 드리면 눈을 아래로 뜨며 그저 입만 쩍쩍 벌리던 말씀이 없으시던 할머니가 조금씩 고개를 들어 쳐다보시면서 미소를 지으신다.

"할머니! 이건 김이에요. 드세요. 이건 생선이고요! 이건 콩나물이에요. 맛있으세요?"

라고 하면, 할머니는 힘주어 대답하신다.

"콩나물 안 먹어! 짜!"

"김!"

요즘 우리 손자들도 김을 무척 좋아하는데, 할머니가 어린애와 똑같았다. 식반에 김이 없다고 하자, "더 줘~" 하신다. 할 수 없이 그곳 선생님들께 더 달라고 해서 가져다드리면 또 고개를 들고 얼굴을 한 번 쳐다보신다. 아마도 기분이 좋으신 듯하다. 그래서 알게 되었다. 어르신들은 김을 좋아하신다는 것을.

둘째 아들도 필자와 마찬가지로 할머니와 얘기를 많이 나눈 것 같았다. 할머니들과 나눈 얘기를 주고받으면서 귀가하는 길은 무척 행복했다.

"엄마! 나중에 엄마가 더 나이 들면, 나도 저렇게 밥을 떠먹여 드려야 할지 모르겠다는 생각을 오늘 했어."라고 말했다.

아들이 그런 마음을 갖는 것만으로도 감사했고 기특했다. 이어 아들은 한마디 덧붙였다.

"그런데 엄마! 너무 살찌면 안 되겠어. 휠체어 밀기도 힘들고, 안고 이동할 때 정말 힘들어. 그러니까 살찌면 절대 안 돼. 알았지?" 웃으며 알았다고 대답했다.

　로버트 인거솔(Robert G. Ingersoll)은 이렇게 말했다.

　　　"가장 달콤한 행복은 남들에게 행복을 주는 것이다."

　봉사활동을 처음 시작했을 때는 어설프고 힘겨웠으며, 때로는 가기 싫은 날도 있었다. 아침에 조금 더 자고 싶은 마음에 '다음에 갈까?' 하고 생각한 적도 있다. 하지만 〈행복의 집〉 '사랑동' 가족과 시간을 함께 보내고 돌아오는 길은 아들과 마주 보고 웃으며 온다. '오늘도 가길 참 잘했구나!' 하고 마음속으로 되뇌며.

　하루는 김○○ 할머니를 도와드리는 날인데, 아들은 민○○ 할머니를 도와드렸다. 봉사활동을 마치고 귀가하는데 아들이 말하기를, 근심이 가득했던 할머니가 아들에게서 전화 왔다고 하며 통화하고 싶다고 하셨다는 것이다. 그래서 전화번호를 물었더니, 할머니도 모른다고 하셔서, 사랑동으로 전화가 또 오면 그때 번호를 알려드린다고 말씀드렸다고 했다. 그러자 할머니 얼굴이 환해지며 빛나셨다는 것이다. 아들이 이어 말했다.

　"엄마! 할머니들은 모두 아들을 많이 생각하시나 봐요. 어른들은 다 그러신 것 같아요. 이제 할머니들과 얘기하는 것이 재미있어요."

어르신들과의 대화를 통해 세상의 이치를 조금씩 배워가는 둘째 아들을 보면서, 봉사활동을 하며 오히려 우리가 얻는 것이 더 많다는 생각이 들었다. 그때의 봉사활동 경험 덕인지, 둘째 아들은 필자에게나 할머니께 지금도 전화를 자주 드린다.

아들이 중간·기말고사가 있을 때는 혼자 〈행복의 집〉을 찾았다. 아들은 엄마가 혼자 가는 것을 미안해했는데, 엄마로서는 그것만으로도 만족하며 기쁜 마음으로 봉사활동을 하고 돌아왔다.

아들은 〈행복의 집〉 '사랑동' 가족들을 만나면서 조금씩 변화해가고 있었다. 처음에는 학교 봉사활동 시간 때문에 시작했지만, 이제는 스스로 어려운 노인들의 아픔을 치료해 주겠다고 했다. '사랑동' 봉사활동을 계기로 진로도 고민하는 듯했다. 다리가 불편한 분들, 치매로 고생하시는 분들, 또 그곳에서 일하시는 분들을 보면서 지금껏 생각지도 않았던 미래에 대한 새로운 계획을 조금씩 세우는 것을 보며, 〈행복의 집〉을 찾길 참 잘했다는 생각이 들었다.

봉사활동을 통해 얻은 또 다른 즐거움도 있다. 〈행복의 집〉을 다녀오는 길은 자동차로 약 30분 거리인데, 봉사활동을 마치고 돌아오는 길에 김이 모락모락 나는 맛있는 빵집에 들르곤 했다. 발 빠른 아들이 달려 나가 단팥빵을 사 들고 들어오는 얼굴이 보름달처럼 환하다. 운전석으로 쑥 내민 손에는 따끈따끈한 빵이 놓여 있다. 봉사활동을 마치고 배고플 때 먹는 그 빵은 한마디로 꿀

맛이다. 때로는 손만두를 먹기도 했는데, 만두 속의 고기 맛이 일품이었다.

학교 과제를 하기 위해 시작한 봉사활동에서 우리가 얻은 것이 많았다. 특히 어른들의 세계, 건강 관리, 부모와 자식 간의 소통 등을 알게 해주었다. 학교에서 수업 시간이나 책으로 배운 것이 아닌 직접 체험을 통해 얻었으니, 값진 산교육이었다. 학교에서는 공부를 열심히 하고, 휴일에 즐거운 마음으로 〈행복의 집〉을 향해 발걸음을 옮기는 둘째의 모습이, 사춘기 시절 힘들어했던 아픔을 말끔히 씻어주었다. 그리고 작은 봉사를 하면서 스스로를 돌아보고, 작은 일에 감사할 줄 아는 사람으로 성장해 가는 모습을 보며 감사했다. 그래도 부족한 부분들은 앞으로 더 많은 사람을 만나면서 채워 가리라 믿는다.

아직도 갈 길이 먼 아들을 보면서, 가끔 찾아간 〈행복의 집〉 '사랑동' 가족이 우리 가족에게 너무나 큰 행복을 가져준 것에 또 한 번 감사하다. 빌 게이츠(Bill Gates)의 말이 떠오른다.

"봉사는 인생에서 가장 중요한 역할 중 하나다.
이를 통해 우리는 다른 사람들에게 긍정적인 변화를
가져올 수 있다."

빈센트 반 고흐와의
특별한 만남

> "나는 내가 그리고 싶은 것을 그리고 싶다.
> 그리고 내가 그리는 것을 느끼고 싶다."
>
> – 빈센트 반 고흐 (Vincent van Gogh)

그림에 관심이 많았던 필자는 네덜란드 화가 빈센트 반 고흐 (Vincent van Gogh)의 삶이 궁금했다. 솔직히 그림은 마르크 자하로 비치 샤갈(Marc Zakharovich Chagall)의 화려하고 따뜻한 색채 표현의 다채로움과 독특한 인물 표현에 더 끌린다. 또한, 오스카 클로드 모네(Oscar-Claude Monet)의 끊임없이 변화하는 빛과 색상의 유희 를 표현한 그림들도 좋아한다. 이에 비해 빈센트 반 고흐의 그림 은 왠지 무겁고 어둡게 느껴져, 그의 가난하고 힘들었던 삶이 궁 금했고, 너무나 짧았던 생이 안타깝게 느껴졌다.

여러분은 '빈센트 반 고흐' 하면 무엇이 생각나는가? 화가, 정 신병, 가난, 불행, 해바라기, 동생 테오, 푸른색 등과 같은 것들 인가? 필자는 빈센트 반 고흐의 저서 『빈센트 반 고흐, 영혼의 편

지들』, 최상훈 작가의 저서『고흐 그림 여행』, 박홍규 작가의 저서
『내 친구 빈센트』, 스티븐 네이퍼 작가의 저서『판 호흐』, 이동섭 작
가의 저서『반 고흐 인생수업』, 어빙 스톤 작가의 저서『빈센트 빈
센트 빈센트 반 고흐』 등을 통해서 그의 고뇌, 그림에 대한 열정,
고갱과의 관계, 그리고 그의 죽음 등에 대해 자세히 알게 되었다.

  그는 1853년 3월 30일 네덜란드의 시골 작은 마을에서 목사의
장남으로 태어났다. 그의 형이 있었으나 고흐가 태어나기 전에 사
망하여 장남이 된 것이다. 목사인 아버지는 권위적이고 말수가 적
으며 수줍어하는 성격이어서 어머니가 훈육을 도맡아 했다. 그림
을 그리게 된 것도 어머니의 영향으로 보인다. 가정부가 있었던
것으로 보아 중상류층의 생활 수준은 되었지만, 후에 경제적으로
매우 어려워졌던 것 같다. 고흐는 우울해하고 의심을 많이 하는
아이였고, 동생 테오는 밝고 사교적인 성격이었으며 몸이 약했다
고 가정부가 전하고 있다.

  고흐는 초등학교 3년과 중학교 1년 재학이 그의 전 학력이다.
그는 기숙 중학교에 보내졌으나 늘 외로워하며 가족을 그리워했
고, 가족과 함께 생활하고 싶어 했다. 중학교를 마치기 두 달 전
결국 도망쳐 나와 중학교를 중퇴했다고 한다. 이후 헤이그에서 화
랑을 운영하는 백부 집에서 생활하다가, 고1 나이인 16세에 화랑
수습사원으로 직장생활을 시작하게 된다. 그렇게 화랑에서 미술

작품을 거래하는 일을 하다가 24세에 아버지를 따라 목사가 되기로 하고 신학대에 지원했으나 불합격된다. 그는 가끔 친구이자 동생인 테오에게 보낸 편지에서, 고향을 그리워하며 고향 풍경을 묘사하곤 했다. 27세에는 미술 작업을 계속할 수 있다면 새로운 기법들을 보여줄 수 있을 것이라며, 그림 판매상을 하는 테오에게 도움을 요청하기도 했다.

고흐는 젊은 화가 라파르트를 만나게 되면서 드디어 그림 공부를 본격적으로 시작한다. 28세가 되면서부터 그의 그림이 조금씩 인정받기 시작했고, 드보크는 고흐가 화가로서 소질이 있음을 확신하며 스케치를 해보라고 조언했다. 하지만 고흐는 곧바로 실행에 옮기지 못하고 테오에게 또 편지를 보낸다. "내가 과연 그림을 시작해야 할지 혹은 말아야 할지 의논하기 위해 모베를 찾아가야겠다. 일단 화가가 되기로 결정한다면 최선을 다해야겠지만, 시작하기 전에 나의 그림에 대해 누군가와 이야기를 나누고 싶다."라고.

드디어 그는 모베를 만나게 되고, 모베는 이렇게 칭찬한다. "자네, 늘 무딘 사람이라 생각했는데, 그렇지 않구먼!" 이 말을 계기로 고흐는 본격적으로 화가의 길에 들어선다.

빈센트 반 고흐는 사람들을 즐겁게 해주기 위해 그림을 그리겠다는 자세로 30세에 화가로서 본격적인 작업을 시작했다. 동생 테오도 화가가 되고 싶다고 가족들에게 밝혔으나, 고흐만 적극적으로 지지했고 나머지 가족들의 반대로 인해 테오는 꿈을 접었다고 한다. 동생이 그림에 관심이 많았던 만큼, 고흐가 그림을 그리는 동안 두 사람이 많은 편지로 대화를 나눈 이유를 짐작할 수 있다.

16세에 백부 집에서 그림 판매상으로 일했던 그는 이후 학생들에게 산수와 외국어를 가르치는 교사, 신학대 학생, 교리문답 교사, 탄광촌 설교전도사를 거쳐 27세에 드디어 화가의 길을 걷게 된다. 이렇게 그의 직업은 매우 다양했다.

지금은 100세 시대라, 죽기 전까지 2~3개의 직업을 거쳐야 삶이 마감된다고들 한다. 그러나 빈센트 반 고흐는 이미 오래전에 네 개의 직업을 거쳐 화가가 되었다. 빈센트 반 고흐는 멋진 사랑의 승리자도 아니었다. 그가 좋아했던 여성들은 그를 좋아하지 않았다. 또한 그의 관심 대상은 가난하고 힘들게 살아가는 소박한 사람들이었다. 농부, 광부, 매춘부, 가정 형편이 어렵고 소외된 아이들에게 관심이 많았다. 그래서 그의 그림 소재도 '씨 뿌리는 사람, 광부, 매춘부' 등이 많다. 가난하고 불우했던 그의 삶이, 어렵고 힘든 사람들에게 관심을 가지는 계기가 되었을 것이다.

필자가 교단에 선 교사로서 빈센트를 생각해 보니, 그의 삶에 대해 많은 아쉬움이 있었다. 그가 학교를 중퇴하지 않았더라면, 그래서 조금이라도 일찍 재능과 소질을 발견했더라면 그렇게 우울해하며 힘든 삶을 살지는 않았을 것이다. 그가 안정적인 삶을 살았더라면, 스스로 귀를 자르는 일은 없었을 것이며, 측두엽 이상

이서영 교장쌤의 오늘도 가슴 뛰는 삶

의 간질이나 매독으로 인한 정신착란은 일어나지 않았을 것이다. 그리고 더 많은 작품을 남겨서 많은 사람의 사랑을 더 받았을 것이고, 경제적으로도 안정되게 살았을 것이다.

학교에서는 〈전문적 학습공동체〉라고 해서 수업, 교육과정, 생활지도 등 다양한 주제로 계획된 날짜에 교사들이 모여 공동연수를 한다. 그동안 관심을 두고 공부하고 있었던 '빈센트 반 고흐'에 대해 연수를 했다. 그가 화가가 되어 처음으로 그렸던 '탄광' 그리고 누구나 잘 알고 있는 '해바라기' 등 몇 작품을 PPT로 만들어 본교 교사 대상으로 연수했다. 〈감자 먹는 사람들, 1885〉을 첫 번째로 소개했다. 이 작품이 나오기까지 수많은 습작을 했고, 그림의 내용이 조금씩 변화하면서 이 걸작품이 나오게 됐음도 설명했다. 고흐는 이 그림을 서른두 살에 그렸는데, 화가가 되기로 결심한 지 5년 후에 그린 것이다. 그 당시 고흐가 이 그림을 두고 이렇게 말했다.

"감자를 먹는 농부를 그린 그림이 내 그림 중 가장 훌륭한 작품으로 남을 것이다. 이런 탁한 빛깔 속에도 얼마나 밝은 빛이 있는지 사람들은 알지 못한다. 나는 이 그림에 진실을 담을 것이다."

그런데 실제로는 〈해바라기〉나 〈별이 빛나는 밤에〉가 〈감자 먹는 사람들〉보다 더 유명한 작품이 되었으니, 고흐가 지금 살아있다면 어떻게 말을 바꿀까? 빈센트 반 고흐에 관해 공동연수를 마친 후 교사들의 새로운 반응이 나타났다. 고흐의 잘 알려지지 않은 작품을 통해 그의 스토리를 듣고, 어느 선생님은 빈센트 반 고흐에 대해 새롭게 알게 되었다며 자신의 느낌을 전하기도 했다.

두 번째 그림으로 〈별이 빛나는 밤에〉를 소개했다. 이 그림은 직접 밤하늘을 보면서 상상을 추가해 그렸다고 한다. 역사상 최초로 야외에서 그린 밤 풍경이라고 하는데, 이 그림을 1889년에 그렸으니 고흐 나이 36세 때다. 세계인이 제일 좋아하는 그림 1위인 이 작품은 고갱과 다투고 왼쪽 귀를 자른 후, 생레미 병원 입원 중에 그렸다. 고흐는 37세까지 약 879점의 유화와 1,000점 이상의 데생과 수채화를 10년이라는 짧은 기간에 열정적으로 그렸기에 새삼 놀라웠다. 그러나 살아있는 동안 인정받지 못하고, 끝내는 비참하게 죽음을 맞이해 아쉬움으로 남았다. 그의 작품이 명작으로 남게 된 것은, 19년 동안 동생 테오와 668통의 편지로 끊임없이 대화할 만큼 동생이 든든한 지원자가 되어주었기에 가능했다고 생각한다. 고흐가 다음과 같은 말을 남긴 것으로 보아, 대자연의 모든 풍경이 그를 꿈꾸게 했을 것이다.

*"나는 내 삶을 위한 어떠한 확신도 갖고 있지 않다.
하지만 별들의 풍경은 나를 꿈꾸게 한다."*

빈센트 반 고흐의 삶에서 느낀 것처럼, 학생들이 자신의 재능을 일찍 발견할 수 있도록 돕는 것이 교사들의 중요한 역할이라 생각한다. 동시에, 학생들의 재능을 발견한 후에는 스스로 꾸준히 노력할 수 있도록 용기를 주고, 지지해 주어야 할 것이다. 그리고 교사는 '학생들의 테오'가 되어주었으면 한다.

지난 4월에는 〈우리들의 블루스〉에서 영희로 나온 『니 얼굴』의 정은혜 작가를 학교로 초대했다. 학생과 학부모, 교사가 만나 토크쇼를 진행했는데, 한마디로 감동의 물결이 이는 시간이었다. 정은혜 작가는 발달장애를 겪고 있었지만, 그 누구보다 인정받고 사랑받는 국민 작가가 되었다. 물론 그렇게 되기까지 부모님의 말할 수 없는 희생과 노력이 뒷받침되었을 것이다. 아빠의 인내와 지원, 엄마의 끝없는 사랑이 낳은 결과라고 생각한다. 부모님의 헌신적인 지원에 작가의 노력이 더해져 오늘의 정은혜 작가가 탄생했고, 정 작가는 학생들, 교사, 그리고 자녀를 키우고 있는 부모님들에게 귀감이 되는 모범사례가 되었다.

초등학교 교육의 최고 목표는 학생들이 미래에 행복한 삶을 살도록 그들의 꿈을 키워주고 재능을 발견하도록 돕는 것이다. 빈센트 반 고흐 같은 학생, 정은혜 작가 같은 학생, 또 각자의 재능이 있는 학생들이 자신의 소질과 재능을 좀 더 빨리 발견할 수 있도록 돕는 일이 초등학교에서 먼저 이루어져야 할 것이다. 이동섭 작가의 저서 『반 고흐 인생수업』에 이런 말이 있다.

"잘하는 것을 좋아하면 인생이 편하지만,
좋아하는 것을 잘하면 인생이 행복하다."

두 여자,
통영을 누비다

"친구는 두 번째 자신이다."
– 아리스토텔레스 (Aristoteles)

한창 인기 있었던 TV 프로그램 〈알쓸신잡(알아두면 쓸데없는 신비한 잡학사전)〉 통영 방송을 보다가, 갑자기 한번 가보고 싶다는 생각이 들었다. 망설일 것도 없이 서울에 있는 고대 맛집 〈아미가〉를 경영하고 있는 친구이자 CEO인 미아에게 전화했다. 자초지종을 얘기하니, 기다렸다는 듯이 반기며 자신도 통영에 가보고 싶었다는 것이다. 가끔 어디론가 훌쩍 떠나고 싶을 때 이렇게 함께할 수 있는, 마음 맞는 친구가 있는 사람은 행복한 사람이다.

이번 만남은 '번개 만남'이라 설렘의 기간도 짧았다. 친구는 TV 방송을 몇 번씩이나 다시 보고, 필자는 인터넷을 검색하여 볼거리, 교통편, 숙박 시설, 맛집, 이동 경로 등을 계획했다. 통영에서 꼭 하고 싶은 일 몇 가지를 정하여 1박 2일, 두 여자가 배낭을 메고 이곳저곳을 누빌 절반의 준비를 마쳤다.

이서영 교장쌤의 오늘도 가슴 뛰는 삶

이른 아침, 대전복합터미널에서 만나기로 약속했다. 버스표도 미리 예매해 두고 친구가 오기만을 기다렸다. 드디어 반가운 친구 등장. 우리는 약속이라도 한 듯 서로를 얼싸안았다. 대전에서 통영까지 걸리는 시간은 그리 길지 않은 2시간 30분. 오랜만에 만난 친구와 나누는 얘기가 끝이 없다. 직장 얘기로부터 남편, 아이들, 시어머니, 친구 등등의 얘기를 하다 보니 어느새 통영 시외버스터미널이란다. 버스 안에서 가고 싶은 곳을 다 결정하기도 전에 도착하고 만 것이다.

우선 터미널 옆 안내소에서 관광 안내 지도를 받아 중앙시장으로 가는 버스를 탔다. 어느 지역이든 시장은 북적이는 사람들로 활기가 넘치고 사람 사는 재미가 있다. 통영은 생각보다 그리 크지 않은 도시로, 첫인상이 아기자기하고 아름다워서 '예술의 도시'라는 느낌이 들었다. 북적대는 중앙시장을 통과하면서 꿈틀대는 생선들로 인해 생동감 넘치는 삶의 현장을 목격했고, 그동안 몰랐던 통영이라는 도시가 생각했던 것보다 더 많은 사람이 구경하러 오는 관광 명소라는 것도 알게 되었다. 여름휴가 막바지여서 그런지 젊은 연인들, 가족들, 노부부 등 다양한 연령층이 통영 시내를 누비고 있었다.

금강산도 식후경이라, 중앙시장 건너 '생생 정보통'에 방영되었다는 맛집을 찾았다. 누리꾼들이 추천한 멍게비빔밥과 회덮밥을 주문했다. 고소한 참기름 냄새가 입맛을 돋웠다. 친구와 함께 식사하며 아직 결정하지 못한 여정을 최종적으로 정리했다. '동피랑–남망산 조각공원–이순신 공원–유치환 생가–서피랑'을 돌아보고 1박 한 후, '케이블카–박경리 기념관–공예 체험' 후 귀가하기로 했다. 물론, 이 여정은 언제든 변경 가능했다.

그림 같은 마을 동피랑(피랑은 벼랑, 벽을 뜻함). 마을 벽이 그림대회 장소였던 것 같다. 아기자기한 그림에서부터 현대 추상화까지 다양한 작품이 그려져 있었다. 〈천사의 날개〉 앞에서는 힘껏 하늘을 날고픈 마음으로 두 팔을 활짝 펴고 인증샷을 찍기도 했다. 남망산 조각공원에 오르니 시민들이 만든 한산대첩 영화 상영, 전국 서예대전 우수작품 전시회 등 다양한 볼거리가 있었다. 오랜만에 서예와 문인화 작품을 감상하며 뜻깊은 시간을 보냈다.

이순신 공원은 일본군을 무찔렀던 장군의 업적을 후손들에게 알리는 문화재 안내문이 곳곳에 있었다. 그래서인지 어린아이 손을 잡고 온 가족들이 많았다. 이순신 공원을 돌아 나오니, 통영 출생인 유치환 선생을 기리는 문학관과 생가가 바로 앞에 있었다. 문학관 입구에 들어서니, 유치환 시인의 '행복'이라는 시가 눈에 들어왔다.

사랑하는 것은 / 사랑을 받는 것보다 행복하나니라.
오늘도 나는 / 에메랄드빛 하늘이 환히 내다뵈는
우체국 창문 앞에 와서 / 너에게 편지를 쓴다. (이하 생략)

이서영 교장쌤의 오늘도 가슴 뛰는 삶

우리는 이 시를 읊조리며 돌계단을 지나 청마 생가로 올라갔다. 유치환 선생의 작업실이 보였다. 툇마루에 앉아 친구와 어깨동무하며, 유치환 선생의 시를 읊던 학창 시절을 떠올렸다. 〈청마문학관〉은 '청마'의 삶을 조명하며 '청마의 생애, 청마의 문학, 청마의 발자취' 등을 주제로 구성되어 있었다.

99계단이 있다는 서피랑 계단을 피아노 건반을 연상하며 올라갔다. 선율이 흐르는 듯하여 그리 힘들지 않게 느껴졌다. 미리 준비해 간 노란 포스트잇에 소원 하나를 적어 나도 소원 카페 벽에 붙였다. 각자 적은 소원은 서로 말하지 않았다. 벽에 붙은 소원들이 얼마나 많은지, 모두 소박하고 정감 있는 소원들이었다.

하루 일정을 마치고 숙소를 찾아 짐을 풀었다. 얼마나 걸었는지, 워크앱에서 최근 들어 가장 많이 걸었다며 축하한다는 멘트가 올라왔다. '걷기'라면 누구에게도 지지 않는 우리다. 한려수도 횟집을 찾아 낭만적인 바닷가에서 남해 밤바다의 시원한 공기를 마시며 저녁 식사를 마쳤다. 하루의 수고를 칭찬하며 해저터널 야경까지 구경한 후, 내일을 위해 잠을 청했다.

오프라 윈프리(Oprah Winfrey)의 다음 말이 이번 여행에 함께한 친구를 두고 한 말이리라. 리무진이 고장 났을 때, 친구가 함께 버스를 타 줄 사람이라는 것을 이 밤에 확신한다.

> *"많은 사람이 여러분과 리무진을 타고 싶어 하겠지만,*
> *정작 여러분이 원하는 사람은 리무진이 고장 났을 때 함*
> *께 버스를 타 줄 사람이다."*

아침 일찍, 전국에서 제일가는 케이블카를 타러 출발했다. 이른 아침임에도 매표를 위해 선 줄이 길었다. 그래도 예상보다 빨리 탈 수 있었다. 약 5분 정도 올라가니 남해 한려수도가 한눈에 들어왔다. 정상에 올라가는 곳마다 아름다운 남해가 굽이굽이 끝없이 펼쳐졌다. 한국화 같은 한 폭의 그림처럼 어느 방향으로 보아도 아름다웠다. 통영의 이 아름다움을 그림으로 남길 수 있길 바라는 마음으로 여러 차례 풍경을 카메라에 담았다. 통영 케이블카가 왜 전국에서 제일가는 케이블카라는지 그제야 알 수 있었다.

마지막으로 들른 곳은 박경리 기념관! 시내에서 20분 정도 택시를 타고 도착했는데, 안쪽으로 들어가기 전 모습이 마치 어느 가정집의 정원 같았다. 문학관 입구에 작고 귀엽게 서 있는 박경리 선생의 동상이 낯익었다. 동상 아래 "버리고 갈 것만 남아서 참 홀가분하다."라는 글귀가 한눈에 들어왔다. 박경리 선생의 삶의 철학이 이 한 문장으로 요약된 듯했다.

기념관을 둘러보고 바로 위쪽 묘지에 이르러서는 깜짝 놀랐다. 거대한 비석도 없고 화려하지도 않은, 잘 정돈된 묘지가 우리네 평범한 가정 묘지 같았다. 1969년부터 1994년까지 25년간 대하소설『토지』를 집필하며 우리나라 문학사에 큰 획을 그은 작가의 묘지 앞에 섰다. 묘지에서도 작가의 비우는 마음이 느껴졌다. 누구든 잠시 들러 편히 쉴 수 있는 쉼터도 있었다. 정면으로 보이는 고요한 한려수도의 모습이 박경리 선생과 잘 어울렸다. 소설가 박경리 선생은 우리 곁을 떠났지만, 그의 작품은 영원히 남아 있을 것이다.

그렇게 발품을 팔며 열심히 다녔는데도 아쉬움이 남았다. 세계적인 작곡가 윤이상 선생의 기념공원을 들르지 못한 것과 통영의 특산품인 옻칠 공예를 체험하지 못한 것이다. 문득 오래전 읽었던 『아빠, 왜 우리는 일본에 살아요?』라는 책이 떠올랐다. 일본에서 우리의 전통문화를 복원하며 장인이 된 전용복의 자서전이었다. 옻칠의 고유 특성을 가장 잘 표현하며 독특한 한국의 멋을 창조한 칠장이로, 우리나라보다 해외에서 더 주목받는 옻칠 장인 전용복의 이야기였다.

3년에 걸친 메구로가조엔(雅敍園) 복원 공사를 1991년에 완공하며 장인으로 인정받은 그의 자서전에서 옻칠의 사랑과 신비, 그리고 아름다움을 느낄 수 있었다. 통영의 특산품 옻칠 공예로 작은 목걸이를 하나 만들고 싶었지만, 올라가는 버스표 예매 시간 때문에 옻칠 공방 체험을 하지 못한 아쉬움을 뒤로하고 집으로 발길을 돌렸다.

대중교통을 이용한 여행이라 불편하리라 생각했지만, 8월 초를 넘긴 시점이라 살랑살랑 부는 바람이 짧은 만남을 도와주었고, 통영 앞바다의 시원한 바람이 한낮에도 남망산 자락을 휘돌아 가는 덕분에 즐겁고 행복하게 걸을 수 있었다. 친구와 오랜만에 만나 살아온 이야기를 나누는 것도 재미있었고, 귀가해 핸드폰 카메라에 담긴 사진첩을 넘기는 즐거움도 쏠쏠했다.

내 두 발로 직접 밟아 본 통영에서 여러 예술가가 탄생할 수 있었던 힘은 무엇이었을까? 넓은 바다가 주는 포용력과 편안함, 그리고 출렁이는 파도의 생동감이 상상력을 키우는 원동력이었을까? 통영에서의 아름다운 추억은 친구와 함께 오래도록 기억에 남을 것이다. 벤 존슨(Ben Johnson)의 말이 떠오른다.

*"진정한 행복을 만드는 것은 수많은 친구가 아니며,
훌륭히 선택된 친구들이다."*

추억을 함께 만들 수 있는 친구가 있어 감사했다. 번개 만남은 계획된 만남보다 더 짜릿하다. 예상치 못한 상황에서 기쁜 일이 생기면 더욱 행복감을 느끼게 된다고 하지 않던가? 기대하지 않았던 선물을 갑자기 받았을 때 더 큰 감동을 느끼는 것처럼 말이다.

갑작스럽게 떠난 이번 여행의 1박 2일은 많은 추억을 선물해 주었다. 가고 싶은 곳을 좋은 사람과 함께할 수 있다는 것은 인생에서 또 하나의 행복이다.

친구야, 고맙다.

이서영 교장쌤의 오늘도 가슴 뛰는 삶

부(富)의 대물림보다
사랑 대물림

"부모는 자녀의 인생에서 첫 번째이자
가장 중요한 선생님이다."

– 아리스토텔레스 (Aristoteles)

"15층입니다."

토요일 아침, 큰아들네 집 엘리베이터 문이 열리면 "이야~" 하는 손자들의 귀여운 목소리가 들린다. 필자와 남편을 반기는 소리다. 우리와 두 블록 건너에 살고 있어 자주 만난다. 어린이집 문 닫는 날인 토요일은 네 살 든이와 두 살 룬이가 할머니 할아버지가 사는 한솔동 집에 오는 날이다. 손자들은 아기 가방을 메고 마치 체험학습을 하러 온 듯 들뜬 모습이다. 그래서 우리는 토요일마다 손자들을 데리러 아들네 집으로 가곤 한다. 엘리베이터 앞에서 우리도 "이야~~~" 하고 소리를 지르며 반갑게 맞이한다.

큰아들네는 맞벌이 부부다. 큰며느리가 오랫동안 휴직하다가 올 3월 복직했다. 직장에 다시 적응하기 어려울 것 같고, 두 아들을 키우는 일이 쉽지 않을 것을 알기에 우리가 먼저 토요일 육아를 제안했다. 아들 내외는 고마워하며 선뜻 동의했고, 우리는 손자들이 오전 시간을 신나고 행복하게 보낼 수 있도록 토요 프로그램을 계획했다.

우선 우리 집으로 오는 길에 작은 마트에 들른다. 아이들이 좋아하는 간식을 장바구니에 담으며 쇼핑하는 재미로 엄마 아빠를 쉽게 잊게 만든다. 그래야 다음에도 즐겁게 따라올 테니까. 아이들은 작은 장바구니를 들고 쇼핑하는 재미에 빠진다. 이것저것 고르며 가끔 브로콜리와 당근 같은 야채도 담는다. "야채도 잘 먹을 수 있어요!" 하며 직접 고르는 모습이 기특하다.

그리고 '뽑기'도 한다. 큰아들이 "엄마는 우리 어렸을 때, 왜 뽑기를 못 하게 했어?" 하고 물었던 기억이 난다. 당시 뽑기를 금지한 이유는 아마 등·하굣길에 게임기 앞에서 정신 놓고 있을까 봐 그랬을 것이다. 그래도 가끔은 했을 텐데, 그렇게 말하는 것을 보니 매우 속상했었던 것 같아, 신경이 쓰였다. 그래서 손자들에게는 일부러 뽑기를 시킨다. 그렇게 재미있는 쇼핑으로 좋아하는 간식을 한 아름 사 들고 집으로 온다.

집에 오면 놀이코스가 있다. 거실 놀이(소형 자동차 타기, 구조대 놀이, 공놀이, 화분 물주기 놀이)부터 시작한다. 좀 시간이 지나면 작은 방으로 이동한다. 거기에는 작은 장난감과 동화책, 낱말카드 등이 있다. 큰손자가 아주 어렸을 때부터 즐겨 읽던 책『고마워요』를 한 번 보고,

다른 책들 구경도 한다. 아이들은 예전에 봤던 책을 더 좋아한다. 둘째는 낱말카드 속 동물들을 좋아한다. 하나씩 이름을 불러주면 귀담아듣고 아는 척도 하며 흉내도 낸다. 귀엽다.

공부놀이가 끝나면, 당구 게임, 지진 놀이, 골프공 넣기 게임 등 또 다른 게임을 한다. 그렇게 여러 가지 놀이를 해도 시간은 오래 걸리지 않는다. 아이들은 바로 싫증을 내기에 한 게임에 5~10분이면 족하다. 그러고도 시간이 남으면 서재 방으로 간다. 거기에서는 손자들이 실컷 물감 놀이를 할 수 있다. 필자가 가끔 사용하는 물감과 팔레트, 물통이 준비되어 있다. 스케치북을 펼쳐주고 마음에 드는 색깔을 골라 붓으로 칠해 보게 한다. 한참을 신나게 논다. 큰손자는 초록색을 좋아한다.

"이번엔 간식타임!"

큰손자가 '타임'이라는 말을 새롭게 배운 듯하다. 재미있어하면서 자꾸 반복한다. 그렇게 아이들은 말을 배운다. 간식시간이라고 해야 했는데 간식타임이라고 했더니, 타임을 먼저 배웠나 보다.

"할머니! 이제 식사 타임! 쉬는 타임! TV 타임! 집에 가는 타임!"

이번엔 햇살마당에 나가는 시간이다. 우리 집 앞엔 햇살마당이 펼쳐져 있다. 아파트 단지 내 공원이 꼭 우리 손자들을 위해 만들어 놓은 곳처럼, 넓고 평화롭게 펼쳐져 있다. 토끼풀이 나고 벚꽃이 피며, 까치가 울고 참새가 날아다니는 곳, 초록이 짙어가는 그

이서영 교장쌤의 오늘도 가슴 뛰는 삶

런 아기자기한 햇살마당이다. 이곳에서 한바탕 뛰고 나면, 바로 옆 놀이터로 간다. 그곳에서 미끄럼도 타고 그네도 타면 어느덧 시간이 다 되어 점심 먹을 시간이다. 둘째 손자 룬이는 집에 오는 길에 유아용 자동차 안에서 잠이 들기도 한다.

점심시간이 되어 아들 내외가 집으로 오면, 큰 손자 든이가 엄마에게 묻는다.

"엄마 청소 다 했어?"

할머니 집에서 노는 동안, 엄마는 집 안 청소나 정리를 하는 것으로 알고 그렇게 묻는다. 아들 내외가 오면 함께 점심을 먹는다. 아이가 2명이고 어른이 4명인데도 편안한 식사를 하기가 어렵다. 당분간은 정신없는 식사가 계속될 것이다.

이렇게 토요일 오전 프로그램이 끝난다. 기차 타기, 과학관 가기, 도서관 가기, 창의놀이관 가기, 동물원 가기 등 매주 프로그램을 달리하여, 손자들이 재미있게 놀 수 있도록 하니, 집으로 갈 시간이 되어도 더 놀고 싶다고 한다. 잠이 와서 몸을 비틀면서도 가지 않겠다고 한다. "손자는 오면 좋고, 가면 더 좋다."라고 했던 TV 광고가 생각나 웃음이 나온다. 도로시 게일(Dorothy Gale)은 이렇게 말했다.

"가족은 우리가 처음으로 사랑을 배우는 곳이다."

아쉬운 점은 멀리 춘천에 사는 둘째네다. 둘째네 손자 산이는 자주 만나지 못하니, 우리를 덜 좋아하는 듯하다. 산이 혼자서는 절대로 우리를 따라나서지 않으니 말이다. 한 번은 손자들 셋을 함께 데리고 아이스크림을 사러 가기로 했다. 그런데 산이는 엄마 아빠가 있어야만 같이 간다고 하여, 결국은 못 데리고 갔다. 둘째 네 부부는 산이가 늘 껌딱지처럼 붙어 다니니, 무척 힘들기도 할 것이다. 그런데도 둘이서 또 깔깔대며 재미있게 산이랑 잘 놀아 준다. 돌봐줄 어른들이 없으니, 둘째네는 그들 스스로 아이를 돌 봐야 하는 환경에 적응된 듯하다.

애들을 보내고 나면 우리는 녹초가 된다. 다행스러운 것은 젊은 나이에 할머니가 된 덕에 손자들과 함께 산과 들로 나갈 수 있고, 또 신나게 놀아 줄 수 있다는 것이다. 이것이 행복이다. 남편은 손자들을 보내고 나면 또 보고 싶다고 아쉬워한다. 필자와는 달리 피곤하지도 않다고 한다. 할아버지의 손자 사랑은 무한대이다. 그 마음이 통한 듯 손자들도 필자보다 남편을 더 좋아한다. 엘리 베이터에서 만나면 둘 다 할아비에게 달려간다. "이야~" 소리를 지르며. 토요일에 일이 있어 못 만나면 일요일에 어김없이 영상통 화가 걸려 온다.

"할아버지 몇 시까지 준비하면 돼요?"

예전엔 "할머니 어디예요?" 하더니, 요즘 '준비'라는 새로운 단어를 배운 것 같다. 오늘은 과학관에 가자고 기분이 들떠 아침부터 전화가 왔다. 목소리 톤이 올라가 있다.

남편이 퇴직 후 약 4개월 동안 큰손자를 돌봐준 적이 있다. 11시 40분쯤 어린이집에서 데리고 와서 집에서 재우고, 놀고 있으면 아들네가 퇴근하고 와서 데려가곤 했었다. 그때 품에 폭 안고 재울 때의 '말로 표현할 수 없는 그 행복감'을 남편은 지금도 얘기한다.

남편은 60세를 한참 넘겼는데도, 요즘 수학 공부를 시작했다. 처음엔 치매 예방을 위해 수학 공부를 같이하기로 했는데, 필자는 바로 포기했다. 남편은 중1, 2, 3학년 수학을 마치고, 지금은 고등학교 수학을 공부하는 중이다. 끝까지 수학 공부를 하는 이유를 물으니 첫째, 뇌 활동(치매 예방), 둘째, 수학 극복(대입 수학 실패), 셋째, 손자가 수학으로 힘들 때 재미있게 설명해주고 싶어서라고 했다. 대학입시 때 수학 시험을 망쳐서 원하는 대학에 못 갔던 가슴앓이를 손자도 하게 될까 봐, 어떻게든 마스터를 해서 수학 과목이 그렇게 어려운 것이 아니라는 것을 꼭 알려주고 싶단다. 참 대단한 할아버지다.

'남편의 손자 사랑이 저절로 시작되었을까?' 아니다. 필자 또한, 손자들과 재미있게 놀아주는 것이 그냥 시작된 것이 아니다. 바로

시부모님의 영향이다. 시부모님이 우리 애들을 정성껏 사랑으로 돌봐주신 그 마음, 며느리를 사랑으로 대해주신 그 마음이 몸에 자연스럽게 배어 들었지 싶다.

돈의 힘이 매우 강력해지는 요즘 세상에서, 돈이 전부가 아니라는 것을 많이 느낀다. 경제적인 부자만 부자가 아니다. 우리는 사랑 부자다. 끊임없이 나눠주신 시부모님의 사랑 덕에 우리도 사랑을 대물림하고 있다. '우리 아들네도 후에 그들의 손주를 우리처럼 또 사랑으로 돌봐주지 않을까?' 하는 생각도 든다. 우리는 부의 대물림보다 사랑 대물림이 좋다.

이서영 교장쌤의 오늘도 가슴 뛰는 삶

김선옥 작가와의 만남, 내 인생의 터닝포인트

> "모든 만남에는 다 이유가 있다.
> 그것이 짧든 길든, 당신의 삶에 영향을 미치는 것에는 이유가 있다."
> – 파울로 코엘료 (Paulo Coelho)

본교 독서교육 담당자가 도서관에 비치할 도서를 교원과 학부모들이 추천해 주면 구매하여 비치하겠다는 메시지를 보내왔다. 필자는 그동안 메모해 둔 책 제목을 비롯하여 〈예스24〉에서 베스트셀러에 오른 몇 권을 추천했다. 그중에 한 권이 김선옥 작가의 베스트셀러 『당신의 삶도 이미 베스트셀러이다』다. 이 책을 읽고 궁금한 것이 있어 김선옥 작가님에게 이메일을 보낸 것이 특별한 인연으로 이어졌다.

"안녕하세요? 김선옥 작가님!

책을 읽고 작가에게 메일을 보내기는 난생 처음입니다.

작가님의 저서 『당신의 삶도 이미 베스트셀러이다』를 읽고 용기 내어 메일을 보냅니다. 작가님의 글을 읽고 '참 대단하신 분이다.

행복한 노후를 계획하셨구나!'라는 생각을 하게 되었습니다. 더구나 학교에 계셨다니, 더 친근감이 들었고 책의 내용도 이해하기 쉬웠어요. 무엇보다 작가가 된 것을 무한한 행복으로 여기며 책 쓰기를 추천하고 있음을 알았어요. 이렇게 메일을 보내게 된 것은 제가 고민하고 있는 몇 가지에 대해 조언을 듣고 싶어서입니다.

〈중략〉

지금은 퇴직하셨을 거라 생각되는데, 매일 새벽에 글을 쓰고 계신다니, 퇴직 후의 멋진 삶을 계획하셨네요. 늘 바쁘셔서 저처럼 독자가 메일을 보내면 모두 답변하기 어려울지도 모르겠습니다. 하지만, 작가님의 책을 읽고 용기 내어 몇 자 적어 보냅니다."

이렇게 이메일을 써서 보내고 큰 기대 없이 하루를 보냈다. 그런데 다음 날 메일함에 답장이 도착해 있었다. '베스트셀러 작가가 답장을?' 이메일을 열어보는데, 너무 반갑고 놀라워서 떨리기도 했다.

"안녕하세요? 교장선생님!

오늘도 글을 쓰려고 새벽 일찍 일어나 갑자기 이메일을 확인하고 싶어 열어보았는데, 뜻밖에 교장선생님의 이메일이 와있었습니다. 반갑습니다.

저는 지금 네 번째 책을 쓰는 중입니다. 〈중략〉"

이서영 교장쌤의 오늘도 가슴 뛰는 삶

그것은 정말 우연이었다. 아니 필연이었다. 이렇게 메일을 보내고 답장을 받았으며 약속 시각을 정하고 미팅하기까지는 그리 오래 걸리지 않았다. 단순 질문을 하기 위해 메일을 보냈는데, 엄청난 용기를 갖게 만들고 응원의 메시지를 담은 메일이 온 것이다. 그리고 작가님의 강렬한 이끌림에 책 쓰기가 시작되었다.

첫 만남은 작년 초 2월, 방학 중에 홍성에 있는 충남도서관 앞에서 이루어졌다. 눈비가 와서 골프 예약이 취소되는 바람에 김선옥 작가님과의 미팅이 앞당겨졌다. 월요일부터 비가 내리더니, 작가님을 만나러 가는 날엔 눈비로 바뀌어 운전에 부담을 주는 날씨였다. 초행길이라 걱정하던 차에 남편이 선뜻 "함께 가줄게." 했다. 운전을 해주겠다는 말이다. 얼마나 고맙던지 그날따라 남편이 더 멋있었다. 이렇게 남편과 함께 가벼운 맘으로 출발했다. 출발 전 작가님도 눈길이 걱정되었는지 조심히 오라는 문자를 남겨주셨다. 첫 만남은 그렇게 가슴 조이고 떨리면서 시작되었다. 작은 카페 〈ㅇ데이 커피〉에서.

책 표지 사진에서 느낀 것처럼 첫인상은 단정하고 조용하며 귀여운 외모의 베스트셀러 작가님이었다. 눈앞에서 직접 만나고 있으니, 놀랍기도 하고 뿌듯한 마음이었다. 작가님을 만나기 바로 직전에 읽었던 세 번째 저서 『책 쓰기로 인생 리셋하기』에서 궁금한 내용과 내가 책을 쓸 수 있을지? 그리고 무엇부터 어떻게 시작해야 할지? 등 책 쓰기 전반에 대한 많은 정보와 궁금한 점을 듣고 돌아오는 길은 떨림과 설렘 반, 두려움과 걱정 반이었다.

〈중략〉

"개인 저서 발간의 기쁨은 그 무엇과 비교할 수 없을 정도로 크며, 많은 것들을 가져다줄 것입니다.

퇴직하시기 전, 최고의 유산이 될 〈개인 저서〉를 쓰시길 적극적으로 추천합니다."

그렇게 필자의 책 쓰기는 2월부터 1년 계획으로 시작되었다. 처음 책 제목을 정하는 것부터 각 장 제목과 소제목을 정하는 것이 매우 어려웠다. 독일 격언에 "좋은 이름을 가진 자는 인생의 반은 성공한 것이다."라는 말이 있는데, 자녀 이름을 짓듯이 고심하면서 책 제목을 생각하고 또 생각했다. 책 제목은 책을 쓰고 있는 지금도 고민 중이다. 각 장의 제목, 소제목을 정하는 팁을 주셨고, 제목마다 글쓰기에 대한 의견을 주시어, 그 의견을 반영해 가면서 이 한 권의 소중한 책이 완성되고 있다. 헨리 데이비드 소로(Henry David Thoreau)는 『월든』에서 이렇게 말했다.

"죽음을 눈앞에 두고서야 내가 제대로 살지 못했다는 걸 깨닫고 싶지 않았다. 나는 참되지 않은 삶을 살고 싶지도 않았고, 체념을 연습하며 괴롭게 살고 싶지도 않았다. 삶은 너무나 소중한 것이기에……."

이서영 교장쌤의 오늘도 가슴 뛰는 삶

작가님이 선물해 주신 책과 추천해 주신 책들을 읽으며 책 쓰기에 관해 새로운 안목을 갖게 되었고, 특히 작가님의 삶 자체가 산 교훈이었다. 무엇보다 어머니에 대한 사랑이 크신 분이다. 연로하신 어머니를 자녀들이 당번을 정해 보살펴드리고 있다고 했는데, 형제자매들의 그 정성과 인내에 놀랐다. 어머니를 보살펴드리는 일은 자신의 삶 일부를 포기해야 하는데, 기꺼이 실천하고 계심에 존경스러웠다.

인근 및 타지에서의 작가와의 만남 행사, 책 쓰기 코칭 등 다양한 활동을 하며 책 쓰기를 꾸준히 하고 계신 작가님의 제2의 인생은 찬란히 빛나 보였다. 매달 첫째 주 〈홍주 신문〉의 독서 칼럼을 쓰시며, 지역사회와의 소통을 끊임없이 이어가는 모습에 필자의 글쓰기에도 많은 도움이 되었다.

"작가님의 버킷리스트를 잘 실행하고 계시나요?" 이렇게 여러 번 질문했다. 하나씩 실천하고 있다며 아련한 미소를 보여주셨는데, 작가님의 버킷리스트 중 하나인 〈유럽 가족여행〉을 꼭 떠나시길 바란다. 친정어머님을 잠시 잊고 꼭 떠날 수 있기를…….

또한, 작가님이 수영을 배우고 싶다고 한 적이 있어, 만났을 때 "수영 배우고 계세요?" 했더니, 곧바로 강습 등록을 하여 지금은 3개월이 다 되어간다고 하셨다. 바쁜 일정 중에도 버킷리스트를 하나하나 실천하는 작가님의 모습이 참 아름답다.

김선옥 작가님과의 우연한 만남이 생각지도 않았던 필자의 글쓰기로 바로 연결될 줄은 꿈에도 생각지 못했다. 섬세한 코칭 덕분에 한 권의 책이 완성되고 그 과정에서 얻은 기쁨이 인생의 전환점이 되었다. 우리는 살아가면서 꼭 해결해야 할 미션들이 많다. 그중 제일 중요한 미션은 역시 '자기가 꼭 하고 싶은 일을 하는 것'이다.

　　　　　　　　　　　　이서영 교장쌤의 오늘도 가슴 뛰는 삶

- 교장쌤, 행복은 어디에 있나요?
- 물고기 잡는 법을 배우는 지혜
- 칭찬, 성장의 비밀 무기
- 꿈과 끼, 그리고 감성을 키우는 제자들에게
- 백록담에서 찾은 작은 행복
- 최고의 성형은 건강한 다이어트
- 첫 개인 전시회, 나의 새로운 도전
- 가야문화에서 찾은 잊지 못할 순간들

교장쌤이 들려주는
행복 마스터
클래스

교장쌤,
행복은 어디에 있나요?

"진정한 행복은 내가 사랑하는 일을 하고,
내가 사랑하는 사람들과 함께 있는 데서 온다."

– 레오 톨스토이 (Leo Tolstoy)

교장실 복도에서 만난 꼬맹이들이 단체로 달려오며 묻는다.

"교장쌤! 행복은 진짜 어디 있나요?"

"여기 있지~."

"여기 어디요?"

교장으로 첫 발령이 났다. 7년 6개월 동안 교감으로 근무하고 교장 발령이 났으니, 기다린 시간이 꽤 된다. 교장 자격연수 후 7년을 기다렸다가 교장으로 발령이 난 분들이 지금까지 가장 오래 대기한 기수라고 했는데, 필자는 그 기간을 뛰어넘었다. 발령 대기 기간이 8년을 넘은 것이다. 지역에 따라 다르긴 하지만, 대전은 교장 발령까지 상당한 시간이 걸렸고, 앞으로도 당분간은 그럴 것으로 보인다.

이서영 교장쌤의 오늘도 가슴 뛰는 삶

그렇게 오래 기다린 끝에 발령이 났으니, 교장 첫 발령지에서 학생들을 만날 기대로 설렘이 매우 컸다. 또한, 교장으로서의 시작과 함께 학교 현장의 무거운 책임감으로 걱정이 앞서기도 했다. 코로나가 종식되기 전이라 마스크를 쓰고 첫 부임 인사를 해야 했다. 최대한 대면을 줄여야 했고, 교육 활동에도 많은 제약이 있었다. 그래서 교장 훈화 시간을 어떻게 계획할지도 고민했었다.

본교는 월 1회 아침 방송 시간이 있다. 이 시간에 학교장과 학생들이 방송으로 만나는데, 주로 학교장 훈화, 대회 수상 및 표창 시상, 계기 교육, 생활지도, 기타 교육 활동 등이 이루어진다. 이때 학교장 훈화 시간을 어떻게 운영할지 고민하다가, '그림동화를 활용해 학생들이 성장할 수 있도록 돕는 건 어떨까' 하는 생각을 했다. 물론 매월 꾸준히 할 수는 없지만, 10분 동안 시상을 비롯한 여러 활동을 하다 보면, 그림책을 읽어줄 시간을 만들기가 쉽지 않다. 그래서 비교적 시상이 적고 계기 교육이 적은 때, 그림동화를 읽어주기로 했다.

그렇게 해서 맨 처음 읽어준 그림 동화가 고미 타로(Gomi Taro) 작가의 『모두에게 배웠어』이다. 이 책은 학생들이 친근하게 대하는 동물들의 생활 모습을 통해 배움으로 성장하는 모습을 그린 내용이다. 또한, 같은 단어들이 계속 등장하여 한글 읽기가 어려운 학생들에게 도움이 되는 책이다. 학생들이 학교에서 친구와 선생님에게 얼마나 많은 것을 배우고 있으며, 앞으로 무엇을 배울지 이 책을 통해 생각하며 성장하길 바라는 마음으로 선택했다. 특히 이 책의 마지막 부분의 대사를 우리 학생들이 기억하며 생각하고 배우는 것을 좋아했으면 했다.

> "나는 원래부터 생각하고 배우는 걸 좋아하는 아이인 데다,
> 학교에서도 많은 것을 배워.
> 친구들도 이렇게 많으니까 아무래도
> 훌륭한 사람이 될 것 같아."

주인공이 말하는 부분에서 제일 힘주어서 읽어주었다. 제임스 오펜하임(James Oppenheim)이 행복에 관해 이런 말을 남겼다.

> "어리석은 사람은 행복을 먼 데서 찾는다.
> 현명한 사람은 행복을 자신의 발밑에서 키운다."

그리고 두 번째 그림 동화는 크리스 버카드(Chris Burkard) 작가의 『땅이 아이에게』였다. 이 책은 작가가 두 아들, 제레미아와 포레스트에게 들려주고 싶은 이야기를 썼다고 한다. 그림이 시원하게 펼쳐져 보는 사람의 마음까지 탁 트이게 했다. 그림뿐만 아니라 내용도 무척 마음에 들어, 우리 학교 학생들에게 보여주고 싶었다.

주인공 '아이'는 행복을 어디서 찾을 수 있는지 궁금해한다. 그

래서 땅에게 묻는다.

"행복을 어디서 찾을 수 있나요?"

땅은 "행복을 찾아가는 건 어려운 일이란다. 하지만 길을 알려
줄 수 있지."라고 말하며 안내한다.

"바다로, 폭포로, 숲으로, 사막으로, 산으로, 세상 꼭대기로 가 봐."

아이는 땅이 알려준 대로 걷고 또 걸어가 보았지만, 행복을 찾
지 못한다. 아이가 많은 것을 보았는데도 행복은 여전히 보이지
않는다고 하자, 땅은 다시 말한다.

"왔던 길을 다시 거슬러 가봐.
그리고 잠시 가만히 머물러 봐."

그래서 아이는 길을 되짚어 거슬러 간다. 그러자 처음에는 보이
지 않던 것들이 새롭게 보였다. 바다의 파도 소리, 폭포의 물줄기,
우거진 숲 사이로 비추는 햇살, 부드러운 붉은 모래사막, 구름까
지 닿은 봉우리들, 세상 꼭대기에서 춤추는 빛 등 자연의 모습과 소
리가 새롭게 느껴진 것이다. 그리고 아이는 처음으로 깨닫는다.

"진실을 보았어요.
행복은 언제나 우리 곁에 있다는 것을……."

"교장쌤! 행복은 진짜 어디 있나요?"

아침 방송으로 『땅이 아이에게』를 들은 친구들이 질문한 것이다.

우리는 가까이에 있는 행복을 잡지 못하고, 그저 놓칠 뿐이다. 필자는 오늘 가벼운 발걸음으로 출근하여 운동장에서 등교하는 학생들을 맞이하고, 즐겁게 하루의 일과를 시작하는 것이 행복이다. 그리고 선생님들이 배움과 나눔에 대한 다양한 교육 활동을 학생들과 함께 시작할 수 있음이 '더 큰 행복'이다. 프랑수아 를로르(François Lelord) 작가는 『꾸베 씨의 행복여행』에서 이렇게 말한다.

"춤추라, 아무도 바라보고 있지 않은 것처럼.
사랑하라, 한 번도 상처받지 않은 것처럼.
노래하라, 아무도 듣고 있지 않은 것처럼.
살라, 오늘이 마지막 날인 것처럼."

여기에 필자는 한 가지를 더 추가하고 싶다.

여행하라, 언제나 좋아하는 사람과 새로운 곳을 찾아 떠나는 것처럼.

이서영 교장쌤의 오늘도 가슴 뛰는 삶

물고기 잡는 법을
배우는 지혜

"아이에게 물고기를 잡아 주어라. 그러면 한 끼를 배부르게 먹을 것이다. 아이에게 물고기를 잡는 법을 가르쳐 주어라. 그러면 평생을 배부르게 먹고 살 수 있을 것이다."라는 격언이 있다. 이는 부모가 자녀를, 교원이 학생을, 또는 우리가 누군가를 도울 때, 일회성의 도움을 주기보다는 자립할 수 있는 능력을 길러 주라는 의미다. 또한, 스스로 문제를 해결하는 방법을 가르쳐 더 큰 성장을 이끌어 내라는 교육의 원칙이기도 하다.

'물고기를 잡아 준다'라는 것은 필요한 문제나 욕구를 바로 해결해 주는 것으로, 그 순간에는 유용할지 모르지만, 장기적으로는 지속되지 않는 도움을 의미한다. 한 끼의 배고픔을 해결해 주면 그 순간에는 만족할 수 있지만, 다음 끼니가 되면 다시 배고픔을 느끼게 될 것이다. 반면, '물고기 잡는 법을 가르친다'라는 것은 스스로 문제를 해결할 능력을 갖추도록 하는 것이다. 즉, 자녀가

당면한 문제를 부모가 직접 해결해 주는 대신, 그 문제를 해결하는 방법을 가르쳐 주면, 자녀는 스스로 문제를 해결할 능력을 갖추게 된다.

평교사 시절, 5학년 학생들과 현장 체험학습을 하러 갈 때의 일이다. 체험학습 장소에서 학생들을 만나기로 했었다. 아마도 엑스포 과학공원 내에 있는 꿈돌이 놀이공원에 가는 행사였던 것으로 기억된다. 옆 반 정 선생님은 학생들에게 과학공원 입구에서 만나기로 약속하며, 가는 방법은 스스로 알아서 오라고 했다고 하셨다. 반면, 필자는 엑스포 과학공원 내 꿈돌이 놀이공원 체험을 위한 준비로 모둠을 정하고, 교통편을 안내하는 등 사전 안내를 꼼꼼하게 했다. 그곳으로 가는 버스 번호, 배차 시간, 버스 타는 곳, 타는 방향 등 모든 정보를 상세히 제공했다. 그러고도 학생들이 안전하게 잘 도착할까 걱정이 되어 불안해했다. '옆 반 선생님이 저렇게 간단히 안내해도 괜찮을까?' 하고 옆 반 학생들까지 걱정했었다.

실제로 다음 날, 필자의 반 학생들도 제시간에 안전하게 도착했고, "가는 방법을 스스로 찾아오라."라는 간단한 안내를 받은 옆 반 학생들 또한 문제없이 도착했다.

경력이 많았던 정 선생님은 의도적으로 그렇게 하셨던 것 같았다. 필자는 물고기를 잡아 준 것이고, 옆 반 선생님은 물고기 잡는 법을 가르쳐 준 셈이었다. 옆 반 학생들은 체험학습을 위해 교통편과 준비물 등을 스스로 찾아보고, 체험 장소에 오는 방법과 체험 장소에서의 놀이 방법도 익혔을 것이다. 다음 체험학습 때도 이 경험을 바탕으로 스스로 준비했을 것이다. 반면 우리 반 학생들은 스스로 찾아보지 않고, 담임교사가 친절히 안내해 준 정보만 의존했을 가능성이 크다. 그래서 이후에도 계속 안내를 기다리게 될지도 모른다.

열심히 준비하고 안내하는 것도 중요하지만, 학생들이 스스로 계획하고 준비하도록 돕는 것이야말로 '물고기 잡는 법'을 가르치는 교육이 아닐까 싶다.

며칠 전, 지역 도서관 운영위원회에서 학생 교육과 관련된 대화를 나눌 기회가 있었다. 한 임원분이 이렇게 말했다.

"학생이 뭘 해야 하는지조차 모르는데, 스스로 하라고 하면 할 수 있겠어요?"

그분의 의견에 충분히 공감하지만, 자기 주도적인 학습 능력을 키워야 한다는 것이지, 방임하라는 뜻은 아니다.

자녀가 공부할 때, "그냥 스스로 하라."가 아니라, 문제를 정확히 읽고 답을 찾는 방법을 먼저 안내하라는 것이다. 학교에서도 마찬가지다. 2022 개정 교육과정의 가장 핵심 역량인 자기 주도적 역량은 알아서 기르라는 것이 아니라, 방법을 찾고 계획할 수 있도록 설계하는 방식을 먼저 지도하는 데서 시작된다. 그런 다음, 스스로 문제를 해결하는 과정에서 시행착오를 겪으며 배우는 것이 더 큰 배움이 될 것이고, 비슷한 문제를 다시 만났을 때 혼자 해결할 수 있게 될 것이다.

경제교육을 할 때도 용돈을 그냥 주는 것이 아니라, 어디에 썼는지 사용처를 기록하도록 하거나, 필요한 용도가 무엇이며 얼마가 필요한지를 물어본 후 용돈을 주는 것이 좋다. 또한, 왜 주마다 또는 월마다 용돈을 주어야 하는지에 대해서도 충분히 설명해주는 것이 바람직하다. 그렇게 용돈 관리를 꾸준히 하는 자녀라면, 평생 재정적 독립을 이룰 수 있을 것이다.

지역기관장협의회에서 만난 민 농협조합장님은 자녀 경제교육을 이렇게 했다고 한다. 그분은 자녀들이 어렸을 때, 500원짜리 동전을 통에 가득 넣어 두고 마음대로 가져다 쓰게 하면서, 대신 통 아래 놓인 A4용지에 사용처와 금액을 적게 했다고 한다. 그 동전으로 학용품을 사고, 간식을 사 먹고, 선물을 사는 등 무엇이든 허용하되, 기록하도록 지도했다는 것이다. 이렇게 꾸준히 하다 보니 자녀들은 돈에 대한 개념이 생기고, 씀씀이도 변화하여 꼭 필요한 곳에만 돈을 쓰게 되었다고 한다. 지금 그 자녀들은 경제관념이 뚜렷한 성인이 되어, 결혼 후에도 행복한 가정을 꾸리고 있다는 이야기를 들었다. 민 농협조합장님의 이야기를 들으며, 금융 전문가다운 경제교육이었다는 생각이 들었다.

이처럼 돈의 사용처를 기록하는 습관은 용돈 기록장과 가계부를 잘 활용할 수 있는 발판이 된다. 초등학교 5학년 실과 교과목에도 '시간과 용돈 관리' 단원이 있다. 학교에서는 이 단원에서 올바른 시간 관리법과 합리적인 소비생활의 중요성을 가르치는데, 이를 가정에서도 연계하여 꾸준히 지도한다면, 자녀는 어른이 되어서도 올바른 시간 개념과 경제 관념을 갖게 될 것이다.

요즘 아이들은 자기 방 정리를 잘하지 못한다고들 한다. 정리 정돈을 가르칠 때도 방법을 알려주지 않고 잘못한다고 꾸중하거나, 대신 방을 치워주기보다는 어떻게 효율적으로 정리할 수 있는지를 먼저 가르치고 스스로 정리하게 하는 것이 중요하다. 어느 날 아이가 스스로 방을 정리한 후 깨끗한 방을 보며 만족해한다면, 그 상쾌함을 유지하기 위해 다음에도 스스로 정리할 가능성이 커진다. 여기에서 작은 보상을 더해 주면 효과는 더욱 클 것이다.

필자의 두 아들 역시 정리 정돈을 잘 못 했다. 큰아들이 고등학교 2학년 때 수학여행을 제주도로 갔다가 찍어 온 사진을 보니, 남학생들 방이 엉망이었다.

"방이 엉망이다. 남학생들이라 방 정리를 못하나?"
"엄마, 그래도 내가 정리를 제일 잘했어. 다른 애들은 더 심했어."

우리 집에서 정리가 제일 안된다고 생각했던 큰아들이 친구들 사이에서는 제일 잘했다고 하니, 정리 정돈의 필요성을 알고는 있구나 싶었다. 그리고 방을 치워 주지 않고 스스로 정리하게 가르친 효과라는 생각도 들었다.

큰아들이 정리 정돈을 잘 못하니, 남편은 정리 정돈을 잘하는 며느리를 얻고 싶어 했다. 다행히 큰아들은 정리 정돈의 달인 같은 아가씨를 만났다. 남편의 바람대로 큰며느리는 정리 정돈의 박사감이다. 갑작스레 집을 방문해도 손색이 없을 정도로, 화장실까지 항상 깨끗하게 정리되어 있다. 큰아들은 아내를 잘 만난 덕분인지, 결혼 후에는 정리 정돈을 더 잘하는 어른으로 성장했다.

아리스토텔레스(Aristotle)는 이렇게 말했다.

> "우리는 반복적으로 하는 것으로 만들어진다.
> 그러므로 탁월함은 행위가 아니라 습관이다."

'책방나들이' 동아리 모임이 있었다. 이 동아리는 교장선생님들 중 그림 동화책 연수에 참여한 분들을 중심으로 결성된 동아리로, 한 모임에서는 '물고기 잡는 법을 가르치는 것'에 대해 토론한 적이 있다. 자녀를 잘 키웠다고 모두가 인정하는 남 교장선생님의 자녀교육법을 들어보았다.

필자는 남 교장선생님이 부모님과 열심히 독서를 함께했거나, 늘 공부하는 모습을 보여주었거나, 책이 거실 여기저기에 놓여 있었다는 이야기를 할 것이라 기대했다. 그러나 그의 비결은 예상과 달랐다. "하고 싶은 것을 하게 하고 지켜보았다."라는 것이었다. 공부하라고 간섭하기보다는, 놀고 싶은 것, 체험하고 싶은 것을 하도록 지지하고 신뢰해 주었다는 것이다.

값비싼 학원이나 유명 학원에 등록시키는 것보다, "너는 뭐든 할 수 있다."라는 자신감을 갖게 해주는 것이 자녀를 성장시키는 비결이라고 말했다. 또한 "약간의 결핍이 스스로 문제를 해결하려는 동기가 되었다."라고 덧붙였다.

스스로 문제를 해결하는 방법을 아는 것은 지속적인 성장을 이루는 능력을 갖추는 것과 같다. 이를 위해서는 가정, 학교, 직장에서 '물고기 잡는 법'을 자세히 그리고 정확하게 안내해야 한다. 가정과 학교에서의 좋은 교육은 생각하는 법과 문제 해결 능력을 길러주는 것이며, 이러한 능력은 평생 동안 삶을 윤택하게 하고 더 나은 방향으로 나아가도록 이끌 것이다.

우리 스스로 물고기 잡는 법을 알고 물고기를 잘 잡는다면, 삶은 더욱 즐겁고 행복해질 것이다. 그리고 우리는 "세상은 살아볼만하다."라고 말하게 될 것이다.

칭찬, 성장의
비밀 무기

> "칭찬은 베일을 통해 전해지는 키스와 같은 것이다."
> – 빅토르 위고 (Victor-Marie Hugo)

유난히도 더운 을유년(2005) 여름, 곧 방학이 된다고 일본에 있는 친구에게 메일을 보냈더니, 이렇게 답장이 왔다.

"Thank you for mail. You are doing a nice job that you have long holidays again and again. You can enjoy the time always……. Have a nice long vacation."

교사들은 긴 방학이 있어 좋겠다며 친구가 부러워했지만, 이번 방학에는 해외 연수와 친구들과의 여행 등 모든 것을 뒤로하고 오직 큰아들과 함께하기로 했다. 지난 학기에 부진한 교과 성적으로 자신감을 잃고 힘들어하는 큰아들을 지켜보며, 아들 못지않게 마음이 아팠기 때문이다.

아들을 위해 무엇부터 해야 할지 고민하던 중, 책 한 권을 추천

이서영 교장쌤의 오늘도 가슴 뛰는 삶

해 주는 것도 좋겠다는 생각이 들어『상록수』를 빌리러 유성구 도서관에 들렀다. 견물생심(見物生心)이라고, 책장마다 빼곡하게 꽂힌 책들을 보니 필자도 몇 권 빌리고 싶어졌다. 여행에 관심이 많아 인도, 캄보디아, 중국, 배낭여행 등에 관한 책들을 찾아보던 중, 『내 삶을 바꾼 칭찬 한마디』라는 책이 시선을 끌었다. 아들 때문에 속상한 마음에, 또 아들과의 관계 회복을 고민하던 차라 그 책이 유독 눈에 들어왔던 것일지도 모른다. 즉시 대출해 집으로 가져와 책을 읽는 내내 그동안 했던 언행에 대해 얼마나 후회했는지 모른다.

부모로서 왜 큰아이에게는 그토록 관대하지 못했는지 또 한 번 반성했다. 책 속의 주인공들은 지금은 꿈을 이루고 당당히 살아가고 있지만, 청소년 시절에는 문제를 일으키며 부모님 속을 한없이 썩였던 아이들이다. 그런 청소년들이 '칭찬 한마디'에 생활 태도가 바뀌고, 결국 좌절을 딛고 일어섰다는 희망찬 이야기들로 가득했다.

칭찬은 고래도 춤추게 한다는 것을 초등학교 교사로서 익히 알고 있었다. 칭찬이 사람을 얼마나 변화시키는지를 알고 있었기에, 교실에서 칭찬으로 많이 격려하고 있다고 자부하고 살아왔었다. 하지만 정작 내 아이에게는 그러지 못했다는 생각에 반성이 되었다. 성적이 기대에 미치지 못했다고 아이 가슴을 멍들게 한 것 같았다. 책을 읽는 내내 가슴이 아팠다. 책 속에 등장하는 33인은 '칭찬 한

마디'에 좌절을 극복해 내고, 역경을 굳은 의지로 이겨냈다고 하지 않는가? 칭찬한 이야기들이 새롭게 다가왔다. 그래서 마음을 고쳐먹기로 하고, 작은 것부터 실천하기로 했다.

우선, 공부한 내용을 저녁에 점검하면서 예전엔 "그것도 쉽게 안 외워지냐?" 했던 것을 "이젠 제법 공부하는 스타일이 됐네, 그렇게 하면 2학기엔 문제없겠다."로 바꿔 말했다. 이렇게 날마다 칭찬 한마디씩 하면서 3주가 지나니, 4주째는 큰아들과 사이가 많이 좋아졌다. 비 오는 날에도, 30℃를 웃도는 무더운 한낮에 땀을 뻘뻘 흘리며 친구와 놀고 와도 "역시 10대가 좋긴 좋은가 보다. 비가 와도, 무더워도 언제 어디서든 놀 수 있으니……." 했더니 아이가 살며시 미소를 지었다.

이렇게 10대들의 감정을 이해하려고 노력하면서 청소년 시절의 소중함을 존중해 주었다. 그 후부터 아들이 말하기를, "집중해서 공부 빨리 끝내고 나가 노니 공부가 더 잘된다."라고 자랑스럽게 얘기했다.

이 책을 통해 교사로서 학급경영에 필요한 작은 아이디어도 찾아냈다. 예전에는 가끔 A4용지 반 정도의 크기로 칭찬 카드를 작성하여 교실 뒷벽에 붙여주는 방법으로 아이들을 칭찬했는데, 이제는 좀 더 다양한 방법으로 학급경영에 활용하고 있다.

예를 들어 1교시 수업 전에 한 사람씩 사회를 맡아 진행하게 하면서, 자신이 칭찬하고 싶은 친구 이름을 부르게 했다. 그리고 부른 친구의 칭찬 내용을 여러 사람 앞에서 소개하도록 했다. 친구들은 칭찬 내용을 다 들은 후 칭찬 박수를 보내준다. 또 다른 방법으로는, 작은 스티커에 언제든지 칭찬 내용을 적어 교실 한 코너에 붙이게 하고, 하교 시간에 칭찬받은 학생이 가져가게 했다. 이렇게 '친구 칭찬하기' 활동을 매일 하니, 학생들이 등교할 때마다 더 힘이 나지 않았을까 싶다.

마크 트웨인(Mark Twain)은 이렇게 말했다.

"좋은 칭찬 한마디면 두 달을 견뎌낼 수 있다."

지금은 필자가 교장이 되어 학생들과 만날 때는 늘 칭찬으로 대화를 시작한다. 인사 잘하는 학생, 그림을 잘 그리는 학생, 도서관을 자주 오는 학생, 잘 웃는 학생, 밥을 잘 먹는 학생, 친구를 잘 도와주는 학생, 발표를 잘하는 학생, 운동장에서 열심히 운동하는 학생 등 개인에 맞게 칭찬하며 학생들의 자존감을 높여주려고 노력한다.

매월 초 아침 방송으로 교장 훈화를 진행할 때도, 늘 우리 학생들의 장점을 먼저 얘기한다. 그리고 부탁하고 싶은 말을 덧붙인 뒤, "새일초 친구들 사랑합니다. 오늘도 안전하고 행복한 학교생활 되세요." 하며 마무리한다.

비단 어린 학생들만 칭찬을 먹고 사는 것이 아니다. 교사들도 칭찬을 들으면 힘을 얻어 발걸음이 달라진다. 어느 날, 점심을 먹고 교감선생님과 운동장을 돌며 이런저런 학교 이야기를 나누던 중, 운동장에서 뛰어놀던 5학년 학생들이 무리 지어 달려와 종알종알 과학 선생님 칭찬을 하는 것이었다. 그 후 그 선생님과 메시지로 대화를 나눌 기회가 있어 전하게 되었다.

선생님! 교감선생님과 운동장을 돌고 있는데, 5학년 학생들이 달려와 선생님 칭찬을 많이 했어요.
"우리 과학쌤 너무 좋아요."
"과학지식이 너무 풍부해요. 아는 것이 많아요."
"잼나게 가르쳐주세요. 그래서 수업 분위기가 확 바뀌었어요."
이렇게 칭찬을 많이 했어요. 역시 송 선생님은 인정받는 교사구나 생각했어요. 애들이 아주 많이 좋아하네요. 5학년뿐만이 아닌 듯합니다. 고맙습니다. 송 선생님 멋져요.

곧바로 답장이 왔다.

감사합니다. 교장선생님! 혹시나 말씀드립니다. 제가 시키지 않았습니다.
아이들이 가면서 오늘 "수업 재밌었어요."라고 하면 그렇게 기분이 좋습니다.
게다가 교장선생님께 칭찬까지 받으니 더 기분이 좋습니다.

정말 오지네요('알차다, 마음에 흡족하게 흐뭇하다'라는 뜻). 이런 말 들으려고 교사한다는 생각이 들었습니다. 덕분에 제 자존감 이 높아지는 2024년입니다.

감사합니다. 교장선생님! 주말 잘 보내세요.

답장을 받는 순간, 나도 모르게 입꼬리가 올라갔다. '이거지. 선생님들에게는 자신의 수업이 인정받는 게 최고지.' 송 선생님의 환한 얼굴이 떠올랐다. 그의 진심 어린 감사와 솟아오르는 에너지가 느껴졌다. 또한, 학생들이 선생님을 인정한다는 말에 기운이 나고 자존감도 올라가고 있음을 느낄 수 있었다. 송 선생님은 칭찬을 들은 그날, 저녁에 잠 못 이루었을 것이다. 필자도 성공적인 공개수업을 마치고 흐뭇해서 잠 못 들었던 때가 있었으니 말이다.

작년 스승의 날에 학생들이 건네준 편지에 이런 내용이 있었다.

"교장선생님! 안녕하세요? 저는 6학년 1반에 있는 박○○입니다. 항상 저희 반에 오셔서 칭찬해 주시니 감사합니다. 패션도 좋으시고 항상 응원해 주셔서 감사합니다. 제가 만나 본 교장선생님 중에 제일 좋아요. 언제나 건강하시고 행복하세요. 사랑합니다."

"학교가 날로 발전하고 있어 기분이 좋습니다. 학교가 재미 있어 늘 오고 싶은 학교입니다."

이런 학생들 덕분에 교장으로서의 보람을 느끼며 학교를 경영하고 있다.

수학 공개수업을 마쳤을 때, 필자는 그 반이 "우리 학교에서 수학을 가장 잘하는 반"이라고 칭찬했다. 실제로 수학 수업이 훌륭했지만, 담임선생님이 수학과 교실수업 연구대회를 준비하고 있었던 만큼, 학생들에게 자신감을 북돋아 주고 싶었다. 그 칭찬 이후로 그 반 학생들은 스스로를 '수학 최고반'이라 불렀다. 자신감을 가지고 즐겁게 수업을 준비한 결과, 그 반은 수업 혁신사례 연구대회 수학 부문에서 대전 대표로 선정되었다. 이어 전국대회에서도 최고 등급인 1등급을 받으며 놀라운 성과를 냈다.

이 모든 성과는 담임선생님의 노력과 학생들이 하나가 되어 열심히 수업에 참여한 덕분이었다. 올해는 정보부장님이 6학년 학생들과 함께 사회과 연구대회에 참가해 대전에서 1등을 차지했다. 현재 전국대회 심사 중인데, 올해도 좋은 결과를 기대하고 있다. 물론 다른 선생님들 역시 훌륭한 수업으로 학급을 이끌고 있지만, 용기를 내어 연구대회에 도전하지 않았을 뿐이다. 그러나 공식적으로 인정받은 이 결과는 더욱 값진 의미를 지닌다. 그 선생님들과 학생들은 아마 나보다 더 큰 기쁨을 느꼈을 것이다.

전 직원협의회 때 교사들에게 늘 부탁한다. 학생들의 장점과 특기를 찾아 구체적으로 칭찬해 주라고. 매년 새 학기가 시작되는 3월에는 특히, 칭찬을 중심으로 학급 경영을 해달라고 요청한다. 교사의 칭찬 한마디가 학생의 인생을 바꿀 수 있기 때문이다. 말의 힘이 얼마나 큰지 알기에, 교사들에게 이를 강조하며 거듭 부탁한다.

필자는 학교 현장에서 근무하는 동안, 학생들과 교사들이 성장할 수 있는 '골든 타임'을 놓치지 않고 칭찬으로 이끌어 주는 멋진 교장이 되고 싶다.

꿈과 끼, 그리고 감성을 키우는 제자들에게

"꿈은 계속 간직하고 있으면 반드시 실현할 때가 온다."
– 요한 볼프강 폰 괴테(Johann Wolfgang von Goethe)

안녕, 친구들~!

우리 친구들 덕분에 아침에 출근하는 발걸음이 늘 가볍단다. 웃는 얼굴로 인사하는 모습을 보면 저절로 미소가 지어지고, 땀 흘리며 운동하고 각종 대회 준비를 위해 노력하는 모습에선 희망을 보았지. 아침 방송 시간에 상장을 들어 올리고, 메달을 입에 물고 카메라를 바라볼 때의 당당한 모습은 정말 멋졌어. 특히 공부 시간에 눈을 초롱초롱하게 뜨고, 똑똑한 목소리로 자신 있게 발표하고 토론하는 모습들은 미래에 큰일들을 해낼 주역들을 바로 눈앞에서 보아 든든하기도 했단다.

꿈·끼·재능의 감성을 키워가는 친구들에게 미래에 행복한 삶을 살아가는 데 꼭 필요하다고 생각되는 몇 가지를 얘기해주고 싶은데, 한번 들어볼래?

우선, 핸드폰의 진짜 주인 되기

친구들아! 제일 가깝다고 생각하는 친구가 누구니? 혹시 핸드폰은 아니니? 요즘은 어른들도 핸드폰이 가까이에 없으면 많이 불안해하고 힘들어해. 너희도 혹시 그러니? 핸드폰의 진짜 주인이 된다는 것은 자기 핸드폰을 자신이 주도적으로 관리한다는 거야.

부모님이나 다른 사람과 연락할 때나 과제를 해결하기 위해, 또는 필요한 내용을 검색하고 활용하는 것은 핸드폰의 진짜 주인이 되는 거야. 반대로 핸드폰이 주인이 되어 폰에 의지하고, 게임에 빠져 할 일을 못 하며 핸드폰을 관리하지 못하는 것은 핸드폰의 노예가 되는 것이지. 학교에서 조사한 '청소년 미디어 이용 습관 진단 조사'에서 '주의'나 '위험' 수준이 나온 친구들은 자신의 생활 습관을 다시 한번 돌아보고 문제를 해결해야 하는 것 알지?

IT 관련 전문지식을 가진 사람들도 학생들이 핸드폰을 가지는 시기는 늦을수록 좋다고 했어. 아직 핸드폰이 없는 친구들은 핸드폰보다 더 신나고 재미있는 일을 찾아보라고 교장쌤은 권하고 싶단다. 그리고 필요해서 이미 핸드폰을 가진 친구들은 스스로 핸드폰을 꼭 필요할 때만 사용하는 진짜 주인이 되길 바란다.

학교 준비물을 챙겨 가야 할 때, 우리 친구들은 누가 준비물을 챙겨주니? 엄마가? 아니면 스스로 챙기니? 자신이 준비물을 챙기는 친구가 공부 시간에 더 집중할 수 있을 거라고 생각하는데, 어때? 맞는 말이지? 초등학교 1학년 때는 부모님께 많이 의지하지.

그런데 교장쌤은 1학년 때도, 아니 유치원 때도, 학교 준비물은 스스로 챙길 수 있다고 생각해.

어렸을 때부터 스스로 자기 일을 결정하고 해결하는 친구가 문제 해결도 더 잘할 거라고 확신해. 숙제도 부모님이 하라고 해서 하는 것보다 스스로 해 놓는 것이 더 뿌듯하거든.

학생 때 주도적으로 할 수 있는 일은 또 뭐가 있을까? 전교 임원, 각종 동아리 참여, 방송부 활동 등 여러 가지가 있을 거야. 우리 친구들은 학급 임원이나 전교 임원이 되어 본 적이 있니? 초등학교 3학년부터 뽑는 학급 임원이나 전교 임원에 한 번 도전해 보면 어때? 이유는 간단해. 우선 자신감이 생기고 자존감이 높아질 거야. 그리고 임원을 하면서 자기도 모르게 리더십이 생기게 돼. 그러면서 자기 주도적 역량이 키워지는 거지.

2022 개정 교육과정에서도 자기 주도적 역량을 중요한 핵심 역량 중 하나로 강조하고 있지. 자기 주도적 역량은 스스로 학습을 계획하고 실행하며, 학습의 과정과 결과를 스스로 평가하고 개선해 나갈 수 있는 능력을 말해.

그리고 성인이 되어서도 자기가 주도적으로 업무를 추진하는 것이 더 재미있고 성취감을 느낄 수 있어. 물론 누군가가 만들어준 계획을 그저 따라가기만 하면 쉽고 편해서 좋을 수도 있지. 하지만 자기 주도적으로 한다고 해서 독단적으로 하는 것이 아니야. 다른 사람의 의견을 듣고 좋은 아이디어는 받아들여 멋진 계획을 만들어내면 더 좋은 결과가 나올 수 있단다.

이서영 교장쌤의 오늘도 가슴 뛰는 삶

공부도, 운동도, 그 외 다른 것들도 스스로 계획하고 결정하며 책임도 자기가 지는 거야. 그래야 실패해도 다시 일어설 수 있고, 성장을 기대할 수 있을 테니까.

두 번째, 도둑맞지 않을 실력 갖추기

영어 단어 하나를 내 것으로 만들려면 적어도 200번 말하고 써야 한다는 말, 들어 봤니? 사실, 교장쌤도 한 단어를 200번 써보진 않았어. 그 정도로 열심히 하면 완벽하게 내 것으로 만들 수 있다는 거지. 자신이 관심 있는 분야에 재능이 있다면, 그 재능을 살려서 실력을 갖췄으면 해. 독서, 과학, 줄넘기, 운동, 노래, 그리기, 연주, 공작 등 재능을 펼칠 영역은 너무나 다양해서 다 말할 수는 없지만, 자신이 할 수 있는 것, 혹은 재능이 있다고 생각하는 분야에 최선을 다하면 자기도 모르는 사이에 실력이 쌓이는 거야. 세상에 노력하지 않고 얻을 수 있는 것은 없으니까. 내가 쌓아 올린 실력은 어느 누구도 훔쳐갈 수 없다는 거, 모두 알고 있지?

오래전에 만난 제자 중에 축구를 비롯해 운동은 학년에서 최고였지만, 국어 읽기가 부족했던 친구가 있었어. 그런데 읽기를 못해도 반 친구들이 그 친구를 엄청나게 좋아하더라. 5학년인데 읽기를 못한다고 놀리거나 따돌리는 게 아니라, 오히려 점심시간에 같이 놀자고 하거나, 집에 갈 때도 함께하더라고. 그 친구는 읽기만 잘하면 뭐든 할 수 있을 것 같았어. 그래서 매일 배울 국어책을 미리 네 번씩 읽고 사인하는 것부터 시작했지. 그리고 4월에 맨 앞자리로 자리를 이동했어. 맨 앞자리여서 '실물화상기 도우미'가 자동으로 되었지.

그 친구는 아침 방송과 수업 시간에 실물화상기를 켜서 학급에 도움을 주면서 자신감도 점점 생겼고, 국어 읽기도 인내심을 갖고 정말 열심히 연습했어. 그러다 보니 읽기 능력이 점점 좋아졌지. 그러면서도 축구와 달리기도 자신의 재능을 살려 열심히 연습해서, 학급 축구 대표선수로 나가고 반 대항 달리기 대표로도 활약했어. 국어에는 부족함이 있었지만, 읽기에 열심히 참여하고, 운동 재능을 살렸기에 학교생활이 늘 즐거웠던 거야. 지금 그 친구는 어떻게 지내는지 궁금하기도 하다.

끝으로, 매사에 긍정적으로 생각하기

즐겁고 기분 좋은 일이 있을 때는 문제가 없지. 모두가 행복하니까. 그런데 어렵고 힘든 일이 생겼을 때가 문제인데, 만약 힘들고 어려운 문제가 발생하면, 그 문제를 해결할 수 있다고 먼저 생각하고, 해결할 방법을 찾길 바란다. 학교에서 수학 문제를 푸는데 답이 틀렸어. 그때 틀린 이유를 뭐라고 말할래?

민이_ 이거 내가 조금만 더 준비했으면 풀 수 있었는데 노력이 부족했네. 아, 내가 실수했어. 아쉽다.

이서영 교장쌤의 오늘도 가슴 뛰는 삶

음이_ 문제가 너무 어려웠어. 아니, 배우지 않은 내용이 나왔네.
운이 나빴어.

민이는 자기 실수와 노력 부족을 이유로 생각했으니, 다음 문제를 풀 때는 더 열심히 준비하겠지. 하지만 음이는 문제가 어려웠다거나 운이 없었다며 실패 원인을 외적 요인으로 돌리고 있으니, 다음번에도 노력하지 않을 가능성이 크겠지. 그렇지 않을까?

생활하면서 크고 작은 일이 생길 때도 마찬가지야. 문제의 성격에 따라 다르겠지만, 가능하면 빨리 해결해서 스트레스를 줄이라고 말하고 싶어. 문제를 빨리 풀 수 있다고 믿으라는 거지. 그리고 실제로 그렇게 생각하면 문제가 잘 풀리기도 해.

겁먹고 두려워하기보다는 문제를 해결할 방법을 먼저 찾는 거야. 물론, 때로는 손해를 보는 상황도 생길 수 있어. 왜냐하면, 서로 의견이 다를 때 누군가는 양보해야 할 일이 생기거든. 자존심 때문에 사과하지 않으면 문제가 더 커질 수도 있고, 두려워서 숨기다가 더 큰 문제가 생길 수도 있어.

그래서 문제가 발생했을 경우, 가능하면 긍정적으로 생각하고 바로 해결하는 것이 좋겠지?

전구를 발명한 에디슨은 청년 시절 불의의 사고로 한쪽 귀가 들리지 않았고, 수많은 교향곡을 작곡한 베토벤도 귀가 들리지 않았다는 사실, 알고 있지? 하지만 그들은 듣지 못한다는 이유로 절망에 빠져 있지 않았어. 오히려 연구와 연주에 집중할 수 있어 좋다고 긍정적으로 생각했지. 그들은 자신의 장애를 성공의 원동력으로 삼

앉어. 자신이 가진 단점이나 장애를 긍정적으로 바라보며, 작업에 몰두한 결과 위대한 발명을 이루고, 아름다운 음악을 창조한 거야.

친구들아!

우리가 매일 학교에 가서 열심히 공부하는 이유가 뭘까? 교장 샘은 그것이 행복한 삶을 살기 위한 준비 과정이라고 생각하는데, 동의하니? 어렸을 때부터 좋은 생활 습관을 갖는 것은 정말 중요해. 자기 주도적 역량을 키우고, 실력을 갖추기 위해 꾸준히 노력하며, 매사에 긍정적으로 생각하는 태도를 갖춘다면, 우리 친구들 모두가 행복한 삶을 살 수 있을 거야.

교장샘은 벌써 너희들이 성장해서 멋진 미래를 만들어가는 모습이 눈앞에 그려진다. 친구들의 미래를 정말 기대해도 되겠지?

더 행복한 삶을 살기 위해 오늘도 열심히 노력하자.

더 아름다운 세상을 만들기 위해 오늘도 열심히 준비하자.

그럼, 이만~안녕!

이서영 교장쌤의 오늘도 가슴 뛰는 삶

백록담에서 찾은
작은 행복

산을 왜 오르려 하는가?

산을 좋아하는 사람들은 100대 명산을 목표로 산행하기도 한다. 필자는 한때 둘레길 산책을 즐겨 했지만, 점차 산행이 힘들고 무릎도 보호해야 할 나이도 되어, 산을 잊고 산 지 오래되었다.

그런데 어느 날, 집 앞 장군산에 오르면서 '이 정도로 다리 힘을 길렀으니 제주 한라산을 오를 수 있지 않을까? 한 번 도전해 볼까?' 하는 생각이 들었다. 대한민국에 사는 사람으로서 한 번은 북으로 제일 높은 백두산 천지와 남으로는 한라산 백록담을 보고 싶었다. 그래서 2021년 9월, 재량 휴업일을 이용해 짧고 굵게 제주에 다녀오기로 정했다. 어떤 이는 당일 다녀온 사람도 있다고 하는데, 필자는 그 정도의 체력은 안 되니, 1박 2일로 오직 한라산 백록담에 오르는 것을 목표로 출발하기로 했다.

한라산 등반을 준비하기 위해 약 한 달 전부터 인터넷 검색과 선배 등반자들의 의견을 참고했다. 백록담에 오르기 위해 선택할 수 있는 코스는 성판악 코스와 관음사 코스가 있었다. 이 중 비교적 완만하다는 성판악 코스(총 19.6km, 약 8시간)를 선택했다. 비행기표와 한라산 탐방 예약은 나의 든든한 동반자인 남편이 맡아 주었다.

　청주공항에서 새벽 6시 50분 비행기에 올랐다. 약 한 시간 후 제주공항에 도착해 택시로 한라산 등반 입구까지 이동했다. 20여 분이 걸렸고, 택시 요금은 21,000원이 나왔다. 한라산 입구에 도착한 시간은 오전 8시 30분. 물병 3개를 구매해 배낭에 넣고, 돌산에 도전할 준비를 마쳤다. 스틱도 준비했다.

　　　　　　　　이서영 교장쌤의 오늘도 가슴 뛰는 삶

성판악에서 속밭 대피소 → 사라오름 → 진달래밭 대피소 → 백록담까지 8시간을 예상하고 출발했다. 혼자서, 둘이서, 가족끼리 등등 모두 백록담을 보기 위해 그렇게 열심히 땀을 흘리며 올라갔다. 끝도 없는 계단, 주변을 둘러보아도 똑같은 풍경, 다른 산보다 지루하고 힘들며 재미가 없는 산이었다.

얼마나 올랐을까? 어느새 진달래 대피소다. 한참을 휴게소에서 쉬고 오르려는데, 외국인 부부가 세 살 남짓 여자아이를 목에 태우고 오른다. "와~ 대단하다!" 혼자도 오르기 어려운 산을 아이까지 목에 태우고 올라가는 외국인의 부성애에 다시 한번 놀랐다.

이제 계단만 오르면 고지가 바로 저기다. 계단 하나하나를 오르는데 날씨가 매우 좋아 주변 풍경이 맑고 깨끗하다. 하늘도 푸르다.

계단 한 번 오르고 하늘 한 번 쳐다보고, 돌 한 번 쳐다보고, 구름 한 번 쳐다보고, 그렇게 쉬엄쉬엄 올라 이제 곧 백록담이 눈앞에 있다.

"야호!" 드디어 정상이다. 많은 사람이 백록담 표지석 앞에서 인증샷을 남기기 위해 줄을 서고 있었다.

여기까지 왔으니 꼭 남기고 싶은 장면이기에 그 기다림도 이해가 간다. 그러나 필자는 그 기다림 대신 이정표로 정상을 확인하기로 했다. 빨리 백록담을 보고 싶었기 때문이다. 여기가 우리나라의 많은 사람이 꼭 한 번은 가고 싶어 하는 한라산 백록담이다.

강정효 작가의 『한라산 이야기』에 따르면, 2005년 한라산연구소에서 백록담의 최대 깊이는 216.6cm로 조사되었고, 백록담은 비가 내렸을 때 모여드는 지표수로 내부에 샘이 없어서 시간이 지나면 마를 수밖에 없다고 했다. 백록담 바닥이 드러나 고갈된 일수도 37일 정도라고 했다.

필자가 도착했을 때는 잔잔하게 넘실거리는 물결이 평화로웠다. 높은 산정에 호수가 있다는 것이 놀랍고, 물이 많진 않아도 찰랑대는 모습이 신비롭기까지 했다.

백두산의 천지는 70%는 빗물이며, 나머지 30%는 지하수가 솟아오르는 용천수로 항시 물이 넘쳐나는 곳이다. 그래서 백록담을 천지와 비교하는 것은 우리의 욕심일지도 모른다. 필자 역시 그랬다. 백두산 천지에서 구름이 걷히고 파란 물결이 넘실거리는 모습을 본 그 순간의 기쁨을 알기에, 백록담을 보는 순간 잠시 실망했었다. 그러나 한라산 꼭대기에 하늘을 담은, 잔잔한 물결이 넘실대는 백록담도 무척 신선하고 아름다웠다.

이제 주변을 한번 둘러보기로 했다. 정상에 올랐다는 자기 만족감이 상당했다. 내려갈 길이 멀고 다리도 후들거렸지만, 기분은 좋았다. 버킷리스트 하나를 성공한 것처럼 성취감이 컸다.

점심시간이다. 미리 준비한 주먹밥과 간식을 정상 한 편에 자리하고 먹었다. 라면, 김밥, 바나나, 김치 등을 먹는 사람, 줄줄이 계단에 앉아서 먹는 사람, 이 모든 사람이 한라산 정상을 오른 기분을 만끽하며 최고의 만찬을 즐기고 있었다.

내려오는 길은 관음사 쪽으로 가기로 했다. 이정표를 보니 더 가까웠다. 그런데 순간의 선택이 다리를 더 힘들게 했다. 거리는 짧았지만 가파른 돌길을 내려오려니, 다리가 무척 떨리고 더 힘들었으며 시간도 더 많이 걸렸다. 이미 올라가느라 에너지가 많이 소진된 상태인데, 가파른 내리막길을 내려오려니 더욱 그랬다. 거의 다리를 끌고 내려온 느낌이다. 다행히 등산 스틱이 있어 겨우겨우 힘을 내어 내려왔다. 내려오는 초입에서 쳐다본 바위와 어우러진 풍경이 무척이나 아름다워 관음사 쪽으로 내려온 것을 그래도 후회하진 않았다.

어렵게 출발지에 도착하니 16시 30분이다. 한라산 등반 인증서를 발급해 준다는 안내를 보고 남편이 인증서를 발급받았다. 인증서를 받아 든 손이 얼마나 아름답던지……. 에디슨(Edison)의 이한마디가 생각났다.

"자신의 목표를 이룬 것만큼 기분 좋은 것은 없다."

이렇게 우리의 깜짝 한라산 백록담 등반은 성공적으로 마쳤다. 다음날 다리가 부서지는 아픔이 있다 하더라도 말이다. 한라산을 다녀온 후 필자는 근거 있는 자신감으로 계룡산, 속리산, 지리산, 무등산 등을 다녀왔다. 그것은 한라산을 등반하지 않았다면 시작하지 못했을 것이다. 그 어렵다는 한라산 백록담에 성공했으니 이젠 어디라도 갈 수 있을 것 같았다.

무등산을 갔을 때 일이다. 무등산을 등반하고 내려오는 길에 버스를 한참 기다리다가 탔다. 요금을 내려고 하는데 필자의 카드가 없다. 깜박하고 카드를 두고 왔다. 남편 카드는 핸드폰에 저장되어 있는데, 하필이면 그때 배터리가 없어 켜지지 않았다. 기사님에게 사정을 얘기하고 계좌로 이체하겠다고 하니, 그냥 타고 가란다. 그래서 무사히 내려온 적이 있었다. 원효사에서 출발하는 1187번 버스 기사님께 감사 인사를 전하고 싶다. 1187번은 무등산 천왕봉 높이가 1,187m인 데서 따온 번호라고 한다.

"기사님 덕분에 힘든 산행이 한결 가벼웠습니다. 고맙습니다."

산을 왜 오르는가?
어떤 사람은 사색을 위해서라고 하고, 어떤 이는 산이 좋아서, 또 어떤 이는 정상에 오르려고 등 다양하다. 필자는 '자기만족'을 위해 산에 오른다. 그렇게 여러 둘레길을 걸어봤지만, 산에 오르고 난 성취감과는 사뭇 달랐다. 만족감의 정도가 매우 달랐다. 돌산이라 끝도 없이 돌계단이 이어지고 있지만, 무릎에 무리가 가지 않는 범위에서 한번 도전해 보길 추천한다.

최고의 성형은
건강한 다이어트

"다이어트는 자기관리의 시작이다."

— 미셸 오바마 (Michelle Obama)

허리가 가늘어지려면 입이 작아져야 한다는 말이 있다. 이 말은 다이어트를 하기 위해서는 음식을 적게 먹어야 한다는 뜻인데, 필자는 음식이 늘 맛있으니 적게 먹을 수가 없었다. 음식은 맛있고 다이어트는 해야 하고. 그래서 다이어트를 입에 달고 사는 사람이었다. 매일 다이어트를 한다고 하지만, 몸무게는 매년 조금씩 늘어 2020년에는 60kg을 훨씬 넘었다. 이런 추세라면 10년 뒤에는 몸무게가 70kg대가 될 것으로 예상된다. 나의 다이어트 운동을 식욕 촉진 운동이라고 둘째 아들이 놀리기도 했다. 적당히 운동하고 나면 식사를 더 맛있게 하니, 어린 아들 눈에도 엄마가 하는 다이어트는 불가능해 보였을 듯하다.

그렇게 식욕 촉진 운동을 다이어트라 하며 보낸 세월이 30여 년, 아무도 예상치 못한 코로나 팬데믹이 닥쳐와 그나마 해오던 다이어트에 비상벨이 울렸다. 운동하러 다니던 평생교육 운동 프로그램도 코로나19로 문을 닫고, 아파트 커뮤니티 센터도 문을 닫고 열기를 반복하니, 그나마 하던 식욕 촉진 운동도 하기 어려워졌다. 코로나19로 직장 회식이 없어진 것은 다행스러웠으나, 집에 와서 저녁을 실컷 먹고 운동은 하지 않으니, 다이어트의 악순환이 겹치고 만 것이다.

그러던 어느 날, 고혈압 정기검진을 받으러 집 앞 내과에 갔다. 의사 선생님이 여러 번 체크하더니, 혈압이 매우 높다며 현재 약으로는 어려울 것 같으니 약을 바꿔야 한다고 했다. 다른 방법은 없냐고 질문하니, 살을 뺄 수 있겠냐고 되물었다. 체중을 줄이면 혈압을 낮출 수 있기 때문이다. 현재 약은 여러 테스트 끝에 복용하는 약이라 또 변경하고 싶지 않았다. 이제껏 성공하지 못한 다이어트를 다시 한번 해보겠다고 했다. 몸무게를 줄여서 다시 혈압을 재고, 그래도 안 될 경우 의사 선생님의 제안을 받아들이기로 했다.

그런데 걱정이 태산이다. 30여 년 동안 다이어트를 해도 실패의 연속이었는데, 3개월 동안 2~5kg을 줄여 병원에 가는 숙제를 안고 왔으니 말이다. 그것도 코로나 정국에……. 마음을 단단히 먹고 다이어트 계획을 세웠다. 적게 먹고 많이 움직이는 것. 다이어트 원리는 뻔한 게 아닌가? 그 뻔한 이치를 알면서도 실천하지 못해 매번 실패했지만, 이번엔 달랐다. 다이어트에 실패하면 고혈압약을 바꿔야 하고, 의사 선생님과의 약속을 한번 지켜보고도 싶었기 때문이다.

첫 번째 전략으로 퇴근 후, 집 가까운 산에 오르기로 했다. 남편이 적극적으로 돕겠다고 했다. 코로나로 동아리나 헬스장 등은 못 가도 산에 가는 것은 가능했기 때문이다. 매일 퇴근 후 약 1시간 30분 이상 등산하고, 다음 날 아침에 몸무게를 재기로 했다.

두 번째 전략은 식단이다. 아침엔 ABC 주스를 마시고, 점심은 직장에서 해결하며, 저녁은 밥 대신 과일이나 채소를 먹기로 했다. 그동안은 퇴근 후 집에 오면 배가 고파 어떤 땐 나물에 참기름을 넣고 비벼 저녁밥을 두 그릇이나 먹기도 했었다. 이렇게 식욕이 좋으니 살이 빠지겠는가? 그러나 이번엔 달랐다. 단단히 마음을 먹었기 때문에 저녁은 샐러드나 과일로 밥을 대신했다. 때로는 과일을 많이 먹어 밥보다 칼로리를 더 섭취할 때도 있었으나, 하여튼 탄수화물은 섭취하지 않으려고 노력했다. 매일 만 보 이상 걷고, 저녁 7시 이후에는 간식을 끊었더니 하루 200~400g 정도가 빠지기 시작했다. 그러다가 생일에 거한 저녁 식사를 하고 나니, 하룻저녁에 1kg이나 바로 늘었다. 다이어트를 하는 중에 폭식은 금물이다. 고무줄 몸무게로 체중이 늘었다 줄기를 반복했다. 루시엔 허프(Lucien Hough)는 이렇게 말했다.

*"다이어트는 식욕을 이기는 것이 아니라
자기 자신을 이기는 것이다."*

세 번째 전략은 다이어트 관련 책을 읽는 것이었다. 당시에는 실내에서 보내는 시간이 많아 독서하기에 환경 조건이 매우 좋았다. 도서관에 가서 책을 대여하기가 쉽지는 않았지만, 코로나 상황의 심각 정도에 따라 가끔 책을 직접 대출할 수도 있었다. 또는 대출 신청을 미리 하고, 도서관 밖에서 기다렸다가 책을 가져오는 방법도 있었다. 국립세종도서관의 다양한 대출 방법 덕분에 많은 책을 접할 수 있었다. 건강과 다이어트 관련 책을 10권 이상 읽으며, 그동안 제대로 하지 못했던 다이어트에 대한 희망을 찾기도 하고 자신감도 생겨 꾸준히 실천할 수 있었다. 필자의 다이어트를 꾸준히 할 수 있도록 도와준 책 몇 권을 소개하고자 한다.

> *"세상엔 아무런 노력 없이, 대가 없이 얻어지는 것은 없다.*
> *건강과 날씬한 몸매를 저당 잡히고 맛을 택할지, 아니면*
> *맛있는 음식의 유혹을 참고 멋진 몸매를 얻을지는*
> *당신의 선택에 달려있다."*
>
> – 이종인 작가의 「최고의 성형은 다이어트다」 중에서.

> *"다이어트의 완성에 필요한 요소는 운동, 신선한 공기,*
> *햇빛, 음식, 생각대로 된다(뺄 수 있다)는 믿음이다. 다이*
> *어트의 원리는 제대로 먹는 습관과 운동을 통합하는 것*
> *이 절대적으로 필요하다. 음식이 90%라면 운동은 10%다.*
> *운동은 자기가 좋아하는 운동을 하는 것이 좋다."*
>
> – 하비 다이아몬드 작가의 「다이어트 불변의 법칙」 중에서.

> *"체중 감량 속도는 한 달에 본인 체중의 3% 이내가*
> *현실적이다. '적게 먹었는데 안 빠졌다'가 아니고,*

'먹을 만큼 먹어서 안 빠진 거다.' 변명보다 식사량부터
줄일 생각하는 것이 최우선이다."
— 수피 작가의 『다이어트의 정석』 중에서.

매일 걷기, 저녁 식사 줄이기, 관련 도서 읽기. 이 세 가지 전략은 코로나 시대 다이어트 비법으로 매우 효과적이었다. 특히 퇴근 후 가까운 산에 매일 올라가는 것은 세 가지 전략 중 가장 큰 효과를 냈다. 매일 산에 가고 저녁 식사를 주의하는 것이 쉬워 보였지만, 처음에는 무척 어려웠다. 가족 행사가 있기도 하고, 남편과 기념할 일이 생기기도 했으며, 퇴근 후 피곤하면 쉬고 싶을 때도 많았다. 또한, '잠시 쉬었다 하지 뭐.' 하는 생각이 한두 번 든 게 아니었다. 그러나 매일 실천하는 것이 중요했다. 그때마다 남편이 옆에서 든든한 지원자가 되어주어 꾸준히 실천할 수 있었다. 저녁 식사는 처음 2~3일 지키는 것이 정말 어려웠지만, 인내심을 시험하는 그 3일만 성공하면 체중계 숫자가 줄어드는 희열을 느낄 수 있었다.

결론적으로 6개월 이상 꾸준히 노력한 끝에 몸무게는 50kg대로 내려왔다. 약 6개월 동안 8kg 정도를 줄인 셈이다. 이는 대성공이었다. 고혈압약도 바꾸지 않고 그대로 같은 약을 먹고 있다. 작아서 못 입던 스커트도 척척 입을 수 있으니, 삶이 즐겁고 행복하다. 장롱 속 작은 사이즈의 원피스, 스커트, 바지 등을 다시 꺼내 입을 때의 그 기분은 느껴 본 사람만이 알 수 있으리라. 교장

자격연수를 받던 동기들이 한 명, 두 명 교장으로 발령이 나며 카톡에 사진을 올렸다. 내 모습을 본 동기들은 몰라보게 예뻐졌다며 카톡 답장이 폭주하기도 했다. 직장동료들은 점심을 함께 먹으며, 날로 변하는 내 모습을 보고 "어제 다르고 오늘 다르다."라며 비법을 묻기도 했다. 주변의 반응에 살맛이 났지만, 무엇보다 출근길 엘리베이터 안 거울 속 내 모습은 스스로 보아도 예쁘고 아름다워 만족하며 하루를 시작할 수 있었다.

여자의 최고의 성형은 다이어트라고 누가 말했던가? 필자가 실제 다이어트를 해보니 맞는 말이다. 다이어트는 자본투자도 필요 없다. 다만 강한 의지로 실천하는 것이 필요할 뿐이다. 최근 개그우먼 박나래, 신봉선 같은 연예인들이 다이어트에 성공한 후 삶이 달라졌다는 이야기를 들으면서, 최고의 성형은 역시 다이어트라는 것을 확신하게 되었다.

물론 몸무게만 줄었다고 성공한 것은 아닐 수 있다. 체지방량, 골격근량, BMI, 내장지방 레벨 등 종합적인 판단이 필요하다. 그리고 다이어트에 효과가 좋다는 건강식품이나 다양한 의학적인 방법의 도움을 받을 수도 있다.

필자는 현재의 모습을 유지하기 위해 가까운 장군산을 5년째 걷고 있고, 저녁 식사는 야채 위주로 하고 있다. 제니퍼 애니스턴 (Jennifer Aniston)의 말처럼, 다이어트는 단기적인 목표보다는 건강한 생활 습관을 만들기 위해 꼭 필요하다.

첫 개인 전시회,
나의 새로운 도전

> "진정한 성장은 우리가 꿈꾸는 삶을 살 때 일어난다."
> – 헨리 데이비드 소로 (Henry David Thoreau)

예전부터 조금씩 그려왔던 그림과 대학원 2년 동안 노력하면서 배운 결과를 선보이는 전시회를 2007년 유성 갤러리에서 열었다. 개인 전시회를 처음 준비하면서, 미술작품을 표구사에 맡기고 나서는 '이제 반은 했으니, 제대로 전시회를 열겠구나.' 하는 안도감 반, '이 작품들이 과연 성공적으로, 멋진 모습으로 표구되어 다시 태어날까?' 하는 불안감 반으로 잠 못 들기도 했다.

팸플릿 1차 초고를 작성하여 교수님과 협의하고, 디자인 회사에 맡기기까지 참으로 어려운 과정이었다. 생전 처음 하는 일이라 팸플릿 만드는 과정 또한 서투른 것이 많았다. 이런 준비 과정을 통해 그동안 남들이 주는 팸플릿을 아무렇지 않게 받아 들곤 했던 나 자신을 돌아보게 되었다. 팸플릿은 단순한 홍보물이 아니라, 수많은 땀과 노력의 결실임을 직접 만들어 보고야 비로소 깨달았다. 겁 없이 책으로 만들려고 했던 초안을 대폭 수정하여 3단

접이식 팸플릿으로 결정하여 맡기고 나니, '이제는 전시회 준비가 다 끝났구나.'라는 생각이 들기도 했다. 역시 이날도 잠을 이룰 수가 없었다.

아직 웹하드에 올린 완성본을 확인하고 수정하는 작업이 남아 있었다. 광고사 팀장과 통화하면서 대본을 인터넷에 동시에 띄워놓고, 자리 배치와 글자 크기, 그림 위치를 조정하는 것 역시 새로운 경험이었다. 두세 번의 수정을 거쳐 드디어 완성본이 웹하드에 올라왔다. 아! 이 '흐뭇함', 이 '설렘'이란 이루 말로 표현할 수 없었다.

이번 전시회는 교육대학원 졸업전시회에 어울리게 그림과 학생지도 내용도 함께 전시하기로 했다. 민화 지도 실제와 한국화 완성 과정을 쉽게 안내하는 사진 15컷을 주문하고, 그에 따른 내용 설명을 작성하였다.

작품 제목을 정하는 일도 큰 즐거움이었다. 여러 번의 수정을 거쳐 최종적으로 '천국(天菊)'으로 결정했는데, 그 과정은 쉽지 않았다. 처음에는 '너와', '따로 또 같이', '만남' 등 다양한 제목을 고민하던 중 '천국(天菊)'이 떠올랐다. 이 제목은 '하늘 국화'라는 뜻과 '하늘의 이상적인 세계'라는 두 가지 의미를 담고 있다. 제목을 정한 뒤, 컴퓨터로 작성한 문구를 인쇄해 우드락에 붙이고 하나하나 자르면서 '작품 하나하나가 이렇게 많은 과정을 거쳐 완성되는구나!'라는 감탄이 절로 나왔다. 아직 작품도 없이 네임태그만 만든

상태였지만, 마치 이미 완성된 작품을 보는 듯한 설렘이 밀려왔다.

팸플릿에 넣으려 했던 '그림 감상짱'이 되는 법은 공간이 부족하여 따로 작성하여 벽에 붙이기로 했다. 로버트 F. 케네디(Robert F. Kennedy)가 이렇게 말했다.

> "작은 행동은 변화를 가져올 수 있는
> 위대한 힘을 가지고 있다."

걸려 있는 그림 한 작품씩 혼자 천천히 둘러볼 때, 또 지나가던 낯선 사람들이 들어와서 설명을 요청할 때, 행복해 가슴이 뛰기도 했다. 찾아온 선생님들이 민화 지도를 수업 시간에 한 번 해보겠다고 했을 때는 '역시 전시회를 잘 열었구나.' 하는 생각이 들기도 했다.

서예를 조금 한다는 조경선 선생님은 들어서자마자 행복해하는 모습이 역력했다. 묵을 보니 매우 좋다는 것이었다. 문인화 목련의 자주색이 무척 예뻐 어쩔 줄 몰라 하는 선생님을 보면서 나에게도 또다시 행복 바이러스가 전파되기도 했다. '국화 옆에서'의 문짝이 그 선생님의 문짝과 같아 친근하다며 따끈한 차 한 잔에 행복해하는 모습도 보기 좋았다. 전시회 개최를 축하한다고 들고 온 들국화 한 아름에서 퍼지는 국화 향이 전시 공간을 가득 채우고도 남았다.

미술과 대학원 동기 김세영 선생님은 지난 일요일에 사부님과 오시더니 오늘 또 오셔서 축하해주고 기뻐해 주셨다. 손승정 선생님은 교원대 박사과정 합격 소식과 함께 한걸음에 달려와 우리 대학원 동기들만이 공유할 수 있는 미묘한 정을 느끼게 했다. 그렇게 여러 손님들이 다녀가고, 혼자 필자의 그림을 보고 있노라면 이보다 더 행복할 수는 없다는 생각이 들었다.

오후 8시에 갤러리 문을 닫기로 하여, 조금 더 머물고 싶어 그림을 보고 있는데, 옆에서 전시하고 있던 우상연 선생님이 갑자기 와서 물었다.

"선생님! 왜 아직까지 계세요? 얼른 문 닫고 가셔야지요?"
"네, 가려고요. 먼저 가세요. 곧 갑니다."

좀 더 머무르고 싶어 했던 마음을 알지 모르겠다. 학교에서 수업을 마치고 전시관으로 곧장 올 수 있음도 좋았다. 찾아온 손님들이 축하해주며 부러워하는 것도 뿌듯했고 행복했다. 학창 시절 친구들이 찾아와 미술 시간 카드를 잘 못 만들었던 필자가 그림 전시회를 하고 있다고 떠들며 추억을 끄집어내기도 했다. 전시회를 마무리할 시간이 되어, 그림을 하나씩 분가시킬 생각을 하니 또 설레었다. 전시회를 마치며 수고한 '나'에게 이렇게 메일을 보냈다.

전시회를 마치며

전시회를 준비하고 진행했던
지난 며칠을 언어로 표현하자면
설렘, 흐뭇, 행복, 감동이다.
전시회를 연 것이 여행한 느낌이다.
처음 준비할 때의 설렘과
표구사에 맡길 때의 안도감과 흐뭇함,
작품들을 전시해 놓고 느끼는 행복감.
전시회를 마치고 귀가하는 길에 느끼는 깊은 감동.

전시회가 여행과 다른 점은
여행은 앞으로도 계속 갈 게 확실한데
전시회를 또 여는지는 미지수다.
이번이 처음이자 마지막이 될 수도.
수고했어, 이서영!

17년이 지난 지금, 마지막이 될지도 모른다는 전시회가 가끔 이어지고 있다. 어반스케치 교원예술 동아리와 세종 사생회로 이어가고 있으니, 여행처럼 계속 이어질 것도 같다. 퇴직 후에나 그림을 다시 시작하려고 생각했다가, 모든 취미는 퇴직 전에 시작하는 것이 좋다는 선배들의 조언을 듣고 시작했다. 역시 선배들의 조언은 귀담아들을 필요가 있다.

두 번째, 세 번째 전시하며 느끼는 행복감이 얼마나 큰지 모른다.

문인화로 시작한 그림에서 조금씩 변화하여 그리기도 한다. 지금은 채색화에 인물을 그려 넣고 있다. 동양화나 한국화에는 대체로 자연을 주제로 하여 그리기에, 인물은 없다. 그런데 어느 날 그림에 인물을 넣어 그리니 생동감이 느껴졌다. 역시 '인물이 있어야 그림이 사는구나.'라는 생각에 지금은 가능하면 인물을 넣으려고 노력하고 있다. 추사 김정희가 남긴 유명한 말이 있다.

"가슴속에 1만 권의 책이 들어 있어야.
그것이 흘러넘쳐서 그림과 글씨가 된다."

가야문화에서 찾은
잊지 못할 순간들

"소중한 것을 깨닫는 장소는 언제나
컴퓨터 앞이 아니라 파란 하늘 아래였다."

– 다카하시 아유무 (Takahashi Ayumu)

2월이면 학교 현장은 잠시 틈새 방학이 있다. 새 학기를 준비하는 기간이기도 하고 새 학기를 위한 휴식 시간이기도 하다. 이번 봄 방학에는 미루고 미뤘던 창녕 우포늪을 꼭 가보고 싶었다.

남편은 경남 일대를 돌아보고 싶다고 했다. 늘 그랬듯이 역사가 전공인 남편이 일정을 짜기로 했고, 필자는 세운 계획대로 따라가기로 했다. 퇴근해서 보면 남편은 계획을 세우느라 서재에서 며칠째 앉아서 끙끙댔다. 도대체 어떻게 일정을 짜길래, 얼마나 알차게 짜길래 저렇게 고민하는 걸까? 밀양시청, 창녕 시청, 함안읍 등에서 보내온 홍보 안내 책자가 도착하여, 그걸 토대로 근 1주일 동안 세운 계획이 드디어 완성됐다.

1일 차	세종 출발 → 밀양 월연정 → 시립박물관, 영남루, 밀양관아 → 의열기념관 → 위양지 → 우포늪
2일 차	새벽 우포늪 → 창녕박물관, 교동 송현동 고분 → 진흥왕척경비, 석빙고 → 술정리삼층석탑 → 영산만년교 → 무기 연당 → 입곡군립공원 → 철교 → 함안박물관, 말이산고분 → 무진정
3일 차	고성송학동 고분, 박물관 → 갈모봉산림욕장 → 상족암군립공원 → 배알도 → 조병욱 생가 (윤동주 시인 친구)
4일 차	순천 드라마 촬영장 → 압화 박물관 → 천호성지

4일간 소화하기에는 엄청나게 벅찬 일정이다. 캐리어 두 개를 끌고 나가니, 꼭 해외여행 나가는 듯하다. 국내는 길어야 2박 3일이었는데, 3박 4일로 계획하고 출발하니, 매우 긴 여정이 될 것 같다.

첫 일정은 '밀양'이다. 남편이 꼭 가보고 싶은 곳이다. 그곳에서 독립운동가 김원봉, 윤세주의 발자취를 느끼고 싶어 했다. 우리나라에서 말도 꺼낼 수 없는 김원봉 의열단장을 고향인 밀양에서는 어떻게 기리고 있는지가 궁금했던 것이다. 가는 길에 '월연정'이란 조용하고 전망 좋은 정자가 있다. 비가 오는 날 정자에 앉아 주변을 둘러보는 것도 좋았다. 영화 〈똥개〉에 나왔다는 용평터널을 걸어서 통과하는 것도 나름대로 새로웠다. 여행 하면 맛집이 빠질 수 없다. 어느새 점심시간이 되어 숲속갈치마을을 찾았다. 가는 길에 있어 들어갔는데, 조금 이른 시간이어서 그런지 첫 손님으로 자리를 잡았다. 갈치 정식을 주문하여 먹으니, 반찬도 깔끔하게 나오고 맛도 매우 좋았다. 조금 시간이 지나니 손님들이 계속 들어온다. 알고 보니 길게 줄을 서 기다리면서 먹는 맛집이라고 했다. 나오면서 보니 대기표가 정말 있었다. 밥 한 그릇을 뚝딱 해치우고, 추가해서 더 먹고, 다음 일정을 향해 출발했다.

박물관에서 전기차 충전을 하고 여유 있게 둘러본다. 김원봉, 윤세주의 의열단 활동 등 정보가 많았고, 영남 12경을 비롯하여 새로운 밀양에 대해 알아본 다음, 이번엔 '영남루'로 향했다. 영남루, 관아, 의열기념관은 도보로 다 돌아볼 수 있는 거리에 있었다. 특히 의열기념관은 김원봉의 생가에 있었다. 험난했던 의열단의 활동들을 비롯한 독립운동에 관해 후손들이 자세히 알아볼 수 있도록 연대별로 정리가 잘 되어 있어, 남편은 속이 후련하다고 할 정도로 밀양에 감사하다고 했다. 한때는 김구 선생보다 지명수배 금액이 클 정도로 일본인들에게는 두려운 존재였던 김원봉이 북한으로 넘어갔다 하여, 우리는 입도 뻥긋하지 못하고 있는데, 이곳에서는 이렇게 기리고 있구나 하며 안도하고 감사해했던 듯하다.

그리고 바로 옆이 윤세주의 집이다. 김원봉, 윤세주의 나이가 그 당시 17~19세라고 하니, 그 어린 나이에 나라를 위해 만주로 떠나 모진 고생을 다 하며 독립운동에 뛰어들었다니, 그들의 애국심이 매우 놀랍다. 거기에는 충혼탑이 있었다. 의열기념관 벽에 있는 "기억은 산 자의 의무다."라는 문구가 뇌리에 박힌다. 이 문구가 아니더라도 우리는 독립운동을 위해 목숨을 바친 그들을 기억해야 한다. 그렇게 보고팠던 김원봉과 윤세주의 고향을 돌아봤으니, 남편은 소원을 풀었다고 했다.

앤서니 보데인(Anthony Bourdain)은 이렇게 말했다.

> *"새로운 장소를 방문하는 것은*
> *새로운 생각을 하는 것과 같다."*

'위양지'는 힐링 장소다. 작은 연못이라고 할까? 꼭 청송의 주산지 느낌이다. 나무가 많아 몸도 마음도 모두 건강해지는 기분이었고, 한적한 곳을 한 바퀴 다 둘러볼 수 있어서 좋았다. 풍경 사진은 스케치하여 그림도 그리고 싶을 정도로 아름다웠다.

이제는 밀양에서 '창녕'으로 이동한다. 가는 길에 '우포늪'을 먼저 갔다. 작년에 우포늪을 지키며 천연기념물인 따오기를 사진 찍는 정봉채 작가님의 연수를 듣고 창녕에 꼭 가보고 싶었다. 중국에서 따오기 두 마리를 분양받아 40여 마리가 된다고 했다. 우리가 둘러보고 나오는데 따오기가 큰 목소리로 배웅했다. "따옥, 따옥" 그래서 따오기란다. 2월이라서 초록의 늪은 볼 수 없었고, 늪지대가 모두 누렇다. 곧 봄이 오면 푸르게 찬란한 빛을 발하는 풍경을 볼 수 있을 텐데……. 아쉬움이 일었다. 우포늪에서는 아침 운무(雲霧)를 봐야 최고라서 가까운 곳에 숙소를 잡았는데, 아쉽게도 안개가 너무 짙어 새벽 우포늪 감상은 포기해야 했다.

2일 차 첫 방문은 '창녕 박물관'이다. 이곳에서 송현동 고분에

순장된 14세 소녀 '송현이'의 유골을 볼 수 있었다. 송현동 고분에서 나왔다 하여 '송현이'로 이름이 붙여졌다고 한다. 박물관에서 바로 창녕 고분으로 연결되었는데, 아침 안개가 살짝 올라와 창녕 고분을 오르는데 매우 상쾌하기까지 했다. 비화가야 조상들의 무덤은 예쁜 무덤들로 경주보다 많았고, 무덤이 공원을 이루었다. 무덤 공원이 얼마나 넓은지 다 돌아보려면 족히 1~2시간은 걸릴 것 같았다. 이렇게 60세가 다 되어서야 가야의 문화재를 보러 왔으니, 우리 문화재에 관한 관심이 너무 부족했다는 생각이 들었다. 아니, 지금이라도 찾아왔으니 다행스러운 일이다. 역사를 전공한 남편이 아니었다면 이곳을 방문할 생각조차 하지 못했을 것이다. 중학교 학창 시절 사회 교과서에 가야는 크게 금관가야, 대가야 정도만 기록되어 있었는데……. 창녕은 그 옛날 비화가야였다고 한다.

신라 시대 진흥왕의 영토 확장의 인증인 진흥왕 순수비(척경비)와 북한산 순수비가 남한에 있다고 했는데, '진흥왕 순수비'가 바로 창녕에 있었다. 순수비 옆에 '석빙고'가 있는데 지금껏 보아온 석빙고 중 제일 멋있었다. 남편이 예전 답사 때에는 내부를 둘러보았다고 했는데, 지금은 들어갈 수가 없었다. '영산만년교'는 실물보다 사진이 더 아름답다.

이번엔 '함안'이다. 함안이 어디에 있는지 지역 이름이 생소했다. 함양은 들어봤어도 함안은 전혀 알지 못하는 곳이었다. 박물관에 들러 '말이산 고분'으로 간다. 이곳은 아라가야 고장이다. 시내 상가 이름도 아라 치과, 아라 커피 등 '아라'를 많이 사용하고 있었다. 이렇게라도 아라를 유지하고 싶어 했다는 생각이 들었고, 함안보다 '아라'가 더 많이 눈에 띄기도 했다. 옛날 조상들은 무덤을 그리 아름다운 곳에 두었을까? 전망도 좋고 바람도 시원한 곳, 하늘도 푸르른 그곳에 말이산 고분이 자리한다. 처음 올라가는 곳에 예쁜 느티나무가 자리하고 있었는데, 고분들과 어우러져 있어 영화의 한 장면 같았다.

이번 여정은 '무기 연당'이다. 일반 가정집에 어여쁜 작은 연못이 있었고, 후학을 길렀다는 문화재 소개를 보고 지금은 소규모로 보존되었지만 당시 규모가 매우 컸음을 알 수 있었다. 그의 후손이 현재 무기 연당에서 살면서 문화재를 관리하고 있었다. 그곳의 '무진정'은 정말 아름다운 정자였다. 나무와 한옥이 말로 표현하기 어려울 정도로 아름답게 조화를 이루었다. 한여름에 와서 본다면 초록이 우거진 무진정은 더 아름다울 듯하였다.

다음 여정은 '고성 한산 마리나 리조트'다. 1인 12만 원 하는 불곰 횟집에서 남편이 근사한 한 상을 사준다고 자랑한 그곳이다. 기대를 잔뜩 하고 갔으나, 가는 날이 장날이라고, '휴무'라고 해서 얼마나 미안해하던지, 하지만 어쩌겠는가. 식당을 겨우 찾아 한 끼를 조촐하게 해결했다. 다행히 바다를 바라볼 수 있는 2층 방에서, 저녁놀까지 감상할 수 있는 근사한 곳이어서 좀 위로가 되었다.

셋째 날, '고성 송학동 박물관'의 고분을 보러 간다. 박물관은 고분에서 출토된 모양의 토기를 입구 내 조형물로 보여줘서 좀 더 특별한 곳이라 생각했다. '송학동 고분' 역시 경주를 능가할 정도로 매우 멋지고 편안한 곳이었다. 세 곳의 가야 고분을 둘러보고, 고분의 아름다움에 또 한 번 빠져들었다. 특히 고성의 고분은 함안이나 창녕의 것과는 다른 방식으로 만들어졌다. 흙을 방사선으로 쌓은 후 위에 관을 묻는 방식이어서인지 유물이 많이 훼손되어서, 보존된 문화재가 많지 않았다고 한다.

다음 여정은 '갈모봉 산림욕장'인데, 이곳은 입구나 도로가 잘 정비되지 않은 것으로 보아, 아직은 사람들에게 잘 알려지지 않은 곳이었다. 입구에 편백 나무가 양쪽으로 줄지어 서 있어 우리 부부를 환영하기라도 하는 듯 기립박수를 보내는 듯하다. 피톤치드가 많이 발산된다는 10~12시 사이에 그곳을 방문해서인지 한결 상쾌한 기분이었다. 그다음 간 곳은 '상족암 군립공원'으로, 인터넷으로 검색해 보니 이곳에 고성에서의 인증샷을 찍는 곳이 있단다. 여기까지 왔으니 나도 뒷모습 앞모습 여러 컷 찍으면서 오래 남기고 싶은 사진 한 컷을 건졌다.

이젠 '여수 라마다'로 이동하는 시간이다. 조금 여유롭게 해변을 구경하며 가다가 윤동주 시인의 친구이자 동주의 시를 항아리에 묻어두었다는 조병욱 작가의 집에 들르기로 했다. 해안가에 자리한 이곳은 하동이다. 벚꽃굴은 여기서만 먹을 수 있다고 했다. 그래서 생전 처음으로 먹어보는 그 맛있다는 벚꽃굴을 한 접시 주문했는데, 생각보다 엄청 비싸서 조금 놀랐다. 맛은 TV에서 자랑하는 상큼 달콤한 바로 그 맛이었다. 그리고 '배알도'라는 곳을 둘러보고 3일째 일정을 마무리한다.

마지막 날, 이제 집으로 가는 길이다. 순천에 들러 '드라마촬영장'에서 우리의 젊은 날을 잠시 회상해 보았다. 그리고 섬진강 대숲길을 들러보고 '별천지 가든'에서 맛있다는 참게장을 먹고 세종으로 올라왔다. 남편도 큰아들도 좋아하는 참게장 한 통을 사 차에 싣고 올라왔다. 여행의 기쁨 중, 먹는 기쁨이 50%라고 하지 않던가?

이번 여행을 통해 남편이 대단한 사람이란 것을 다시 한번 느꼈다. 며칠 동안 고민하더니, 최고의 여행 계획을 세운 것이다. 지난 8월에 북유럽에 다녀올 때는 이렇게 큰 감동은 받지 않았다. 그런데, 이번 여행으로 우리 문화재를 둘러보면서 조상의 숨결을 고스란히 느낄 수 있어서 좋았다. 단순히 창녕 우포늪을 보고 오겠다고 시작했던 계획이 남편 덕분에 가야문화를 두루 돌아보게 되어 예기치 않은 선물을 받은 느낌이다. 다음 여행에는 6가야 중, 가보지 못한 위쪽 지방의 성주가야, 고령가야에 가보고 싶다.

- 영어듣기 만점의 꿈, 캐나다로 떠나다
- 해상 실크로드, 장보고의 발자취를 따라
- 태국, 슬픈 미소 속에서 감성을 발견하다
- 황하문명의 발상지, 중국 베이징 탐험기
- 인도의 길 위, 혜초와 동행하다
- 도스토옙스키의 도시, 상트페테르부르크
- 북해도, 여름의 쉼표를 찍다
- 동유럽, 로맨틱 감성과 배움의 여정
- 미국 서부, 초등교육 현장에서 얻은 통찰
- 북유럽, 젊은 무지개가 뜨다

Part IV

해외로 떠나라,
성장·힐링·
감성 UP

영어듣기 만점의 꿈,
캐나다로 떠나다

> "인생은 위험의 연속이다."
> – 다이앤 프롤로브 (Diane Frolov)

해외 어학연수가 한창 유행이었던 때가 있었다. 50~60대 부모 중 자녀의 영어 교육 때문에 해외 어학연수를 한 번쯤 고민해 본 사람들이 있을 것이다. 엄마들이 자녀를 어학연수 보내기 위해 많은 정보를 찾아보고 공유했던 때다. 초등학교 5학년 때 어학연수를 보내면 효과가 좋다는 입소문들이 엄마들 사이에서 오갔다. 큰아들이 어느새 초등학교 5학년을 지나고 6학년 2학기 겨울방학, 곧 3월이 되면 중1이 된다. 늦었지만 이제라도 어학연수를 보내야겠다고 생각했다. 둘째는 초등학교 5학년이 곧 된다. 이번에는 어학연수를 보내려고 작심하고 어학원을 찾아다녔다. 알아보니, 1년 어학연수비가 약 4,000만 원 정도 든다고 했다. 비용 부담이 너무 커서 1년은 포기했다.

그러던 어느 날 아침, 조간신문에 어학연수 광고가 보였다. 혹시나 하고 문의를 했더니, 직접 방문하여 상담하길 원했다. 그래

이서영 교장쌤의 오늘도 가슴 뛰는 삶

서 시간을 내어 찾아갔다. 어학연수 일정은 겨울방학을 이용해 단체로 데리고 가고, 가정도 희망하는 곳을 선택할 수 있으며, 관리도 철저히 잘해준다고 홍보를 무척 했다. 2월까지 이어서 하면 2개월을 할 수 있다고……. 경비도 두 달이면 그리 많지 않다고 설득했다. 어학원 담당자의 설명은 필자에게 모두 장점으로만 들렸다. 그래서 남편과 상의하고 두 달만 연수를 보내기로 했다.

2005년 1월, 큰아들을 위니펙(캐나다 중남부 도시명)으로 먼저 보내고, 둘째는 나중에 돈을 더 모아 보내기로 했다. 이왕이면 아이들이 많은 집에 보내면 좋을 것 같아 자녀가 많은 집에 체크를 하고 신청서를 제출했다.

그러던 중에 남편이 둘째도 함께 보내자고 제안했다. 그동안 남편은 고민을 해왔던 것 같았다. 당시 두 달 연수비가 1인당 약 500만 원이니, 두 명을 보내려면 약 1,000만 원이 필요했다. 비용이 너무 많이 들어 고민하다가 둘째에게 물어보았다.

"이번에 어학연수를 형아와 같이 갈 거야?"

마음속으로는 이번에는 형아만 가고 자신은 다음에 가겠다는 답변을 듣고 싶었다. 왜냐하면, 아직 어려서 혼자 캐나다까지 가겠다고 하지 않을 것 같았기 때문이다. 그런데 뜻밖의 답변을 들었다. 둘째는 겁 없이 자기도 가겠다고 했다. '오! 이런~ 어쩌나!' 할 수 없이 적금을 해지하여 갑자기 함께 보내기로 추진하게 되었다.

그래서 첫째는 위니펙으로 가기로 정했고, 둘째는 뒤늦게 추진

하는 바람에 인원이 마감되어 퀘벡(캐나다 동부 도시명)으로 보내게
되었다.

그때 둘째가 16시간 이상 비행기를 타고 가느라 몸이 피곤했던
지 감기에 걸렸다고 도착 후 연락이 왔다. 걱정되어 홈스테이 가
족 Bobby에게 이메일을 보냈더니 2005년 1월 9일 답장이 이렇
게 왔다.

> Jeni,
>
> There is no problem about how many mails you send.
> I don't mind at all. Joon had a sore throat and I am
> looking after it. Bought him some lozengers. Rubbed
> his chest and gave him some medicine for colds. He's
> better already and ate a big lunch today. The other
> boy Chang has the same thing. They will both be fine.
> Don't worry and mail Joon whenever you want. He
> would like that. He spoke to his brother in Winnipeg
> yesterday also.
> You take care,
>
>   - Bobby

어학연수 기간에 잘 안 되는 영어 실력으로 홈스테이 가족과 메
일을 주고받으며 아들의 안부를 체크했었다. 시차 때문에 매번 전
화할 수도 없고, 또 영어로 말을 잘할 수도 없으니, 이메일이 제

일 좋은 방법이라 생각했다. 다행히 홈스테이 가족들이 짧게라도 아이들의 건강 상태와 학교생활 등을 알려주었고, 안심하라고 메일을 보내왔기에 마음이 많이 놓였다. 그렇게 위니펙과 퀘벡으로 주고받은 이메일은 두 달 동안 계속되었고, 아이들이 돌아온 후에도 얼마 동안 이어졌었다.

큰아이는 또래 아이들이 셋인 위니펙의 가정에서 머물렀고, 주변에 있는 학교에서 교과목 공부를 했다. 교과목을 직접 영어로 공부한 것 같다. 그리고 오후와 주말에는 가족끼리 다양한 체험을 하곤 했다. 도착 후 앨범을 보고, 체험활동을 얼마나 했는지 자세히 알 수 있었다.

둘째가 있는 홈스테이 가정은 자녀는 없고 퇴직한 어른들이 어학연수 간 학생들을 2~3명씩 데리고 있으면서 돌봐주는 곳이었다. 오전에는 학교에서 현지 아이들과 함께 공부하고, 귀가하면 홈스테이에 묵게 된 한국 학생들과 체험학습을 하였다. 일본의 유명한 기업가 마쓰시타 고노스케(松下幸之助)는 이런 말을 했다.

"도전을 겁먹지 마라. 그것은 당신의 능력을 키워줄
기회일 뿐이다."

어학연수를 마치고 두 아들은 3월 1일 밤 12시 즈음 도착했다. 두 달인데도 애들이 훌쩍 큰 것 같았다. 밤늦게 도착했으니 얼른 자고 일어나 새 학년 시작을 해야 했다. 지금 생각하면 무척 힘들었을 것도 같은데 잘 넘긴 듯하다. 긴 머리를 자르지도 못하고 등교를 했다. 아마 생활지도부 선생님에게 혼이 났을지도 모른다. 밤늦게 도착해서 어찌할 수가 없었다. 그렇게 새 학기를 둘 다 시작하게 되었다.

큰아이가 돌아오고 나서도 한참 동안 그들과 이메일을 주고받았다. 왜냐하면, 큰아들과 비슷한 또래 아이들이 셋이나 되었기에 서로 주고받을 이야기가 많았다. 그리고 큰아이가 귀국한 지 8개월이 지나 필자가 안부 메일을 보냈더니, 위니펙 홈스테이 가족이 2005년 11월 29일에 이렇게 답장을 보내왔다.

Hi Jeni,

I got your email. I'm so glad Jeong is doing well in school. Bethany received her report card and did very well. We won't get Kaitlyn's and Joshua's report cards until Dec. 9th.

We are very busy getting ready for Christmas. Kaitlyn just had her 14th birthday, and now that it's over, we can concentrate on Christmas. We will be putting up our tree this weekend, and I already have some decorations out. I love Christmas.

Have a great day.

– Carolyn

이서영 교장쌤의 오늘도 가슴 뛰는 삶

많은 돈을 들여 해외 어학연수를 보냈으니 내심 기대를 하고 중간고사 성적을 기다렸다. 아이들은 힘들었을 텐데 새 학년에 다행히 잘 적응해 나갔다. 그리고 중간고사 성적도 잘 나왔다. '와우', 정말로 영어 듣기 점수가 만점이 나왔다. '어학연수의 효과인가 보다.'라고 생각하며 흐뭇해했다. 물론 독해나 문법은 만점이 아니었다. 실제로 어학연수가 도움이 되었냐고 아들에게 물었다.

"영어 듣기가 잘 들리더니?"

그랬더니 자연스럽게 잘 들린다고 했다. 그때는 적금을 해지한 것이 아깝지 않았다. 고3까지 영어 듣기는 만점을 받았으니, 나의 목표는 달성한 셈이다. 요즘은 유튜브, EBS 등 다양하게 영어 공부 프로그램이 있어 어학연수를 보내지 않아도 자신의 의지만 있으면 얼마든지 공부할 수 있다. 지금 같으면 보내지 않았을 텐데, 그때는 겁 없이 애들을 멀리 캐나다로 두 달이나 어학연수를 보냈으니, 용기가 대단했었다.

성인이 된 지금도 두 아들은 영어 말하기는 곧잘 하는 듯하다. 실생활에서도 영어를 활용할 수 있다니 다행이다. 특히 자유여행으로 신혼여행 다녀왔을 때, 며느리가 한 말이다.

"정이가 현지에서 술술 영어로 다 했어요! 깜짝 놀랐어요!"

해상 실크로드,
장보고의 발자취를 따라

"어떤 일을 하기에 앞서 스스로 그 일에 대한 기대를 가져야 한다."

– 마이클 조던 (Michael Jordan)

장보고 유적지 답사 추진 공문이 매년 학교로 발송될 때가 있었다. 동료들이 다녀온 후 추천해서 알게 된 것이지만, 답사의 기회가 바로 주어지지는 않았다. 필자는 두 번째 신청에서 선정되었다. 이 답사는 장보고 장학재단과 신문사가 주최한 사업으로, 답사 후기를 반드시 작성해야 교사들에게 답사비를 지원하는 조건이었다. 경쟁이 치열했던 프로그램이었고, 그때 제출한 답사기가 운 좋게 최우수에 선정되었다. 그 내용을 대폭 줄여서 여기에 올린다.

사랑하는 햇살나무 친구들아!

샘이 지난 2010년 8월 7일부터 8월 12일까지 5박 6일 동안 해상왕 장보고 유적지를 답사하고 왔단다. 방학하기 전, 중국에서의 이야기를 꼭 들려달라고 했던 초롱초롱한 수영이의 눈망울이 떠오른다. 너희 부탁대로 15명의 햇살과 14명의 나무들에게 떠나기 전 설렘, 답사 동안의 깊은 감동, 도착 후의 흐뭇함에 대해 들려주려 하는데, 들어볼래?

장보고는 어릴 적 이름이 '활보', '궁복'이었대. 활쏘기를 무척 잘해서 그런 이름을 붙여주었다는 거야. 그런데 성은 없어. 왜냐고? 옛날 우리나라에서는 양반이나 귀족에게는 성이 있었지만, 가난하게 농사짓거나 고기 잡는 사람들은 거의 성이 없었대. 장보고는 가난한 어부의 아들이었거든. 그런데 장보고는 중국으로 건너가서 무예 실력을 인정받아, 활 궁(弓) 자가 들어가는 '장(張)' 씨에 원래 이름 '복' 자를 중국 사람이 읽기 쉽게 하려고 '보고'라고 해서, '장보고(張保皐)'라는 이름을 얻게 되었지. 활을 얼마나 잘 쐈는지 궁금하지? 글쎄 1,000걸음 이상에서 활을 쏘아 콩알만 한 것을 맞출 정도의 실력을 갖춘 신기에 가까운 신궁(神弓)이었어. 놀랍지?

너희들은 해상왕 장보고를 어떤 사람이라고 알고 있니? 장군, 무역상인, 개척자, 아니면 힘이 센 대장? 잠시 생각해 봐. 장보고는 바다를 통해 미래를 꿈꾸고, 새로운 시대를 연 우리 역사상 유일한 세계인이었단다. 친구를 사랑하고, 어려운 사람들을 위해 희생할 줄 아는 따뜻한 사람이었지. 또 그는 자신의 신분을 극복하고 중국, 일본, 이집트, 이란 등 세계 여러 나라와의 무역을 개척한 도전정신의 소유자였단다. 이제 해상왕 장보고가 활동했던 곳을 함께 가볼까?

햇살나무 친구들아!

샘을 태운 배는 13시간 동안 우리나라 서해안에서 중국 동쪽 끝 영성시에 도착했어. 여기는 우리나라 인천에서 가장 가까운 곳이란다. 이제부터는 영성시의 성산두와 등주 수성을 답사한 이야기를 들려줄게.

성산두는 중국의 가장 동쪽에 있는 거대한 해안 절벽으로 중국에서 가장 먼저 일출을 볼 수 있는 곳이야. 그래서 '태양이 떠오르는 곳, 중국의 희망봉'이라고 불린단다. 진시황이 불로초를 찾으러 동쪽으로 나아가다 더 이상 가지 못하고 멈추어 서서 아쉬워했다는 전설이 남아 있어.

그리고 등주는 장보고가 고향인 전남 완도 음수향에서 정년이라는 친구와 몰래 배를 타고 건너와 활동했던 곳이지. 그래서인지 등주 수성을 돌아보는데, 성벽 하나하나에서 장보고의 숨결이 느껴졌단다. 성 위에서 바라보는 바다는 정말 시원하고 상쾌했어. 장보고도 이 성 위에 올라 동쪽을 바라보며 고향을 그리워했을지 모른다는 생각이 들었어.

이번엔 순마갱에 대해 얘기해 볼까? 순마갱은 살아 있는 말을 사람이 죽을 때 함께 무덤에 묻는 곳이야. 중국 제나라 군주가 죽었을 때, 아끼던 말 600마리를 함께 묻었다는 곳이 바로 여기야. '말무덤'이라는 말이 낯설지? 샘도 놀랐단다. 중국 서안에 가면 병마용갱이란 곳이 있는데, 여기는 진시황이 자기 무덤에 병사들을 함께 묻었다는 곳이야. 물론 살아있는 사람이 아니고 흙으로 만든 모형이지만 말이야. 그런데 살아있는 말을 어떻게 죽은 사람과 함께 묻었을까? 궁금하지? 여러 가지 이야기가 있지만, 아마도 수면제를 먹인 다음 함께 매장한 것이라 전해지긴 한단다.

그다음 간 곳은 태안시에 있는 태산이란 곳이야. 태산은 많이 들어봤지? "태산이 높다 하되 하늘 아래 뫼이로다. 오르고 또 오르면 못 오를 리 없건마는, 사람이 제 아니 오르고 뫼만 높다 하더라." 이 시조로 유명하잖아. 바로 그 태산에 간 거야. 이곳은 해발 1,545m라고 하니까, 우리나라의 소백산만큼 높다고나 할까? 지리산보다는 낮은 산이지. 샘도 지금까지는 태산이 엄청 높은 산인 줄 알았어. 그런데 태산 주변의 땅이 아주 넓고 평평해서 태산이 엄청 높은 것처럼 보인다는 거야.

이 산은 성스러우면서도 경관이 뛰어나고 명승고적이 많이 남아 있다고 해. 절벽마다 비문을 새겨 놓았는데, 모두 1,800여 곳이나 된다는 거야. 특히 한나라 무제의 무자비(비석에 아무것도 적혀 있지 않음)와 당나라 현종의 기태산명비 등이 유명해. 또 태산에 한 번 오르면 10년을 더 살 수 있다고 해서 7,412개의 계단을 밟고 태산 정상에 오르는 것이 중국 사람들의 소원이라 하더라고. 샘도 태산을 등정해서 아마도 10년은 젊어졌을 거야.

정상에 올라가면 황제가 제사를 지내는 곳이 있는데, 샘도 그곳에서 기도했지. '우리 햇살나무 친구들이 열심히 공부해서 해상왕 장보고처럼 자신을 사랑하고, 나라를 위해 훌륭한 일을 할 수 있는 사람으로 자라게 해주세요.'라고.

 지금 안내할 곳은 샘이 출발 전에 도서관에서 빌린 책을 보고 무척 기대했던 곳이야. 여행 일정 마지막 날에서야 드디어 답사할 수 있었단다. 이곳은 해상왕 장보고가 중국에 살고 있던 신라인들을 위해 세운 절로, 많은 사람들이 이곳에서 휴식을 취하며 기도하고, 나라의 안녕과 개인의 행복을 빌었던 법화원이란다.

 법화원 뒤에는 층암절벽이 우뚝 솟아 있고, 바위는 붉은빛을 엷게 띠고 있어. 특히 법화원 뒷산의 바위는 햇빛이 밝게 비칠 때보다 비가 올 때 더욱 붉은빛을 띠어 '적산'이라고 불렸대.

 법화원은 신라인들 마음의 주춧돌이자 기둥 같은 곳이었어. 그래서 법화원이 자리한 적산포는 신라의 어느 바닷가 마을을 그대로 당나라에 옮겨 놓은 것처럼 느껴졌다고 해. 신라 옷차림을 한 사람들이 신라말을 쓰며 절 안팎을 오가니, 그 풍경이 신라와 다를 바 없었겠지? 장보고는 적산포에 법화원을 세운 뒤, 이와 비슷한 절을 완도와 제주도에도 지었다고 해. 하지만 지금은 안타깝게도 절터만 남아 있단다.

 대웅전에 가서는 샘도 또 소원을 빌었지. 10위안(약 2,000원)을 복전함에 넣고 향을 피운 뒤 절을 두 번 하고 합장했어. 그때 옆에 계시던 스님이 낭랑한 징 소리를 세 번 울려주셨는데, 그 소리가 얼마나 아름답게 들리던지 샘은 이미 소원이 다 이뤄진 듯한 기분이었단다. 그 순간에는 부처님뿐만 아니라 저 먼바다 위에서 해상왕 장보고가 샘의 소원을 들어줄 것만 같았어.

해상왕 장보고가 신라인들이 의지했던 법화원을 뒤로하고 고향으로 돌아가기로 결심했듯이, 샘도 흰 구름이 두둥실 떠 있는 법화원의 붉은 산을 뒤로하고 한국으로 다시 돌아와야 했단다.

장보고 유적지 답사를 마치고 돌아오면서 샘은 참 많은 것을 얻었다고 생각했어. 책에서만 접했던 장보고에 대해 직접 그 흔적과 숨결을 느낄 수 있었던 건 정말 값진 경험이었단다. 그리고 답사 동안 함께했던 선생님들과도 잊을 수 없는 특별한 인연을 맺게 되었지.

하지만 아쉬움도 있었어. 장보고가 처음 당나라에 와서 정년과 함께 힘겹게 생활했던 서주를 돌아보지 못한 점, 제나라의 많은 유물과 유적을 전시한 제나라 역사박물관이 공사 중이라 볼 수 없었던 점, 태산에 올라 진시황제가 남긴 비문을 짙은 안개 때문에 찾지 못했던 점, 그리고 순마갱이 아직 발굴 중이라 무덤의 일부만 보았던 점이 특히 아쉬웠어.

혹시 햇살나무 친구들이 장보고 유적지를 답사할 기회가 있다면, 샘이 느꼈던 이 아쉬운 점들을 꼭 해결해 주길 바란다.

그럼 사랑하는 햇살나무 친구들, 안녕!

빈센트 반 고흐(Vincent van Gogh)는 이런 말을 남겼다.

"나는 항상 내가 지금 하지 못하는 것을 시도한다.
왜냐하면, 이를 통해서 무언가를 배울 수 있기 때문이다."

이 시기에 필자는 무언가를 시도하고, 그 결과를 기다리는 재미로 학교생활을 했다. 학생들을 데리고 대회에 출전하거나, 연구대회 보고서를 제출하거나, 표창 추천서를 제출해 놓고 결과를 기다렸었다. 하나의 결과가 발표되면 또 새로운 도전 거리를 제출해 놓고 결과를 기다리며, 즐거운 발걸음으로 출근했던 기억이 있다. 이때도 그랬다. 그래서 때로는 힘들고 지치기도 했지만, 늘 활기차게 교직 생활을 했던 것으로 기억된다.

이서영 교장쌤의 오늘도 가슴 뛰는 삶

태국, 슬픈 미소 속에서
감성을 발견하다

2003년 2월, 초등학생인 두 아이를 위한 태국 여행을 계획했다. 교과서에서 배우는 열대 기후의 나라를 직접 체험하고, 문화가 다른 세계 여러 나라가 있다는 것을 알려 주고 싶었다. 그래서 추운 겨울에 정반대 계절인 여름을 가진 동남아시아 태국을 선택했다.

인천공항에서 오전 11시 25분 출발하는 OX301편을 타기 위해 출국 수속을 마친 뒤, 면세점에 들러 현지에서 만나게 될 '특별한 인연이 될 사람'에게 줄 우리나라를 대표할 만한 기념품인 '안동 하회탈 핸드폰 줄' 다섯 개를 샀다. 탑승을 기다리는 동안, 한국 남자와 결혼해 살고 있다는 태국 아가씨가 우리의 대화를 듣고는 파타야보다 푸껫이 더 좋다며 서투른 한국말로 추천했다. 그녀의 추천을 들으며, 다음엔 꼭 푸껫에도 가보겠다고 다짐했다. 수줍어하지 않고 자신 있게 푸껫을 추천하던 태국 아가씨의 환한 미소가 무척 인상 깊었다.

현지 시각으로 오후 3시 25분, 방콕에 도착했다! 태국은 우리나라보다 2시간이 늦으니, 인천에서 방콕까지 약 6시간이 걸린 셈이다. 태국의 기온은 34.5℃로, 우리나라 한여름 날씨와 비슷했다. 출발 전 한국은 한겨울이었기 때문에, 겨울에서 여름으로의 극적인 계절 변화를 몸으로 체감할 수 있었다.

여행팀은 여대생 두 명과 우리 가족 네 명으로 총 여섯 명이 한 팀이었다. 가이드는 8인승 봉고차로 공항에서 방콕 시내까지 이동하며 우리를 안내했다.

호텔(G.S. Hotel)에 도착해 짐을 풀고, 실외 수영장에서 잠시 몸을 풀었다. 한국은 추운 겨울이지만, 태양이 뜨겁게 내리쬐는 날씨 덕분에 야외 수영을 하며 땀을 흘리는 경험을 하게 되었다. 사계절이 여름인 나라라는 말이 실감 났다. 아이들도 수영장에서 신나게 물놀이를 즐겼다. 저녁 식사를 마친 후, 호텔에 칫솔이 없어서 주변 가게에 들러 265THB(바트. 약 9,900원)를 주고 아이스크림, 칫솔, 치약을 샀다. 바트가 없어서 현지 가이드가 대신 지불해 주고, 달러로 환산해 정산했다.

이미 태국을 다녀온 직장동료들이 "한국 돈과 달러만 있어도 문제가 없다."라고 했기에 바트를 준비하지 않았는데, 예상치 못한 곳에서 사용할 일이 생겨 약간의 바트를 준비하지 않은 점이 후회스러웠다.

이서영 교장쌤의 오늘도 가슴 뛰는 삶

다음 날 아침 식사를 마치고 8시에 왕궁으로 이동했다. 드디어 본격적인 관광이 시작된 것이다. 현지 가이드는 환한 얼굴로, 천사의 미소를 자랑한다는 태국 사람들 특유의 매력을 보여줬다. 당시 한국에서 유행했던 고 노무현 대통령의 "맞습니다, 맞고요!"라는 말투를 흉내 내며 더위를 식혀 주었다. 연예인 원빈을 좋아한다며, 우리 두 아들이 잘생겼다며 '원빈 가족'이라고 부르며 분위기를 띄우기도 했다.

왕궁과 에메랄드 사원을 둘러본 후, 걸어서 5분 거리에 있는 수상 시장으로 이동했다. 이곳은 관광 안내 책자에서 보고 가장 가보고 싶었던 곳 중 하나였다. 보트를 타고 이동하며 작은 나룻배의 상인들을 만나 물건을 물 위에서 사고파는 독특한 경험을 했다. 빵을 조금 떼어 물 위에 던지니 잉어들이 물 위로 솟아올라 입을 벌리고 먹었다.

보트 운전사의 첫째 부인이 파는 재스민 꽃목걸이는 태국의 명물이라고 했다. 보트에 탄 사람들 대부분이 하나씩 샀다. 한 개에 1,000원 정도였는데, 향기가 진해 향수 대신 사용해도 좋을 것 같았다. 단, 하루가 지나면 시들어 버리는 단점이 있어 하루 동안만 싱싱한 향기를 즐길 수 있는 '1일 향수'였다.

지금은 공사 중이라는 새벽 사원(아침 사원)은 물 위에서 외관만 잠시 보고 그날의 일정을 마무리했다.

다음 날 아침, 거리의 여성들 옷차림은 깔끔했다. 검은 피부에

날씬한 몸매들이 돋보였고, 뚱뚱한 사람은 거의 없었다. 치마를 즐겨 입는 멋쟁이들이었지만, 그들의 눈빛에서는 수심이 읽혔다. 필자만의 느낌인가 싶었는데, 동행한 여대생도 비슷한 인상을 받았다고 했다. '능력 없는 남자도 부인을 3~4명씩 데리고 사는 일부다처제 때문일까? 그래서 늘 불안하고 고독한 건 아닐까?'라는 생각이 들었다. 밝고 환한 웃음이라기보다는, 생의 고뇌를 아는 듯한 붓다를 연상케 하는 미소였다. 그런 미소는 묘한 연민의 정을 불러일으켰다. 집 앞의 항아리 수가 부인 수를 나타낸다고 했다. 어느 집은 항아리가 4개나 있었다.

다음 코스는 파타야였다. 이동하는 동안 '농녹 빌리지'에 들렀다. 드넓은 규모가 놀라움을 자아내는, 아시아에서 제일 크다는 정원이다. 크고 작은 동물 조형물들이 웅장하게 자리 잡고 있었다. 여기서 '민속 쇼'와 '코끼리 쇼'를 보았다. 아이들은 코끼리 쇼를 무척 좋아했지만, '얼마나 많은 훈련을 받았을까?' 싶어 안타까운 마음도 들었다. 코끼리는 눈만 껌벅이며 조련사의 요구에 따라 쇼를 했다.

농녹 빌리지는 그 아름다움으로 우리나라 외도를 떠올리게 했다. 갖가지 꽃이 예쁘게 피어 있었고, 주변 경관 또한 무척 아름다웠다.

30분 정도 더 이동하자 '미니 시암(소인국)'에 도착했다. 앞쪽에는 전 세계 명소를 축소해 전시하고, 뒤쪽에는 태국의 명소인 왕궁, 새벽 사원, 콰이강의 다리 등이 전시되어 있었다. 여기에서 열쇠고리 20개를 5,000원에 구입했다. 쇼핑센터보다 훨씬 싸서, 이렇게 저렴한 줄 알았다면 다른 곳에서 미리 사지 않고 여기에서 더 살 걸 후회가 됐다.

파타야의 Ass Amador 호텔에 도착해 잠깐 쉬는 동안 TV를 켜니, 대구에서 발생한 지하철 방화 사건 소식이 방송되었다. 태국에서 한국의 대형 사고 소식을 듣게 되니 마음이 편치 않았다. 한국은 지금 한겨울일 텐데 얼마나 더 추울까 하는 생각도 들었다. 참 넓으면서도 좁은 세상이다.

다음 날 8시 30분, 코란으로 출발했다. 이른바 '산호섬'이라 불리는 곳으로, 물이 얼마나 깨끗한지 물속이 훤히 들여다보였다. 아이들은 오전 내내 바나나보트를 타며 수상 놀이를 즐겼다. 아이들 말로는 이곳이 여행 중 가장 신나고 좋았다고 했다.

앤드류 매튜스(Andrew Matthews)는 이렇게 말했다.

> *"우리는 목적지에 닿아야 행복해지는 것이 아니라*
> *과정에서 행복을 느낀다."*

오후에는 휴식 시간이 주어졌다. 틈새 관광을 시도해 보기로 하고, 안내 책자를 들고 호텔 로비에서 붓다 공원에 대해 물었다. 직원은 송태우(트럭을 개조해 뚜껑을 단 택시)로 200THB에 15분이면 갈 수 있다고 알려주었다.

송태우를 타고 붓다 공원으로 가려 했으나, 기사는 공원의 위치를 정확히 몰랐다. 결국 옆 사람들에게 물어보고, 우리가 가져간 안내 책자를 빌려 보며 목적지로 향했다. 왕복 500THB(약 18,000원)로 다녀왔는데, 현지에서는 기본요금이 35THB에 15THB씩 추가되는 구조라는 사실을 알고 나니 엄청 비싸게 탄 셈이었다.

하지만 '우리가 틈새 여행에 도전한 용기에 의미를 두자.'라며 스스로를 위로했다. 한국에서도 여행지에서는 바가지를 쓰기 마련이니까. 붓다 공원에서는 불교 국가 태국의 모습을 엿볼 수 있었다. 방콕 지도를 보면 왼쪽 외곽에 엄청나게 큰 공원이 있다. 왕궁의 수십 배는 되어 보이는 규모였다.

공원 중앙에는 거대한 부처가 인자한 표정으로 아래를 내려다보고 있었다. 잘 꾸며진 공원은 각종 불교 행사에 자주 사용된다고 했다. 태국에는 우리나라의 '부처님 오신 날'과 비슷한 공휴일이 있어, 그 시기에는 엄청난 인파가 이곳에 몰려 축제를 즐긴다고 한다.

이런저런 생각으로 뒤척이다 늦게 잠들려는데, 한밤중에 누군가 노크를 하는 소리가 들렸다. 너무 놀라고 무서워, 카디건을 걸치긴 했지만 방문을 열 용기가 나지 않았다. 그저 "No, No"만 되뇌며 어쩔 줄 몰라 하던 중, 남편이 벌떡 일어나 방문을 열어보았다. 놀랍게도, 우리가 방 키를 밖에 꽂아둔 채 잠들어 있었다는 게 아닌가! 이렇게 황당한 일이 있을 수 있단 말인가! "No, No"만 외치며 겁먹었던 나 자신이 우스워졌다.

자고로 여행지에서는 모든 것을 꼼꼼히 체크해야 한다는 교훈

이서영 교장쌤의 오늘도 가슴 뛰는 삶

을 다시금 배운 순간이었다. 호텔 직원은 아무 죄 없이 도와주려 했을 뿐인데 오해를 받았으니 얼마나 난감했을까 싶었다.

4일째 되는 날, 아침 8시에 다시 파타야에서 방콕으로 돌아왔다. 가는 길에 시간이 조금 남아, 가이드가 '왓 포(Wat Pho)'라는 사원에 들를 수 있도록 보너스 일정을 잡아줬다. 일정에 없던 사원을 방문하게 되니, 뜻밖의 선물을 받은 기분이었다.

사원에는 초등학교 교실 네 칸 정도 크기의 거대한 와불(누워 있는 부처님)이 있었다. 와불의 인자한 모습이 인상 깊었고, 크기 또한 어마어마했다. 사람도 그렇듯, 누워 있는 부처님도 편안해 보였다. 형형색색의 탑들도 눈길을 사로잡을 만큼 아름다웠다.

태국에서는 사원에 들어갈 때 예의를 지켜야 한다. 반바지나 칠부바지는 금지이고, 뒷끈 없는 샌들도 신을 수 없다. 부처님이 모셔진 실내에 들어가려면 신발과 모자를 벗어야 한다.

맨 앞까지 조심스레 걸어가 고개를 숙이고 내부를 살펴보았다. 커다란 부처님이 중심에 자리하고 있었고, 한쪽에는 발 마사지와 전신 마사지를 받는 사람들이 많았다. 궁금해서 물어보니, 여기서 20~60일 동안 교육을 받으면 정식 교사자격증이 나온다고 했다. 이곳이 바로 그 교육장소였다. '나중에 기회가 된다면 한 번 도전해볼까?' 하는 생각이 잠시 스쳤다.

비행기에서 화려한 일출을 보고 나니 아침 8시, 인천공항에 안전하게 도착했다. 참으로 다행이고 고마운 일이다. 애들은 지난

번 중국 '서안'에서 매일 걸으면서 역사 공부만 했는데 태국 여행은 반은 역사 공부, 반은 놀 수 있어서 중국보다 태국이 더 좋았다고 한다. 애들의 마음을 알 것도 같다. 아이들끼리 호텔 풀장에서 함께 노는 모습이 매우 보기 좋았다. 다음엔 여러 가족이 함께 오는 것도 좋겠다는 생각을 했다. 대니얼 드레이크(Daniel Drake)가 남긴 말이 있다.

"여행은 모든 세대를 통틀어 가장 잘 알려진 예방약이자 치료제이며 동시에 회복제이다."

얼마 전, 두 아들네 가족과 함께 세부로 가족여행을 가기로 논의하던 중이었다. 문득, 둘째 아들이 초등학교 3학년 때 갔던 태국 여행 이야기를 꺼냈다. 둘째는 태국 여행 당시 날씨가 너무 더워서 시원한 음료와 과일을 많이 먹었던 기억이 난다고 했다. 또 함께 이동했던 여대생들이 친절히 잘 대해주었던 것도 좋았다고 했다. 어렸을 때의 기억이라 별로 남아 있지 않을 줄 알았는데, 풀장에서 신나게 수영했던 일, 커다란 코끼리 등에 올라탔던 일이 떠올랐다며 즐겁게 이야기했다.

아이들에게도 그 시절 태국 여행은 의미 있는 추억이었다. 그래서 둘째는 자기 아들(손자)을 데리고 가족여행을 떠나고 싶다고 했다. 오랜만에 정겹고 흐뭇한 대화를 나누며, 올겨울 대가족 여행을 계획하게 되었다.

황하문명의 발상지,
중국 베이징 탐험기

> "여행은 인간을 겸손하게 만든다.
> 세상에서 인간이 차지하는 영역이 얼마나 작은 것인가를 깨닫게 해준다."
> – 프리드리히 프뢰벨 (Friedrich Fröbel)

오래전 두 아이를 캐나다로 어학연수를 보내고, 남편과 함께 인도로 떠났다. 그곳에서 석굴, 석탑, 사람들의 생활 모습을 보며 '역시 문명의 발상지는 뭔가 다르구나!' 하고 느꼈다. 그 이후로 여행 계획을 세울 때, 세계 문명 발상지를 우선순위에 두기로 했다.

역사를 전공한 남편은 출장과 연수로 북경을 여러 번 다녀온 경험이 있어, 이번 여행은 다른 방향으로 계획했다. 아이들이 어렸을 때, 중국 시안에서 진시황릉과 병마용갱을 본 적이 있다. 그때 '시안이 이 정도인데, 말로만 듣던 베이징은 얼마나 웅장할까?' 궁금했던 기억이 떠올랐다. 만리장성과 자금성 같은 역사적 장소를 내 눈으로 보고, 내 발로 걸으며 느껴보고 싶었다.

하지만 두 아들의 학업과 군 입대 등의 일정이 엇갈리며 가족여행은 꿈만 같았다. 아이들이 훌쩍 커버린 후에야 그 소원을 이룰 수 있었다. 여행의 설렘, 여행 중 느낀 진한 감동, 그리고 귀국 후의 뿌듯함은 이번에도 변함없이 가득했다.

우리 가족은 여행을 떠날 때, 각자가 꼭 해보고 싶은 것을 하나씩 정해 포함시키는 것을 원칙으로 삼는다. 이번 여행에서는 어떤 선택이 나올까? 남편은 가족을 안전하게 안내하는 것을 목표로 삼았다. 필자는 욕심을 내어 만리장성을 걸어보고 싶다고 말했다.

체육 교사 2년 차인 큰아들은 가족 여행을 기념해 티셔츠를 준비해줬다. 무뚝뚝한 큰아들이 이런 센스를 발휘하다니, 정말 귀엽다는 생각이 들었다. 아마 여친의 코치가 있었을 것 같았다. 큰아들은 베이징덕을 중국 본토에서 직접 맛보는 것이 소원이라고 했다. 먹는 것을 좋아하는 큰아들에게는 딱 어울리는 선택이었다. 대학생인 둘째는 정통 마사지를 받아보고 싶다고 했다.

드디어 여행이 시작되었다. 떠나면서도 걱정이 앞섰다. "이 무더운 여름, 그것도 8월 초의 베이징! 네 명이 무사히 여행을 마칠 수 있을까?"

첫 여정은 798거리에서 시작됐다. 이곳은 서울의 인사동과 비슷한 곳으로, 중국 문화를 보여주는 상품들이 즐비하게 늘어서 있었다. 그러나 39℃를 넘나드는 폭염 속에서 큰아들은 얼굴이 붉게 달아오르고, 쉬는 시간마다 시원한 아메리카노를 찾았다.

이서영 교장쌤의 오늘도 가슴 뛰는 삶

다음 코스는 전문 대가, 천안문, 자금성 코스였다. 드넓은 광장을 보며 '우리나라 국왕들이 중국 황제를 황제라 부를 수밖에 없었던 이유가 공간의 규모에서 느껴진다.'라고 생각했다.

전문 대가는 북경의 유명한 번화가로, 명나라 황제가 출궁할 때 이용하던 길이다. 옛 북경의 모습을 그대로 보존하고 있어, 많은 볼거리를 제공했다.

천안문은 북경 시내 한가운데 위치한 세계 최대 규모의 광장이다. 면적이 무려 40만㎡로, 한 번에 최대 100만 명을 수용할 수 있는 어마어마한 규모를 자랑한다. 동시에 이곳은 중국 민주주의의 상징이자, 모택동의 대형 초상화와 오성홍기로 북경을 대표하는 곳이다.

자금성은 명·청시대 황실 궁전으로, 1987년 유네스코 세계문화유산으로 등재된 장소다. '자줏빛 금지된 성'이라는 이름처럼, 한때는 황실만 출입할 수 있는 공간이었지만, 현재는 황실의 전통과 유적을 간직한 박물관으로 탈바꿈했다. 총 24명의 황제가 거주했으며, 72만㎡의 면적과 9,000여 칸의 방이 그 위용을 증명한다.

북경에서는 천안문과 자금성을 보면 '반을 본 것"이라 하는데, 우리는 3박 4일 일정 중 첫날에 중요한 문화재의 절반을 다 본 셈이었다.

큰아들은 폭염 속에서도 의외로 잘 견뎠다. 반면 둘째는 에너지가 다 소진돼 기진맥진했다. 표정이 펴지지 않던 둘째는 시원한 실내로 들어가 서커스 단원들의 신기에 가까운 묘기를 본 뒤에야 조금 나아졌다.

　중국에서의 첫날밤, 큰아들이 그렇게 먹고 싶어 하던 베이징덕을 사왔다. 연경 맥주, 고량주, 안주, 과일 등도 한 아름 챙겨 숙소로 돌아왔다. 두 방에서 잔을 모아 네 개의 컵을 마련하고, 드디어 가족만의 여유로운 힐링 시간이 시작됐다. 덥고 힘든 여정 속에서도 짜증 한 번 내지 않고 서로 배려하며 하루를 보낸 우리 가족. 서로가 참 훌륭하다고 칭찬하며 축하의 잔을 들었다. 그리고 힘든 순간이 있더라도 즐겁게 참여하자며 격려의 건배를 나눴다. 마지막 잔을 들며, "이번 여행이 행복하고 소중한 추억이 되도록 다 함께 노력하자."라는 다짐도 덧붙였다.

　그런데 그 순간, 대학 3학년생인 둘째가 뜸을 들이며 말을 꺼냈다.

　"드리고 싶은 말씀이 있어요."

　둘째는 자신의 생각과 현재 상황, 그리고 앞으로의 진로에 대해 조심스럽게 이야기를 시작했다. 모두가 진지하게 그의 고민을 들어주었고, 따뜻한 응원과 격려를 아끼지 않았다. 직장 초년생인 큰아들은 선배로서 한마디 덧붙였다.

　"준아, 너무 걱정하지 마. 절실하면 다 이루어진다. 넌 할 수 있어."

둘째 날의 여정은 두 아들이 가장 어렵게 생각했던 만리장성이었다.

인류 최대의 토목공사라는 이 거대한 유적은 진시황제가 북방 민족의 침입에 대비하여 통합된 방어 산성을 쌓기로 한 것이 만리장성의 기원이라고 한다. 그 후로도 시대를 거치며 계속해서 축조되었고, 명나라 시대까지 축조가 계속되었다고 한다. 만리장성의 총길이는 4.2만 리로 21,196km이다. 만리장성이라 불리게 된 이유는 진시황제가 건설할 당시 만 리로 계획했기 때문이라고 한다. 무려 30만 명의 사람이 동원되었다니, 사람의 힘이 참으로 놀랍다는 생각이 든다.

팔달령 만리장성으로 향하는 길, 무더운 날씨를 고려해 케이블카를 이용했다. 사람이 구름떼처럼 올라간다. 케이블카 덕분에 그리 오래 걷지는 않았다. 성벽 끝까지 오르는 길은 가파르긴 했으나 올라서서 내려다본 산등성이의 성벽들이 장관이었다. 가슴이 탁 트이는 느낌이었다. 드넓게 펼쳐진 산자락을 보며, 얼마나 많은 사람들의 희생이 있었을까 싶기도 하고, 그런 희생이 후세들에게 어마어마한 문화적 가치를 남겨주었다는 사실을 새삼 느꼈다. 필자의 여행 목표였던 '만리장성 걸어보기'는 그렇게 성공적으로 이루어졌다.

다음 코스는 용경협으로, 중국 베이징 북부에 있는 협곡의 이름이다. 계곡의 모양이 마치 '용'과 같다고 하여 '용경협'이라 불린다고 한다. 1973년 중화인민공화국 장쩌민 주석이 용경협을 둘러본 뒤 특별 지시를 내려 계곡에 댐을 짓고 인공 호수를 만든 뒤, 배를 띄워 관광할 수 있도록 조성했다고 한다. 우리나라 여행객들이 좋아한다는 이곳은 역시 주변 경관이 장난이 아니다. 한 폭의 산수화를 연상하게 하는 산세와 깎아지른 듯한 기암절벽, 협곡을 가르는 외줄타기 묘기, 번지점프 등 볼거리가 다양했다. 유람선을 타고 주변 풍경을 감상하는 동안, 시간 가는 줄 모르고 탄성이 계속 흘러나왔다.

이어서 이화원. 어디선가 들어본 것 같은 이름이라 낯설지 않았다. 처음엔 "장보고 유적 답사 때 다녀온 곳인가?" 하는 생각이 스쳤지만, 이내 자장면을 맛있게 먹었던 중국집 이름과 비슷해서 기억에 남았던 곳임을 떠올렸다. 이화원은 서태후가 여름 피서를 위해 사용했던 공원이자 궁궐이었다.

이곳은 사람들을 동원하여 파낸 인공 호수로, 파낸 흙이 쌓여 주변 만수산이 되었다고 한다. 중국 조경과 정원예술의 창조적인 정수를 보여주는 곳으로, 유네스코 세계문화유산에도 등재된 명소다.

3박 4일의 일정을 마무리하며 마지막 밤엔 편안한 휴식을 즐겼다. 많이 걸어 발에 물집이 생길 뻔했던 피로를 발 마사지로 풀며, 긴 여행의 피로를 달랬다. 그리고 본토 베이징덕으로 근사한 저녁 만찬을 즐기며 여정을 마감했다.

이서영 교장쌤의 오늘도 가슴 뛰는 삶

그날 밤, 사이먼 레이븐(Simon Raven)의 말이 문득 떠올랐다.

"인생은 짧고 세상은 넓다. 그러므로 세상 탐험은
빨리 시작하는 것이 좋다."

방학 중에만 해외여행이 가능하다 보니, 계절의 제약이 컸다. 추위와 더위를 피하기 힘들었고, 이번엔 한여름 무더위 속 무작정 떠났던 여행이었다. 그럼에도 불구하고 첫날 자금성을 제외하면 비교적 여유롭게 일정을 소화했다.

바쁜 일정을 뒤로하고, 네 명이 어렵게 시간을 맞춰 떠난 가족 여행은 무엇보다 의미가 깊었다. 출발 전 각자가 하고 싶다던 미션도 모두 성공적으로 수행했다. 무엇보다 둘째의 진로에 대한 무거운 고민을 조금이나마 덜어준 것 같아 마음이 후련했다.

이번 여행은 단순히 명소를 돌아보는 데서 그치지 않았다. 이탈리아에 이어 세계문화유산을 두 번째로 많이 보유한 중국의 자금성, 만리장성, 용경협, 이화원 등 북경의 대표적인 문화재를 직접 둘러보며 깊은 인상을 받았다. '중국이 곧 세계문화유산 보유 1위로 올라설 날이 머지않겠구나.' 하는 생각도 들었다.

인간이 살기에 기후를 비롯한 자연조건이 적당하고, 큰 강이 흘러 농사짓기에 편리했던 곳에서 문명이 시작되었다는 문명의 발상지인 중국의 황하문명, 인더스문명, 이집트문명, 티그리스와 유프라테스의 메소포타미아 문명. 그중 또 한 곳을 다녀옴에 뿌듯함이 느껴졌다.

특히 남편은 중국 역사에 대한 풍부한 지식을 바탕으로 해설을 곁들여주며 가이드 역할을 톡톡히 해냈다. 덕분에 여행의 깊이가 더해졌다. 무더운 여름, 힘들고 지치는 순간마다 서로를 위로하고 격려하며 보낸 시간은 이제 소중한 추억으로 자리 잡았다.

이서영 교장쌤의 오늘도 가슴 뛰는 삶

인도의 길 위,
혜초와 동행하다

인도로 떠나게 된 계기는 두 아들을 캐나다로 어학연수를 보낸 후, 돌볼 두 아들이 없으니 필자 부부도 뭔가 기억에 남을 추억거리를 만들기 위해서 계획한 것이다. 인도 출발은 2005년 1월로 기억된다.

20여 년 전의 기억을 더듬어 인도 여행기를 쓰려니, 명확하지 않은 것들도 있고, 여행 일정도 잘 기억나지 않는다. 그런데도 인도 여행기를 빠뜨릴 수 없는 것은 여행하면서 '문화 충격'을 너무 크게 받았기 때문이다. 인도 여행기는 일정대로 정리하는 것이 아니라 기억나는 대로, 느낌대로 기록하려 한다.

우선 인도 여행은 호텔과 교통편을 예약하고, 나머지는 자유여행과 같은 패키지 반, 자유여행 반인 '백팩 패키지' 방식이었다. 당시 인도여행 전문이라고 하는 혜초여행사를 통해 14일 일정으로 인도 중북부를 선택했다. 지금 돌이켜보면 인도여행 관련 두꺼운 책 하나 들고 떠날 생각을 했다는 것 자체가 참 용기 있었다는 생각이 든다. 한비야의 여행기를 많이 읽고 용기를 내었고, 남편의 적극적인 추진 덕분이기도 하다. 지금껏 다녀본 곳 중 제일 놀랍고 감동이었던 곳이라고 감히 말할 수 있는 인도로 혜초와 함께 떠나 보자.

출발 전, 인도 여행자들로부터 얻은 사전 지식은 특이했다. 그중 하나가 바로 '모나미 볼펜'이었다. 인도 학생들이 모나미 볼펜을 매우 좋아한다는 것이다. 그래서 필자는 모나미 볼펜과 학용품을 준비해갔다. 현지의 어린 학생들에게 나눠주고 싶었기 때문이다. 또, 현지인들은 나이키 신발을 좋아한다고 들었다. 물론 경제적으로 여유가 있는 사람들은 신발을 신고 다니지만, 대부분의 인도 사람들은 맨발로 다닌다. 그래서 신발은 '부의 척도'라고 할 수 있다.

델리에서 맥도널드에 들어가려고 하는데, 종업원이 문을 열고 신발을 쳐다보며 우리를 맞아주었다. 정중히 문을 열어주고 자리를 안내하는 모습을 직접 보았는데, 그들은 우리들의 신발과 발목까지 눈여겨보았다. 피부색이 우리와 다르기 때문이라고 한다. 한국인들의 하얀 발목을 그들은 매우 신기해한다는 것이다.

인도에서 여성들은 민소매 옷을 입지 말라고 한다. 사원에 들어갈 때 반바지나 민소매는 출입을 금하는 곳이 많기 때문인데, 지금도 이런 규정은 있을 것이다.

우리는 작은 초등학교를 방문했다. 그곳의 책상은 우리나라 60년대에 볼 수 있었던 낡고 헤어진 나무 책상이었고, 칠판도 없었다. 작은 벽에 글씨를 쓰고 공부하는 모습을 보는데 학생도 몇 명 안 되었다. 준비해 간 모나미 볼펜과 학용품들을 이 학교에서 나눠주었다. 역시 모나미 볼펜이 인기가 좋았다. 동그랗게 눈을 뜨고 쳐다보는 학생들의 모습이 아직도 기억난다. '그 어린 학생들이 성장해서 우리나라를 다녀갔을까?' 하는 생각도 해본다.

인도는 등교하는 아이들보다 길거리에서 '천원'을 외치며 돈벌이로 내몰리는 아이들이 더 많다고 한다. 실제로 시장이나 관광지 주변에는 '천원'을 외치며 손을 내미는 아이들이 많았다. 어떤 사람들은 관광객들이 그렇게 돈을 주고 가니까 어른들이 자녀를 학교에 보내지 않으므로, 돈을 주지 말라고도 했다. 어쩌면 그럴 수도 있겠다는 생각이 들었다.

인도에서 또 놀란 점은 시장이나 거리에서 과일을 주문할 때였다. 눈 깜짝할 사이에 어디선가 아이들이 떼를 지어 우리 뒤에 모여 있었다. 신기한 듯 우리를 쳐다보기도 하고, '천원'을 외치기도 했다.

그리고 레스토랑에서 식사하는데, 입맛이 까다롭지 않은 필자도 음식 먹기가 힘들었다, 베이커리 빵은 괜찮을 것 같아 식빵을 샀더니, 우리나라처럼 부드러운 식빵이 아니고 까끌까끌한 모래 같은 것이 걸려 이 빵도 먹기 힘들었다.

탄두리 치킨은 우리나라 치킨과 비슷하니 먹을 만할 것 같아 찾아 나섰다. 아무리 동네를 돌아봐도 치킨 가게가 없었다. 알고 보니, 그 동네는 베지테리언(채식주의자) 동네라는 것이다. 그래서 치킨을 먹으려면 멀리까지 이동해야 한다고 했다. 그래서 30여 분 릭샤를 타고 치킨을 사러 갔다. 어렵게 찾은 그곳 치킨은 다행히 먹을 만했다. 향신료 향이 좀 진해서 그렇지, 우리나라 치킨과 비슷했다. 이렇게 채식주의자가 많은 인도에서 치킨을 먹으려면 시간을 들여 찾아가야 한다.

그리고 여기는 술도 잘 안 판다. 우리처럼 늦게까지 주류를 판매하지 않고, 일찍 문을 닫아버린다. 레스토랑에서 식사를 못 하는 이유는 또 하나 있다. 그들은 포크나 나이프를 사용하지 않고 오른손으로 음식을 먹는다. 새까만 피부에 손으로 음식을 먹으니, 바로 옆 테이블에서 그 모습을 보면 쉽게 밥이 넘어가지 않는다. 그래도 외국인에게는 포크와 나이프를 주었다.

인도에서는 전통적으로 오른손과 왼손의 사용 용도가 다르다. 오른손은 성스러운 손, 깨끗한 손으로 여겨 음식을 먹을 때, 물건을 건넬 때, 악수할 때 등 공식적인 상황에서 사용한다. 음식을 먹을 때는 손으로 먹는 것이 전통적인 방식이기 때문에, 반드시 오른손으로 먹어야 한단다. 또한, 예배와 같은 종교적인 활동에서도 오른손을 사용한다. 반면, 왼손은 비위생적인 손으로 간주하여, 주로 화장실에서 사용하거나 몸을 씻을 때 사용한다. 이 때문에 음식을 먹거나 물건을 건넬 때 왼손을 사용하는 것은 무례하

이서영 교장쌤의 오늘도 가슴 뛰는 삶

므로 피해야 한다.

　조용하고 다정한 숲속 마을 '오르차(Orchha)'에서 있었던 일이다. 이른 아침에 산책하러 나갔는데, 귀엽고 어여쁜 여자아이가 작은 항아리를 들고 언덕 위로 올라가고 있었다. 이른 아침에 '어디 가나? 물을 길러 가나?' 그리 생각했는데, 화장실에 일 보러 가는 중이라고 했다. 집에 화장실이 없으니, 가까운 언덕에 가서 볼일을 보고 항아리에 있는 물로 손을 닦는다고 했다.

　이 이야기를 '아시아 음악'을 공부하는 시간에 했더니, 3학년 아이들이 귀를 쫑긋하며 듣더니 소리를 질렀다. 어떻게 그럴 수가 있냐고……. 필자가 직접 체험한 문화 차이라고 설명하니, 학생들은 얼마나 생생하게 들렸을까? 음악 시간인데 더 이야기해 달라고 졸라댔다. 학생들을 가르치고 있는 교원들이 드넓은 세상을 직접 체험하는 것은 그만큼 교실에서의 다양한 수업 교재가 될 수 있기에 권장한다.

　여행 중에 '아우랑가바드(Aurangabad)'로 떠나는 날이었다. 야간 기차로 이동하는데 얼마나 사람들이 많은지 표를 예매했지만, 자리에 앉을 수가 없었다. 낮에는 의자에 앉고 밤에는 2층으로 만들어 잠을 잔다. 가이드가 기차에서의 주의할 점을 안내한 것 중 하나는 짐을 꽁꽁 묶어야 한다는 것이다. 짐을 두고 어디를 가지도 못하고 화장실도 가기 어렵다. 잠잘 때는 가방이 순식간에 없어지기도 한다는 것이다. 그래서 침대에 자물쇠로 잠그거나 몸에 묶으라고 했다. 잠을 자는 것인지 날을 새는 것인지 알 수 없다.

더 믿기지 않는 것은 안내 방송이 없다는 것이다. 외국 여행객들은 방송도 없지, 글자도 모르지, 말도 못 하지, 참으로 답답하기 그지없다. 할 수 없이 표를 현지인에게 보여주며 아우랑가바드로 간다고 얼마나 남았냐고 물으니, 2시간은 더 가야 한다고 해서, 대략 짐작으로 두 시간을 가다가 겨우 내리라는 정보를 어렵게 듣고 아슬아슬하게 내렸던 기억이 있다. 잠깐 정차하는 역에서 유리창 문을 통해 파는 따뜻한 '차이'를 한 잔씩 사 먹었던 기억이 난다. 물론 금액에 따라 편의시설이 다소 차이가 있을 수 있겠지만, 보통 수준의 현지인들이 이용하는 기차가 아니었나 생각이 든다.

바라나시(Varanasi) 갠지스강의 이야기도 빼놓을 수 없다. 바라나시는 삶의 도시란 뜻이란다. 순례자들은 갠지스 강가에 늘어선 가트(강가에 있는 계단, 주변 화장터, 목욕 시설 통칭)를 찾아와 신성한 물에 자신의 죄를 씻어 내버리거나 사랑하는 이들을 화장해서 흘려보낸다. 그래서 이곳에서 죽음을 맞이하면 해탈의 경지에 든다는 믿음 덕분에 바라나시는 힌두교에서 가장 성스러운 죽음의 공간이자 핵심 세계가 된 것이다. 이에 수많은 사람이 인도인들 마음의 고향인 바라나시로 몰려들어 깨달음을 구한다는 것이다. "바라나시를 보지 않았다면 인도를 본 것이 아니다. 바라나시를 보았다면 인도를 모두 본 것이다."라는 말이 있을 정도다.

이서영 교장쌤의 오늘도 가슴 뛰는 삶

가트(강가에 있는 계단, 주변 화장터, 목욕 시설 통칭) 한쪽에 자리를 잡고 앉아 그들의 삶과 죽음의 세계를 천천히 바라보았다. 강물에 들어가 목욕하는 사람, 머리 감는 여인, 누워 자는 사람, 명상에 빠진 사람 등 다양한 사람들이 움직이고 있었다. 한쪽에서는 갓 들어온 시신을 나무 위에 올려놓고 화장하는 모습도 보인다. 사람이 죽으면 저렇게 한 줌 재로 남는 것을 보면서 현재의 삶에 의미를 더욱 크게 부여하게 되었다. 한참을 앉아 있다가 우리도 꽃이 담긴 작은 접시에 간절한 소원을 담아 '디아(꽃불)'를 갠지스강 위에 띄웠다. 삶과 죽음의 고뇌를 사해 달라며……. 장 그르니에(Jean Grenier)는 『섬』에서 이렇게 말했다.

> *"여행은 자신으로부터 도망치기 위해 떠나는 것이 아니라, 자신을 찾기 위해 떠나는 것이다."*

이젠 인도의 문화재를 보러 가보자.

인도하면 4대 문명의 발상지답게 문화재가 엄청나게 많다. 기억에 남는 문화재 중 하나가 조각 예술의 극치를 볼 수 있는 '카주라호(Khajuraho)'다. 이곳은 인도의 찬델라 왕조에 의해 세워졌으며, 힌두교와 자이나교의 사원들이 함께 어우러져 있어 종교적, 문화적 다양성을 보여주고 있다.

찬델라 왕조의 최고 전성기였던 950년에서 1050년 사이에 건설된 카주라호 사원 군은 섬세한 건축양식과 조각들로 힌두교 건축의 절정이라고 평가받는 곳이다. 카주라호의 사원들은 주로 아름다운 조각과 건축미로 유명하며, 특히 에로틱한 장면을 묘사한 조각들로 잘 알려져 있다. 하지만 이 조각들은 단순한 성적인 표현이 아니라, 당시 인도의 철학과 종교, 예술적 표현의 일부로서 인간의 다양한 삶의 양상을 상징적으로 나타내고 있다.

실제로 눈을 뜨고 사방을 둘러보는 것이 조금은 민망할 정도로 적나라한 형상들이 많았지만, 저렇게 섬세하게 조각할 수 있다는 것이 더 놀라웠다. 예술 조각을 본다는 생각으로 부끄럼 없이 꼼꼼히 보았다. 1986년 유네스코 세계문화유산으로 지정되었으며, 지금도 많은 관광객이 그 역사와 예술을 감상하기 위해 방문하는 인기 있는 여행지이다.

아그라(Agra)에 있는 '타지마할(Taj Mahal)'은 1983년 유네스코에 세계문화유산으로 등록된 인도의 대표적인 이슬람 건축물로, 세계에서 가장 아름다운 사원 중 하나다. 건설 당시 엄청난 건축비용이 들어간 이 건축물은 무굴의 황제 샤 자한(Shah Jahan)이 사랑하는 아내 뭄타즈 마할(Mumtaz Mahal)에 대한 사랑의 증표로 만든 왕비의 무덤이다. 한 남자의 위대한 사랑의 결실인 타지마할은 완벽한 대칭과 압도적인 아름다움을 보여주는 건축물이다.

17세기 초 무굴제국의 5대 황제였던 샤 자한이 사랑하는 왕비가 죽자, 그녀를 애도하기 위해 만든 무덤으로 인도 이슬람 문화유산 중 최고의 걸작으로 꼽히는 예술품이다. 총 2만여 명에 달하는 사람들이 건축을 위해 일했으며, 유럽에서 온 전문가들이 정교한 대리석 칸막이와 수천 개의 준보석으로 꾸민 두라(대리석 상감)를 만들었다고 한다. 하얀 대리석에 작고 예쁜, 붉은 꽃이 대칭을 이루고 있는데, 이 대리석 꽃장식은 페르시아 석공들을 포함한 중앙아시아, 터키 같은 여러 지역에서 최고의 기술을 가진 장인들이 새겼다는 것이다. 직접 눈으로 보니, 정교함과 섬세함이 대단했다.

'아그라 성(Agra Fort)'은 1566년 무굴의 악바르 황제가 수도 이전을 하며 축조한 요새이다. 샤 자한은 악바르 황제의 손자인데, 그는 타지마할을 건축함과 동시에 이 요새도 더욱 강화하였다. 타지마할을 만드느라 국고를 탕진한 샤 자한은 말년에 그의 아들인 아우랑제브에 의해 폐위당하고, 이 성에 갇혀 생을 마감하였다. 아그라 성은 강을 사이에 두고 타지마할을 마주 보고 있는데, 이곳에 갇힌 샤 자한은 날씨가 맑은 날 야무나강 너머로 타지마할을 보며 죽은 아내를 그리워했다고 하니, 그의 아내 사랑은 참으로 존경할 만하다. 이 역시 1983년 유네스코에서 세계문화유산으로 지정되었다.

'아잔타 석굴, 엘로라 석굴'에 들어서는 순간 규모에 한번 놀라고, 벽화와 조각에 또 한 번 놀랐다. '아잔타 석굴(Ajanta Caves)'은 인도 마하라슈트라주에 위치한 고대 석굴 사원 단지로, 인도의 초기 불교 미술과 건축을 대표하는 중요한 유적이다. 이 석굴들은 불교 수도원과 사원으로 사용되었다고 한다. 총 30개의 석굴로 이루어진 아잔타 석굴은 바위산을 깎아 만든 건축물로, 그 안에는 아름다운 벽화와 조각들이 남아 있다. 이 벽화들은 부처의 삶, 자타카 이야기(부처의 전생 이야기) 및 불교 교리와 관련된 다양한 장면을 묘사하고 있다. 이들 작품은 고대 인도 회화와 조각의 뛰어난 예술성을 보여준다.

'엘로라 석굴(Ellora Caves)'은 인도 마하라슈트라주에 위치한 또 다른 중요한 고대 석굴 사원 단지로, 불교, 힌두교, 자이나교의 사원들이 한곳에 공존하는 독특한 유적이다. 총 34개의 석굴이 있는데, 이 석굴들은 바위산을 깎아 만든 건축물로, 정교한 조각과 건축의 아름다움을 자랑한다. 이래서 문명의 발상지를 찾아야 한다는 것을 몸으로 느낀 바로 그곳이다.

못다 한 이야기가 많다. 붓다의 최초 설법지 사르나트 녹야원, 산치 대탑, 마하보디 대탑, 80세의 붓다가 열반에 든 쿠시나가르, 암베르 성, 국립박물관 등 더 많은 이야기는 다음에 하기로 하고 남겨둔다. 카메라를 인도에서 마지막으로 식사한 식당에 두고 오는 바람에, 필자의 인도 여행기는 지금도 인도에 사진으로 남아 있다. 그리고 아직 가보지 못한 남부 인도로 떠날 준비를 하고 있다.

붓다의 길을 걸으며, 더불어 자신의 삶을 되돌아보는 인도 여행을 추천하며……

도스토옙스키의 도시, 상트페테르부르크

오래전부터 러시아에 가서 도스토옙스키의 문학, 푸시킨의 시, 차이콥스키의 음악을 온몸으로 느끼고 싶었다. 그래서 러시아어로 인사말을 연습하고, 『죄와 벌』을 다시 펼쳐 들며 여행 준비를 하던 시간이 너무나도 행복하고 설렘 그 자체였다. 그리고 드디어, 2018년 러시아 월드컵이 열린 그해, 내가 고대하던 러시아 땅을 밟았다. 월드컵 경기를 관람할 수는 없었지만, 여행 자체는 그 어떤 꿈보다 현실 같았다. 게다가 남편의 교직 생활을 마친 후, 새로운 삶을 위한 첫 번째 발걸음을 내딛는 여행이라 더욱 뜻깊었다. 제2의 인생을 준비하기 위해 떠나는 여행이랄까?

1시간 40분 정도의 비행시간으로 블라디보스토크에 도착했다. 서울 기온이 38.8℃를 기록하면서 111년 만에 최고 기록을 경신한 폭염을 피해 러시아로 온 보람을 공항에서 바로 느꼈다. 쌀쌀한 가을 기운이 얼굴을 스치니, 팀원들 모두 탁월한 선택을 했다는 것에 흐뭇해했다. 그런데 현지인들은 미소가 없었다. 감정이 없는 사람처럼, 무덤덤한 얼굴이다. 왜 그럴까? 가이드 설명에 의하면, 약 70년 동안 소련의 마르크스-레닌의 공산주의로 인해 폐쇄된 사회와 역사가 남긴 영향이라 했다. 그들은 웃는 것은 비즈니스를 위해 뭔가 감추는 것이라고 생각한다는 것이다. 이런 것이 문화의 차이인 듯하다. 러시아인들이 한국에 오면 어떤 생각을 할까? 대한민국 어디서든 밝고 환한 미소로 반기는 모습을 보면서 그들도 문화의 차이를 느낄까?

'혁명광장', '꺼지지 않는 불꽃' 등 여러 곳을 다녔지만, 속까지 시원할 정도로 좋았던 곳은 넓은 항구를 내려다볼 수 있는 '독수리 전망대'였다. '금각교'가 예쁘게 펼쳐져 있고, 한 폭의 수채화를 보는 듯 전망이 아름답다. 날씨가 조금이라도 좋으면 해수욕을 즐긴다는 현지인들이 해변 여기저기서 일광욕을 즐기고 있었다.

블라디보스토크에서 이제 시베리아 기차를 타야 한다. 4인 1실, 작은 곳에서 하룻밤을 지내야 한다. 블라디보스토크에서 모스크바까지 6일 정도 걸리는 9,288km라는데, 그중 우리는 잠깐만 타게 되었다. 러시아 대학생 커플이 같은 칸에 탔다. 여학생은 동양어를 전공한다고 하며, 한국어를 제법 잘했다. 다듬어지지 않은 거칠고 광활한 시베리아 벌판을 가르며 새벽을 달리는 기차에서 러시아 여행의 기분을 만끽한다. 아침 해가 솟아오르고, 끝없는

이서영 교장쌤의 오늘도 가슴 뛰는 삶

자작나무 숲이 펼쳐진다. 시베리아 기차를 타고 그 넓은 벌판을 가르며 달리고 싶다던 남편은 감격해 잠을 못 이루는 것 같았다.

이제 더위를 시원하게 가시게 할 것으로 기대했던 이르쿠츠크. 시베리아의 파리라고 할 정도로 세련된 도시다. 호텔 앞 키로프 광장을 둘러보는데, 출근하는 현지인들은 두꺼운 잠바를 입었다. 그 모습을 보니, 서늘한 느낌이 들었지만, 한국의 폭염을 생각하면 이쯤은 시원하다. 바이칼 호수는 러시아의 시베리아 남쪽에 있는 호수로, 유네스코 세계문화유산이며, '풍요로운 호수'라는 뜻에서 왔다고 한다. 세계에서 가장 깊고 가장 오래되었으며, 가장 큰 담수호로, 최고 수심은 1,620m, 길이는 636㎞, 평균 너비는 48㎞, 면적은 31,500㎢로 남한 면적의 40배라니, 끝이 보이지 않는다. 이런 바이칼 호수에서 유람선을 탔다. 남편은 알코올 40% 보드카를 한 잔 마시더니, 자신은 보드카가 체질이라고 했다. 어쩌면 보드카 덕에 '바이칼 호수'가 더 마음에 들었을 수도 있다. 내년에는 폭염을 피해 여름 한 달을 이곳에서 살겠다고 선언했다. 필자는 바이칼 호수 주변 예쁜 조약돌 다섯 개를 마음에 담아 왔다.

이제 상트페테르부르크다. 그 이름은 길고 발음이 어려워 처음에는 제대로 발음하지 못했다. 하지만 자꾸 반복해서 부르고 듣다 보니, 어느새 자연스레 상트페테르부르크가 입에서 나왔다. 이 도시는 이전에 방문한 도시들과는 다른 느낌을 준다. 계획적으로 건설된 도시라 그런지, 건물은 고풍스럽고 깔끔하면서도 우아한 멋이 있다. 이곳은 온통 사진으로 담고 싶을 정도였다. 넵스키 대로에 넘쳐나는 사람들, 그리고 유럽풍의 건물들! 그 자체로 장관이었다. 300여 개의 다리로 섬을 연결하여 만든 도시, 200~300년 된 건물들이 즐비하다. 네바강 유람선을 타고 출렁이는 물결을 보며, '도스토예프스키가 이곳에서『죄와 벌』,『도박꾼』,『카라마조프가의 형제들』등을 구상했을까?' 잠시 그를 떠올렸다. 유람선에서 들려오는 잔잔한 차이코프스키의 음악도 감미롭다.

우리는 네바강을 한 바퀴 도는 유람선을 탔는데, 두 명의 학생이 계속 손을 흔들며 숨을 헐떡이며 20분 이상 뛰어서 유람선을 따라왔다. 다리 밑을 통과할 때는 유람선보다 먼저 다리 위로 올라가 손을 흔들며 응원했다. 우리가 유람선에서 내릴 때까지 그들은 환하게 웃으며 손을 흔들어 주었다. 알고 보니 방학 동안 아르바이트로 용돈을 벌고 있다고 했다. 열심히 뛰어다니며 관광객을 기쁘게 해주는 그 모습이 기특해서 100루블을 주었다.

이제 그 유명하고 아름다운 '국립 에르미타시 박물관'이다. '루브르박물관', '대영박물관'과 함께 세계 3대 박물관 중 하나로, 이곳은 옛 러시아 황제들의 겨울 주거지, 겨울 궁전이라 불린다. 전시된 작품들을 1분씩 감상하며 하루 8시간씩 관람해도 모든 작품을 둘러보는 데 약 15년이 걸린다고 하니, 말로 표현할 수 없는 규모였다!

그곳에서 루벤스의 〈부녀(사형수 아비를 면회 가서 젖을 물리어 살리는 그림)〉, 렘브란트의 〈돌아온 탕자〉 등 몇 작품을 감상했다. 〈돌아온 탕자〉는 렘브란트가 가장 마지막으로 그린 역사화로 알려져 있다. 재산을 탕진하고 돌아온 아들의 처참한 심경과 아들을 나무라지 않고 오히려 따뜻하게 맞아주는 아버지의 모습을 통해 용서와 관용에 대해 깊이 생각해 보는 시간을 가졌다.

겨울 궁전을 보았으니, 이번엔 여름 궁전! 표트르 대제가 둘째 부인 에카테리나를 위해 설계하고, 분수와 건물의 위치까지 직접 정했다고 한다. 이곳의 분수는 무려 144개에 달한다. 특히 펌프를 사용하지 않고, 궁전에서 20km 떨어진 계곡의 물을 끌어와 물을 공급했다니, 이 점에서 더욱 놀라웠다. 이곳에 산다면, 김밥을 싸가지고 와서 여유롭게 산책하며 벤치에 앉아 책을 읽고 싶은 곳이었다. 아름드리 나무들이 만들어낸 그늘과, 바로 옆 핀란드만에서 불어오는 바람은 환상적이었다.

늦은 밤, 공연 관람을 마치고 숙소로 돌아가는 길. 밖은 여전히 어둡지 않았다. 7월의 백야 덕분인지, 전등이 없어도 길은 환했다. 러시아에서만 경험할 수 있는 특별한 순간이었다.

폴 테루(Paul Theroux)는 이렇게 말했다.

"여행은 우리가 익숙해진 세상으로부터 벗어나는 것이다."

아름다운 상트페테르부르크를 뒤로하고, 이제 여행의 마지막 장소인 모스크바로 향했다. 붉은 광장에 들어서니, 인터넷에서 봤던 사진처럼 성 바실리 성당이 예쁘게 서 있었다. 그날의 햇빛은 강렬했지만, 그늘에 들어서면 한층 시원해졌다. 레닌 묘와 크렘린 궁전을 둘러보았다. 이곳은 공사를 많이 해서 불편했지만, 러시아의 긴 겨울 덕분에 여름에 공사를 해야 하는데, 그 때문에 여름이 끝날 무렵이면 늘 어수선하고 분주하다고 했다. 푸틴이 거주한다는 크렘린 궁전을 둘러본 후, 우리의 러시아 여행은 막을 내렸다.

러시아 여행에서는 무엇보다 남편에게 기쁨을 주고 싶었다. 30여 년간 학생들에게 역사교육을 해온 남편에게 그동안의 노고에 박수를 보내고도 싶었고, 든든한 우리 가족의 버팀목이 되어준 것에 대해 감사한 마음을 전하고 싶었다. 그리고 건강을 챙기며 새로운 계획을 편안히 펼쳐 나가기를 지지하고 응원하고 싶었다. 러시아의 신선함과 바이칼호의 상쾌한 기운을 받은 덕분인지, 남편은 예전보다 더 건강하고 활기차게 하루하루를 보내고 있다.

헨리 밀러(Henry Miller)는 말했다.

"새로운 장소를 방문하는 것은
새로운 생각을 하는 것과 같다."

여행과 새로운 경험은 우리의 사고를 확장시키고, 새로운 관점을 열어준다. 그래서 필자는 여행지에서 음식을 먹거나 체험을 고

이서영 교장쌤의 오늘도 가슴 뛰는 삶

를 때 이전에 해보지 않았던 것들을 시도하려 노력한다. 가본 곳을 다시 방문하는 기쁨도 있지만, 가보지 않은 곳을 처음 가는 감동은 그 무엇과도 바꿀 수 없다.

북해도,
여름의 쉼표를 찍다

"진정한 여행은
새로운 풍경을 보는 것이 아니라 새로운 눈을 가지는 데 있다."
– 마르셀 프루스트(Marcel Proust)

100년 만의 폭염과 열대야로 우리나라 전 지역이 뜨거웠던 2024년 8월, 여행을 터키로 가려다가 멤버 중 한 명이 펑크를 내는 바람에 차선책으로 북해도를 선택했다. 여름이 시원한 몽골과 일본의 북해도, 이 두 곳을 놓고 고민하다가 북해도로 결정한 것이다. 실제 북해도는 소복이 쌓인 자연 눈을 보기 위해 많이 가는 여행지이기도 하다. 하지만 이 여행 목적은 오로지 힐링 100%였기에, 계획도 없이 준비도 없이 편안한 마음으로 무작정 떠났다. 이렇게 여행을 떠나 보긴 처음이다.

처음 일본을 방문했던 건 평교사 시절, 학생들을 인솔해 일본 규슈 지방을 갔을 때였다. 그 후, 시어머님을 모시고 가족과 함께 떠난 두 번째 여행, 몇 년 전 친구들과 함께 간 오사카, 나라, 교토 여행이 세 번째였다. 그리고 이번이 네 번째 일본 여행이다.

이서영 교장쌤의 오늘도 가슴 뛰는 삶

여행 일정을 보니, 그저 휴식만 하면 되는 곳이었다. 이미 북유럽 여행에서 문화 유적 없이 자연환경만 즐기는 여행을 경험했기에, 이번 여행은 후회 없이 정말 편안한 힐링의 시간이 되었다.

신치토세 공항에 도착하자마자 기온이 확 달라졌다. 선선한 공기가 코끝을 스쳤다. '지금 한국에 있었다면?' 생각만 해도 아찔했다. 모든 것을 접어두고 기온 하나만으로도 성공적인 여행이라 할 수 있다. 출발 전, 춘천 둘째네 집에서 후덥지근한 기온과 따가운 태양을 온몸으로 느꼈기에, 시원함이 더할 나위 없이 반가웠다. 첫날 기온은 25.4℃, 셋째 날은 26.0℃, 거의 우리나라 가을 날씨 같았다. 덥고 찌는 여름을 피해 북해도에서 보낸 여름휴가는 그야말로 행복한 일이었다.

이번 여행은 오타루 → 니세코 → 도야 → 후라노 → 비에이 → 삿포로 순으로 진행되었다.

오타루에서는 달콤한 디저트들이 넘쳐났고, 일본 최대 규모의 오르골 전시장에서는 꿈같은 선율이 공간을 가득 채우며, 오색찬란한 오르골들이 빛을 발했다. 특히, 증기 시계가 세계 두 곳에만 있다는 사실이 놀라웠다. 하나는 캐나다 밴쿠버의 가스 타운에, 다른 하나는 바로 오타루에 있었다. 많은 관광객이 이곳을 찾는 이유는 15분마다 증기를 내뿜으며 시간을 알려주는 독특한 시계 때문이라 느껴졌다.

니세코 힐튼에서 보낸 첫날 밤, 그 주변의 초록빛 풍경은 정말 아름다웠다. 잘 정리된 골프장 페어웨이와 러프는 멀리까지 펼쳐져 있어 발길을 멈추게 했다. 클럽하우스에 가서 확인해 보니, 그린피가 예상보다 저렴했다. 다음에는 꼭 동료 교장선생님들과 함께 이곳을 찾아와야겠다고 다짐했다. 저녁 식사를 마친 후, 초록이 이끄는 대로, 밝은 조명이 부르는 대로 따라가 보았다. 언덕 위의 작은 집들은 오색 조명의 불빛을 발산하며 주변을 물들였고, 골프장 외곽에서 바라본 자작나무의 하얀 기둥과 초록 잎은 더욱 빛나고 있었다.

도야호(洞爺湖) 유람선은 마치 작은 북유럽 노르웨이의 피오르를 떠가는 느낌을 주었다. 푸른 호수와 주변 산, 그리고 스쳐 가는 바람까지도 그런 분위기를 자아냈다. 특히, 1943년 화산활동으로 형성된 쇼와신잔(昭和新山)에서는 흥미로운 장면들을 담아내기 위해 동영상을 촬영했다.

쇼와신잔은 일본 북해도 도야호 근처에 위치한 기생 활화산으로, 1943년에 어느 농부가 땅이 솟아오르는 현상을 처음 발견했다고 한다. 이후 몇 년간 지속된 땅의 상승으로 붉은 산이 만들어졌다고 한다. 손자들에게 화산 폭발과 관련된 이야기를 생생하게 들려주기 위해 남편과 즉흥적으로 연기를 하며, 땅속 마그마의 열로 증기가 피어오르는 장면을 촬영했다. 집으로 돌아와 그 영상을 보여주자, 손자들은 무척 신기해했다. 멀미로 힘들어하던 자동차

이서영 교장쌤의 오늘도 가슴 뛰는 삶

안에서도 영상을 틀어주었더니 멀미가 순식간에 사라질 정도였다. 손자들이 계속 그 장면을 다시 보여달라고 요청할 만큼, 이번 활화산 촬영은 대성공이었다.

둘째 날 밤은 유카타를 입고 온천욕을 즐겼다. 일본은 온천이 많아 온천문화가 100년 전부터 발달했다고 한다. 우리가 묵은 호텔 역시 100년 전에 지을 때부터 넓고 큰 온천장을 함께 설계했으니, 그들의 온천문화를 익히 알 수 있었다. 특이한 것은 남녀 온천장이 아침저녁으로 바뀐다는 것이다. 음양의 조화를 맞추기 위해 아침엔 남탕, 저녁엔 남탕이 여탕 된다는 것이다. 그래서 유카타를 입고 아침, 저녁 두 번을 직접 가보았다. 우리와 완전히 다른 문화였다. 정말로 어제 간 그곳은 남탕으로 바뀌어 있었다.

후라노-비에이는 필자가 제일 보고 싶었던 곳이다. 라벤더를 비롯한 예쁜 꽃들이 들을 이루고 있는 곳, 이곳은 보기만 해도 힐링이 절로 되는 곳이었다. 그러나 그렇게 기대했던 라벤더는 지고 없었다. 대신 라벤더 아이스크림으로 아쉬움을 달래야 했다. 6~7월쯤 출발해야 볼 수 있다는 것을 그때 알았다.

그리고 도카치다케의 화산 분화 이후 형성된 푸른 연못(青海湖)이 마치 그림 같았다. 청해호수(青海湖, 아오미코, Aomiko) 사진이 유명해진 것은, 애플(Apple)의 mac OS 운영체제 바탕화면으로 사용되면서부터라고 한다. 그리 크지 않은 아담한 푸른 호수에 자작나무가 키재기를 하며 서 있다. 아름다운 청색을 띠고 있지만, 장소에 따라 미묘하게 색상의 차이를 느낄 수 있었다. 사진도 아름다웠지만, 실제 가보니 더 아름다웠다.

마지막 일정은 삿포로였다. '삿포로' 하면 제일 먼저 맥주가 떠오른다. 그만큼 맥주가 맛있다고 하는 곳인데, 삿포로 클래식 맥주는 역시 맛이 좋았다. 120년 동안 맑은 종소리가 변함없이 울린다는 삿포로 시계탑과 시민들의 휴식처인 오도리 공원을 잠시 둘러보았다. 저녁 식사는 마지막 식사 만찬으로 진행되었고, 대게와 사케, 맥주, 해물 요리 등을 맘껏 즐겼다.

식사 후 잠시 시내 주변을 둘러보기로 했다. 맘에 드는 곳에 들어가 맥주를 한 잔 더하며, 차선책으로 떠난 일본 여행에 관해 서로 얘기했다. 음식도, 숙박 조건도, 자연환경도 아닌 평균기온 26℃! 올여름 북해도 여행은 시원해서 가장 좋았다. 이렇게 힐링 100% 목표를 달성하고 여행은 막을 내렸다.

게오르그 루카치(Georg Lukacs)는 말한다.

"여행은 끝났는데 길은 시작되었다."

일본 여행은 우리와 비슷한 외모의 사람들 덕분에 이국적인 느낌이 크게 들지 않았다. 자연환경이나 문화 또한 우리와 크게 다르지 않아 편안한 분위기를 느낄 수 있었다. 특히, 일본과의 가까운 거리는 여행을 좀 더 즉흥적으로 계획할 수 있게 해 준다. 이번처럼 차선책으로 선택하거나, 연세 드신 어른을 모시고 가거나, 갑작스럽게 떠나는 여행에 적합한 곳이 바로 일본이었다. 다른 해외 여행지에서는 불안감 때문에 여행 내내 긴장하며 다녔던 반면, 일본에서는 안전에 대한 걱정을 덜 수 있어 마음 편한 여행을 할 수 있었다.

특히, 일본 사람들의 친절함은 이번 여행에서도 깊은 인상을 남겼다. 일본은 전압이 우리와 달리 110V이다. 그래서 일명 돼지코를 가지고 가거나 여행사에서 주기도 한다. 그런데 필자는 둘째 날, 호텔에서 핸드폰 충전을 하려다가 연결 잭이 고장이 나버렸다. 집에서도 핸드폰이 없으면 일상이 무너지는데, 특히 여행지에서는 참으로 난감한 일이었다. 결국 호텔 로비 안내데스크로 내려가 도움을 요청하기로 했다. 그 순간, 어떻게 의사소통해야 할지 걱정이 되었다. '스미마셍(すみません)?'이라고 해야 하나 고민하며 긴장된 마음으로 데스크에 다가갔다.

"배터리……."
"콘센트?"

아주 간단했다. 필자 같은 여행객들이 많았나 보다. 그래서 손으로 OK 사인을 했더니, 가지고 가라고 했다. 핸드폰을 맡기고 충전이 되기만 해도 다행이라고 생각했는데, 그들은 변환 콘센트를 방으로 가져가 사용하라며 다음 날 아침에만 반납해 달라고 했다. 이렇게 친절할 수가! 방 번호를 기록하고 변환 콘센트를 들고 가볍게 돌아와 핸드폰을 충전시키니 마음이 편안해졌다.

이런 작은 친절은 곳곳에서 이어졌다. 엘리베이터 앞에서도 우리가 늦게 도착했음에도 먼저 타라고 양보하며 미소를 지어 주었다. 이런 태도는 단순히 외국인을 위한 배려가 아니라, 그들의 생활 습관처럼 자연스러웠다.

작은 일에도 친절을 잊지 않고, "고맙습니다."와 "실례합니다." 라는 말을 습관처럼 사용하는 그들의 태도에서 배울 점이 많다고 느꼈다. 이런 친절함과 여유는 단순한 여행의 편의를 넘어 여행 자체를 따뜻하게 만들어 주었다.

청해호

도야 전망대

이서영 교장쌤의 오늘도 가슴 뛰는 삶

동유럽,
로맨틱 감성과 배움의 여정

"여행은 다른 사람을 발견하는 것이다.
그리고 가장 먼저 발견하는 낯선 사람은 바로 나 자신이다."

— 올리비에 푈미(Olivier Föllmi)

요즘 〈니돈내산 독박투어 3〉 TV 프로그램이 한창 인기다. 김대희, 김준호, 장동민, 유세윤, 홍인규 다섯 멤버가 유쾌한 분위기 속에서 다양한 여행지를 소개하는 이 프로그램에서, 우연히 프라하 투어 편을 보게 되었다. 세계 최고의 천문시계탑 전망대에 올라 프라하의 '구시가지 광장과 틴 교회'의 절경을 내려다보는 장면에서, 문득 2006년 직장동료 다섯 명과 함께 프라하를 누볐던 기억이 떠올랐다.

체코 프라하에 도착했을 때, 그곳의 야경은 정말 듣던 대로 아름다웠다. 싱가포르나 파리처럼 화려하지는 않았지만, 은은한 나트륨등의 빛이 도시 곳곳을 부드럽게 감싸고 있었다. 볼타바강 위

를 천천히 떠다니는 작은 유람선들, 그 위로 드리운 고요함과 잔
잔함은 마치 시간을 멈춘 듯한 느낌을 주었다. 구시가지에 들어서
니 중세시대의 고풍스러운 건물들이 이어지고, 카를교 위에는 거
리 악사들의 선율이 흐르고 있었다. 수많은 연인의 속삭임이 귓가
에 여전히 맴도는 듯했다.

　카를교는 1357년에 세워진 동유럽에서 가장 오래된 돌다리이자,
유럽에서도 손꼽히는 아름다운 다리다. 고딕 양식의 웅장한 문이
다리 양쪽에 서 있고, 양편에는 각각 15개씩 총 30개의 동상이
조각되어 있다. 이 동상들은 성서의 이야기를 주제로 삼은 예술
작품들로, 보는 사람에게 깊은 감동을 준다. 다음 날 아침, 다시
카를교를 찾았을 땐 전날 밤과는 또 다른 분위기가 느껴졌다. 상
쾌한 공기 속에서 다리 위 악사들이 연주하는 선율이 관광객들의
발걸음을 붙잡았고, 멋진 성과 풍경을 배경으로 사진을 찍는 모습
들이 곳곳에서 펼쳐졌다. 다양한 액세서리와 체험할 수 있는 소소
한 즐길 거리들이 또 다른 재미를 더해 주었다.

구시가 광장의 천문시계

카를교 위의 거리 모습

또한, 체코의 구시가지 광장의 대표적 건물 천문시계탑에서는 정시를 알릴 때마다 흥미로운 퍼포먼스가 진행된다. 정각이 되면 천문시계 위의 양쪽 문에서 12사도의 행렬이 이어지고, 황금 수탉이 울면서 퍼포먼스는 끝난다. 이 1분 남짓한 장면을 보기 위해 수많은 사람들이 시계탑 앞에 모인다. 우리 팀 역시 이 시계탑 바로 앞 카페에서 맥주 한 잔을 마시며 우아하게 12시가 되기를 기다렸었다.

유럽 여행은 어느 한 곳에 오래 머무를 수가 없다. 짧은 기간에 여러 국가를 다녀야 하기에 더욱 그렇다. 그래서 시간적 여유가 있을 때, 자유여행으로 동유럽국가들을 천천히 돌아보는 것이 좋을 듯하다. 하지만 시간이 부족한 직장인들은 이렇게라도 동유럽을 훑어보는 것도 좋겠다.

폴란드에서는 카메라를 호텔에 두고 와서 사진을 찍지 못했다. 지금 같으면 핸드폰으로 사진 찍기가 가능한데, 그 당시만 해도 핸드폰에 카메라 기능이 없었다. 그래서 사진을 찍느라 실물을 자세히 보지 못하는 경우가 있는데, 오히려 더 확실하게 직접 두 눈으로 본 아우슈비츠 수용소는 정말 끔찍했다. 우리의 역사 역시 35년간 일본에 지배당한 아픔이 있었기에, 나치의 만행이 얼마나 끔찍했는지 알 수 있었다.

수용소 입구에는 'ARBEIT MACHT FREI(노동이 자유를 만든다. 일하는 사람은 자유롭다)'라는 구호가 걸려 있었다. 유대인을 학살한 역사의 현장이자 살인공장이 바로 아우슈비츠 수용소였다. 폴란드어로 '오시비엥침'이라고 불리는 이곳은 현대 박물관으로 변하여 그 당시 참혹성을 후세들에게 보여주고 있다. 유대인을 죽였던 가스실과 시체를 태웠던 소각장, 그리고 죽은 유대인들의 머리카락, 찌그러진 수많은 안경테들, 생년월일과 이름이 새겨진 가죽 가방들, 의족 등의 개인 소지품들이 적나라하게 펼쳐져 있어서 방문객에게 그때의 잔혹성을 일깨워주고 있다. 시체의 머리카락으로 카펫을 만들었고, 살로는 비누를, 뼈로는 재떨이를 만들기도 하면서 유대인을 상대로 각종 의학실험을 자행하기도 했다고 한다. 정말로 나치의 잔혹성이 그대로 드러나, 유대인들이 살고 싶어서 절규하는 목소리가 들리는 듯했다. 버스에서 본 영화 〈Life is Beautiful〉은 이러한 역사적 현장을 이해하는 데 도움이 되었다.

히틀러의 유대인에 대한 편견이 이리도 큰 아픔을 남길 줄이야. 히틀러가 왜 폴란드의 아우슈비츠에 수용소를 설립했을까? 그건 도시와 멀리 떨어져 있고, 유대인을 태워 이동시킬 수 있는 철로가 발달하였으며, 폴란드에 유대인이 많이 살고 있어서였다고 한다. 수용소 입구에 걸린 'ARBEIT'의 B는 역설적인 뜻을 강조하기 위해, 일부러 거꾸로 쓴 것이라고 한다. B가 진짜로 거꾸로 매달려 있었다. 아우슈비츠 수용소의 잔혹한 흔적들은 지금도 잊히지 않는다.

이젠 클래식의 나라 오스트리아로 떠난다. 쉔브룬 궁전은 합스부르크 왕가의 여름 별궁으로, 마리아 테레지아가 이곳에서 궁중 업무를 보았다고 한다. '쉔브룬'은 '아름다운 분수'를 뜻한다. 마리아 테레지아와 그녀의 딸 마리 앙투아네트가 살았다는 궁전을 둘러본 후, 요한 슈트라우스 하우스에서 열리는 음악회에 갔다.

요한 슈트라우스(Johann strauss)의 〈Light as a Feather〉, 〈Aria〉, 〈Waltz〉 등을 감상했다. 약간은 가볍고 코믹해서 누구나 즐겁게 참여하여 즐길 수 있었다. 제대로 된 클래식을 한번 들어보고 싶었는데, 조금 아쉬움이 남았다.

세월이 흘러도 여전히 변하지 않는 것이 있다. 비록 그 유명한 작곡가들은 떠났지만, 그들이 남긴 예술의 혼은 여전히 빈의 바람으로 불어온다. 도나우강은 지금도 도도히 흐르며, 베토벤과 슈트라우스에게 영감을 주었던 선율을 들려주는 듯하다. 귓가에 울리는 요한 슈트라우스의 〈아름답고 푸른 도나우강〉을 떠올리며, 그곳에서의 여운이 오래도록 가슴에 남는다.

잘츠부르크, 잘츠캄머굿의 아름다운 호수와 주변의 아름다운 집들은 먼 훗날 내가 꼭 한번 살아보고 싶은 곳이다. 모차르트 초콜릿을 먹으면서 그의 피아노 협주곡을 들으며 거리를 누비고 싶다. 잘츠(=소금)부르크(=성)의 미라벨 정원은 옛날에 읽었던 《비밀의 화원》을 떠오르게 했다. 물론 〈사운드 오브 뮤직〉의 배경이 되었다는 이곳 역시 아름다운 꽃들로 가득 찼지만, 비가 와서 꽃구경을 만끽할 수 없었다.

여행의 마지막 코스는 '동화 속 백조의 성'으로 불리는 노이슈반슈타인 성이었다. 이 성은 루드비히 2세가 직접 설계했으며, 전 재산을 쏟아붓고 은행 대출까지 받아 건축했다. 1869년에 착공했지만, 1896년까지도 2/3 정도밖에 완성하지 못했다. 그럼에도 불구하고 이 성은 미국의 월트 디즈니가 디즈니랜드의 판타지랜드를 설계할 때 모델로 삼을 만큼 아름답고 수려하다.

성 내부는 마치 바그너의 오페라 한 편에 초대된 듯한 착각을 불러일으킨다. 벽에 걸린 벽화와 그림들은 오페라 속 등장인물과 배경을 재현해 놓은 듯했고, 바그너의 음악 세계가 성 안에 숨 쉬고 있는 듯했다. 그러나 아이러니하게도 루드비히 2세는 이 성에서 6개월도 채 살지 못했고, 바그너는 한 번도 이곳을 방문하지 않았다고 한다.

노이슈반슈타인 성은 언덕길을 30분 정도 오르면 그 웅장한 자태를 볼 수 있다. 특히 높은 다리에서 내려다본 성의 모습은 마치 한 폭의 그림 같았다. 하지만 다리가 얼마나 높은지 무서워서 건널 수가 없었다. 중간쯤 갔다가 얼른 되돌아왔다.

여행은 '경제적 여유와 시간, 그리고 건강'이 있어야만 가능하다고 한다. 여기에 '좋은 사람'을 더 추가하고 싶다. 좋은 사람과 여행을 함께한다는 것은 시간이나 여유만큼이나 중요하니 말이다. 어느 외국인이 체코를 꼭 추천하고 싶다고 하더니, 역시 프라하의 야경과 주변의 구시가지는 한 폭의 그림이었고, 폴란드의 아우슈비츠 수용소와 소금 광산, 그리고 오스트리아의 모차르트 거

이서영 교장쌤의 오늘도 가슴 뛰는 삶

카를교 위의 악사들

거리의 간판

백조의 성

리는 여행에 큰 가치를 더해 주었다. 프랑스의 작가 아나톨 프랑스(Anatole France)는 말했다.

> *"여행이란 우리가 사는 장소를 바꿔주는 것이 아니라*
> *우리의 생각과 편견을 바꿔주는 것이다."*

또한, 동유럽의 간판은 그 어느 곳보다 작고 아담하면서도 세련되었다. 거리 간판 사진을 수도 없이 많이 찍었는데, 미술 디자인 수업과 대학원 수업 때 매우 유용하게 쓰였다. 아쉬운 점은 폴란드 아우슈비츠 수용소의 역사적 사실들을 담아 오지 못한 것이다. 어쩌면 이것이 나를 다시 동유럽으로 이끌지도 모르겠다.

동유럽의 매력은 아시아 여행에서 느낄 수 없는 세련미와 잔잔함, 은은하고 고요한 로맨틱함에 있다. 다음에는 남편과 함께 이 동유럽의 낭만을 다시 한 번 느껴보고 싶다.

미국 서부,
초등교육 현장에서 얻은 통찰

"모험을 두려워하지 않는 자만이 삶의 의미를 발견할 수 있다."
– 앙드레 지드(André Gide)

교육부에서 주관하는 2019년 교장 자격 해외 연수에 필자는 미국 서부 초등학교에 다녀왔다. 북유럽, 서유럽, 미국, 일본, 호주 등 여러 지역 중에서 미국을 선택한 이유는 먼저 다녀온 분들의 추천이 있었고, 미국 초등학교의 실제 교육 현장을 꼭 보고 싶었기 때문이다. 5박 7일간 캘리포니아주에 있는 초등학교 두 곳(Adobe Bluffs Elementary School, Stowers Elementary School)과 ABC 교육구를 방문하는 일정이었다.

미국의 학제는 K-12 체제로, 유치원부터 12학년까지 단계를 나누어 운영한다. 주에 따라 6·3·3제, 8·4제, 6·6제 등으로 나뉘어 운영되고 있다고 한다. 우리나라 학제가 초등학교에서 고등학교까지 12년 과정이라는 점에서 비슷하다. 담임 체제와 예체능 교과 운영 등 학교 교육과정 운영에서도 비슷한 부분이 많았다. 차이점은 우리나라가 3월에 새 학기를 시작한다면, 미국은 9월에 새 학기를 시작한다는 점과 교장 임용 조건이다.

미국에서 교장의 기본적인 자격 요건은 지역구마다 다르다. 일정한 교직 경력이 있는 교원 중, 학교 행정직에 관심이 있는 교원이 지역 학교구에서 교육행정 경력을 쌓거나, 필요한 교육 조건(주로 석사·박사 학위 과정 이수)을 충족하면 교장에 지원할 수 있다. 우리나라의 경우 내부 승진 개념이라면, 미국은 조건을 갖추면 희망자가 지원하는 방식이다. 우리나라의 교장 공모제와 유사하다고 이해하면 쉽다.

첫 번째로 방문한 학교는 샌디에이고에 있는 Adobe Bluffs Elementary School이었다. Edward Park 교장쌤의 설명에 따르면, 이 학교의 교육과정 운영의 궁극적인 목적은 '인성과 자신감을 바탕으로 학생들의 대학 진학과 사회생활을 준비하는 것'이었다. 학교장은 등교부터 하교까지 학생들의 안전을 위해 최선을 다하는 모습을 보였다. 특히 학부모들은 학생들을 학교 입구까지 꼭 데려다주며 등교를 돕고, 학교에서 진행하는 모든 교육 활동을 신뢰하며 맡긴다고 한다. 학교에서 요청하는 특정 날이 아니면 학부모가 학교를 방문할 수 없다는 점도 인상적이었다.

이 학교의 또 다른 특징은 이중언어 교육으로, 전교생을 대상으로 중국어를 가르치고 있다는 점이다. 이를 통해 학생들이 문화교류의 홍보대사 역할을 할 수 있도록 교육한다고 한다.

2학년 읽기 수업 시간

신나는 야외놀이 시간

교실 뒤편 가방걸이

두 번째 방문한 학교는 캘리포니아주 세리토스에 있는 'Stowers Elementary School'이다. 학생들을 자석과 같이 끌어들인다는 마그넷 스쿨로, Pamela Miller 교장쌤은 스스로 '로또 교장'이라 자칭하며 긍정적인 마인드로 활기찬 학교 경영을 하고 있었다. 특히, 이 학교는 IB(국제 바칼로레아) 프로그램 운영 학교로서, 학생들이 스페인어로 기본적인 의사소통을 할 수 있도록 교육하며, 이메일과 화상통화를 통해 중국, 한국, 독일 등 여러 나라와 공동 프로젝트를 진행하고 있었다.

학교장은 교사들과의 벽을 허물고, 진심으로 교사들의 강점을 찾아 강화하고 약점은 보완할 수 있도록 적극적으로 소통한다고 했다. 수업이 시작되면 교실을 수시로 순회하며 교사가 필요한 것이 무엇인지 확인하고, 학생들에게 오늘 배운 내용을 질문한다고 한다. 만약 학생이 답변하지 못하면, 담임교사에게 안내해 지도 내용을 확인하도록 요청한다고 했다. 쉬는 시간에도 교실을 순회하며 학생들을 살피는 모습을 볼 수 있었다.

이 학교 역시 학생들의 안전을 최우선으로 여기고 있었으며, 학생·교직원·학부모 간의 수평적이고 협조적이며 적극적인 소통을 통해 학교 교육활동 전반이 매우 활기차다는 것을 느낄 수 있었다.

세 번째 방문 교육기관은 ABC 교육구이다. 이곳에서 교육감과 교육관계자 그리고 교민들을 만날 수 있었다. 이곳은 우리나라 시·도 교육청이나 교육지원청처럼 교육청 차원에서 학생의 학업

이서영 교장쌤의 오늘도 가슴 뛰는 삶

학교 기본 규칙

교실 내 싱크대 시설

학생 작품 전시

이동 경로 꼼꼼한 안내

교실 밖 벽면 공간 활용

건물 사이 공간 활용

성취, 그리고 교사와 학교장 역량 강화 등 학교 현장 지원을 위한 다양한 프로그램을 마련하여 지원하였고, 학교에서 해결하기 힘든 시설, 재정, 대체 교사 등의 문제를 해결하기 위해 적극적으로 지원하고 있었다. 간담회를 통해 알 수 있었던 것은 한국의 학부모들처럼 여기도 학생들의 학력에 초점을 두고 있었고, 좋은 대학에 들어갈 수 있도록 지속적인 진로 교육에 관심이 높음을 알 수 있었다. 특히 미국 학부모들은 대체로 예체능 중심의 방과 후 프로그램에 관심이 높았으며, 우리나라와 마찬가지로 방과 후 사교육비나 대학 학비가 부담된다고 했다.

미국 서부의 교육기관을 방문했을 때는 학교장이 학생들의 안전 등교부터 수업 활동, 쉬는 시간 그리고 점심시간까지 여기저기 뛰어다니며 살피는 모습이 매우 인상적이었다. 이렇게 학교장은 학생·학부모·교사들의 무한 신뢰 속에서 학교를 경영하고 있었고, 무엇보다 교사들을 믿고 서로 소통하며 월 2회의 미팅과 연수로 가까이 다가서는 모습은 우리나라의 전 직원 협의회나 수업 나눔과 성격이 조금 다른 듯하여, 우리의 협의회 방식에 변화의 필요성을 느꼈다.

또한, 학생들의 기본 학습에 충실한 모습이었고, 주 교육구의 기초학력 기준에 도달하기 위한 교육과정을 전개하고 있었다.

학교 도달 정도를 모두 정보 공시하여 오픈하는 것들이 현행 우리나라와 다른 모습이었다. 학부모는 학생들의 교육을 위해 협력

체제를 구축하여 학교 행사를 적극적으로 지원하고 있음은 우리
와 별반 다르지 않았다. 마틴 루터 킹(Martin Luther King)이 전한 메
시지에 이런 의미가 담겨있다.

*"함께 웃고 함께 울며, 서로를 지지하는 공동체는
우리가 살아가는 데 큰 힘이 된다."*

  최고경영자의 긍정적인 마인드는 학교 전체 분위기를 좌우할
수 있고, 이로 인해 성취도 역시 달라질 수 있음을 확인하는 계기
가 되었다. 학생들과 소통하고, 선생님들과 함께 협의하며. 능력
이 있는 선생님들을 리더십 팀에서 함께 지원하고, 이끄는 '서번
트 리더십(Servant Leadership)'이 매우 인상적이었던 해외연수였다.
또한, 학교 공간혁신의 중요성을 확인하고 변화시키고자 하는 필
자의 생각은 이 연수를 통해 더욱 강화되었다.

북유럽,
젊은 무지개가 뜨다

"여행은 자신에 대한 최고의 투자인 동시에 교육이다."

– 벤저민 디즈레일리 (Benjamin Disraeli)

중학교 3학년 8반에서 만난 무지개!

춘향골 남원 시골에서 학창 시절을 보낸 우리가, 어른이 되어 모두 만나 해외여행을 가보기는 처음이다. 학교 공사로 인해 여름방학이 60일 이상 길어져, 무지개 7명이 함께 10일 동안 북유럽 여행을 계획했다. 친구들과 장기 여행을 떠난다는 것, 그것은 잃어버렸던 우리 자신을 찾기 위해 떠나는 것이기에 무척 가슴 설레는 일이었다. 그렇게 우리의 북유럽 여행은 시작되었다.

노르웨이의 5대 피오르(협만)를 둘러보는 일정으로, 조금 험한 코스가 될 것으로 예상했다. 특히 '프레이케스톨렌'을 등반하는 일정이 무지개에게는 어려울 수도 있었다. 8km 거리, 걸어서 왕복 4시간에 이르는 코스였다. 무릎이 안 좋다는 친구, 허리가 약하다는 친구, 걷기는 1도 안 한다는 친구⋯⋯. '과연 이 친구들과 4시간 코스를 무사히 마칠 수 있을까?' 걱정이 되기도 했다.

어렵게 티켓팅을 하고, 코펜하겐으로 가는 핀에어 비행기에 올랐다. 밤 비행기인데도 생각보다 힘들지 않았다. 불편함 없이 영화 1편 보고, 자다 깨기를 반복하면서 얘기하다 보니, 14시간이 후딱 지나갔다.

드디어 첫 여행지 코펜하겐에 도착했다. 출발 이틀 전 김포에 "무지개가 떴다."라며 신명이 난 친구가 사진을 보내줬는데, 코펜하겐에서도 하늘에 뜬 무지개가 우리를 반겼다.

코펜하겐은 공기가 맑고 무한한 자유와 평화가 조화를 이룬 북유럽의 가장 아름다운 도시라고 한다. 여행 전엔 덴마크 코펜하겐에 대한 이미지가 잘 그려지질 않았다. 직접 와서 보니, 역시 날씨도 좋고, 하늘도 빛나 정말 아름답고 평화로운 도시였다. 그리고 관광객들이 그렇게 많을 줄 몰랐다. 특히 덴마크에는 온통 안데르센 동상이 여기저기 자리하고 있었다.

안데르센은 1805년 4월 2일 오덴세(Odense)에서 태어났다. 그의 작품은 개인적인 경험을 바탕으로 상상력을 동원하여 특별한 세계를 창조해 낸 것으로, 인간의 감정과 가치를 담고 있다. 그중 『인어공주』, 『벌거벗은 임금님』, 『성냥팔이 소녀』 등의 작품은 그의 창작력을 최대한 발휘한 결과물이다. 안데르센을 멋진 동상으로 묘사했지만, 실제는 아주 못생겨서 애인도 없었고, 늘 혼자 외로운 삶을 살았다는 얘기를 이번에 처음으로 듣게 되었다. 그가 살았다는 작고 볼품없는 단칸방은 지금도 관람객들을 위해 그대로 보존되고 있었다. 오덴세의 아름다운 건물과 맑은 하늘의 하얀 구름이 무척이나 잘 어우러져 많은 이들의 발길을 모으는 것 같았다.

    다음 목적지는 빙하의 침식으로 형성된 협곡의 나라 노르웨이다. 우리가 가는 곳은 '빛'이란 뜻을 지닌 '뤼세피오르(Lysefjord)'를 한 눈에 볼 수 있는 '프레이케스톨렌'이다. 총 8km, 왕복 4시간 정도로 난이도는 중 정도이다. 이곳에서 뤼세피오르를 배경 삼아 필자의 버킷리스트 중 하나였던 두 팔 벌리고 펄쩍 뛰는 인생샷을 찍고 싶었다. 그래서 여행 기간 내내 비가 와도, 하이킹하는 이날만은 비가 안 오길 간절히 바랐건만, 그 반대였다. 여행 기간 10일 중 이날 하루만 유독 비가 뿌렸다. 삼대가 덕을 쌓아야 간절히 소원하는 일을 할 수 있다는데, 아직 덕을 더 쌓아야 하나 보다.

    맑은 하늘도 넓은 피오르도 보지 못한 채, 그저 허약체질들이 빗길에 넘어지지 않고 안전하게 올라갔다 내려올 수 있도록 기도했다. 혹시 몰라 올라가는 순서까지 정했는데, 허약체질이라 걱정했던 친구들이 걱정이 무색할 정도로 더 빨리 올라가 버렸다. '뤼세피오르'에서 이슬비 속 희미한 인증샷을 남기고 안개가 걷히기를 기다리며 돌아보고 또 돌아보았으나, 결국 비만 더 내리고 하늘은 열리지 않았다. 아쉬움을 남긴 채, 또다시 오지 못할 '프레이케스톨렌'에서 내려왔다.

    모하메드(Muhammad)는 이런 말을 남겼다.

            "세상을 여행하라. 그것은 당신을

더 나은 사람으로 만들 것이다."

덴마크에서 우리를 반겼던 무지개가 노르웨이서도 '칠 자매 폭포' 바로 위에 떴다. 가는 곳마다 무지개가 무지개를 환영하다니, 이건 행운이란 생각이 들었다. 노르웨이는 온통 천지가 피오르다. 그중 유명한 다섯 피오르가 우리의 여행 일정에 포함되어 있었다. 우리는 여행 일정 중 4일을 노르웨이에서 보낼 계획이었다. 그만큼 이곳의 자연환경은 절경이었고, 큰 산과 절벽, 빙하로 인한 풍부한 물, 맑은 하늘과 뭉게구름이 조화를 이루어 카메라만 대면 그림이 될 정도이다.

다음 여행지인 플룸으로 간다. 30km 길이에 55° 이상 기울어진 협곡을 기차를 타고 올라간다. '저 멀리 하얗게 보이는 것이 뭘까?' 궁금했는데, 지금도 녹지 않는 빙하란다. 그리고 철철 넘쳐흐르는 것은 폭포수들이었다. 얼마나 아름다운지 눈이 휘둥그레졌고, 벌어진 입은 다물 줄을 몰랐다. 이렇게 장관을 이루는 천연자원이 풍부하니, 관광객이 몰려들고, 세금은 남아도니 후손을 위해 차곡차곡 국가 은행에 저축해 둔다는 말이 사실인 듯하다.

우리는 국민 1인당 빚이 약 3,500만 원이라고 하는데, 북유럽 사람들은 참으로 행복하겠다는 생각이 들었다. 가는 곳마다 아름다운 산과 피오르로 둘러싸인 풍경이 펼쳐져 더는 놀랍지도 않았다. 피오르 라인을 타는 동안 친구들과 무지개 3행시를 지어보기로 했다. 다음은 우리 중 1등으로 뽑힌 친구의 3행시이다.

무: 무지개

지: 지지배들

개: 개 이뻐

피오르가 얼마나 긴지, 그래도 시간이 남는다. 이럴 땐 북유럽으로 이민 온 미스터 리가 개발한 라면이 '최고'라며, 한번 먹어봐야 한단다. '미스터 리 라면'을 먹고 삼행시 지으며 놀다 보니 어느새 송네 피오르를 건넜다.

노르웨이에서 얻은 행운 하나가 더 있다. 원래 우리 여행 일정에는 뭉크의 미술관 관람은 없었다. 패키지라 혼자 가고 싶다고 갈 수도 없는데, 우연히 가이드와 얘기하다가 〈절규〉만 볼 수 있냐고 물었더니, 자유시간을 조금 만들어줬다.

2022년 6월에 문을 연 노르웨이 국립박물관(미술관) 입장료는 성인 기준 18유로(한화 약 25,000원 정도)였다. 그 규모는 문을 열 때 들어가서 문을 닫을 때까지 봐도 다 보지 못할 정도로 방대했다. 우리는 시간 관계상 뭉크, 모네 등의 작품이 전시된 58번, 59번, 60번 방 위주로 관람하기로 했다.

"숨 쉬고, 고통스러워하고, 느끼고, 사랑하는 진짜 사람을 그리겠다."라던 뭉크(Munch). 그의 작품은 그림이 아니라 '삶'이었음을 직접 보고 실감했다. 생각보다 붉은색을 띤 〈절규〉는 교과서에서만 보았던 그림인데, 실제로 보고 있으니 그림 사이즈도 컸고 매

이서영 교장쌤의 오늘도 가슴 뛰는 삶

우 리얼했다. 파리에서 본 모나리자에 비하면…….

북유럽 4개국을 돌며 가장 많은 시간을 보낸 것은 버스를 탄 일이라고 해도 될 것이다. 그만큼 넓은 대지를 가로지르는 여행이었다. 어느 날은 오전 내내 버스로 이동하기도 했다. 드넓은 땅에 간간이 자리한 작은 집들, 지붕은 빨간색, 벽은 갈색, 들은 초록으로 알록달록한 것이 너무나 잘 어울렸다. 순간 '저기서 골프를 치면 정말 좋겠다.'라는 생각이 들었다. 가까이 가서 보니 러프라, 골프는 아무래도 한국 잔디가 더 나을 듯했다. 그리고 이곳 사람들은 서로 만나기가 쉽지 않아 소통도 어렵기 때문에, 이런 마을에서 한국 사람이 살면 우울증에 걸린다고 한다.

긴 시간 버스를 타고 내려온 곳은 북유럽의 베니스라 불리는 스웨덴의 수도 스톡홀름! 9개의 섬으로 이루어진 스웨덴의 수도 스톡홀름에서는 노벨상을 시상하는 장소인 시 청사의 내부를 볼 수 있었다. '알프레드 노벨(Alfred Nobel)'의 유언에 따라 제정된 노벨상이다. '지난해 인류에 가장 큰 공헌을 한 사람들'에게 해마다 상을 주도록 명시된 유언장에 따라 노벨의 사망 5주기인 1901년 12월 10일부터 시상했다고 한다. 물리학, 화학, 생리학 · 의학, 문학, 평화, 경제학 부문에서 수상자를 선정하는데, 경제학상은 1968년 스웨덴 '리크스방크(스웨덴중앙은행)'에 의해 추가 제정되어 1969년부터 시상하기 시작했다고 한다. 물리학 · 화학 · 생리학 · 의학 ·

문학·경제학상 시상식은 스톡홀름에서, 평화상 시상식은 오슬로에서 노벨 사망일인 12월 10일에 각각 이루어진다. 우리나라 김대중 대통령이 2000년에 받은 노벨평화상은 오슬로에서 시상되었다. 우리는 대한민국 후손이 또 다른 노벨상을 받기를 간절히 기원하며 노벨상 벽화 앞에서 열심히 카메라 셔터를 눌렀다.

어느새 9일이 후딱 지나갔다. 핀란드만 여행하면 곧 귀국이다. 핀란드는 러시아와 스웨덴의 침략을 오랫동안 받아온 슬픈 역사를 지닌 나라다. 500년 동안 지배를 받아왔다니, 36년간 일제 침략을 받은 우리나라와 비교하면 민족의 아픔이 더 많을 것 같다. 그렇게 긴 압박과 설움 속에서도 마침내 독립하여 세계에서 가장 발전된 복지국가를 만들었다니 놀라울 따름이다. 그런 긴 고통과 설움을 아는 국민이기에, 월급의 40%를 세금으로 내고도 만족도가 제일 높은 나라가 되었다. 낸 세금이 모두 다시 복지로 되돌아오니, 세금이 아깝지 않을 것이다. 우리나라도 핀란드와 같은 복지국가가 되길 간절히 바란다.

헬싱키를 끝으로 우리의 여행은 끝이 났다. 긴장이 풀린 것인가? 젊음의 거리인 만헤르헤임 거리, 원로원광장, 마켓광장(카우파토리), 시벨리우스 공원 성당과 '발틱의 아가씨'라는 별명을 가진 헬싱키 시내를 돌면서 다양한 축제를 구경하고 돌아오는 동안, '옥에 티'를 남기고 말았다. 마켓광장(카우파토리)에서 맘 놓고 체리와 블루베리를 먹으며 쇼핑을 하던 중, 한 친구의 가방이 열려 있음을 알게 되었다. 가져간 여행비가 몽땅 사라졌다. 어디에서, 어떻게, 누가 그랬는지 전혀 알 수 없을 정도로 감쪽같이 사라졌다. 친구는 사람이 다치지 않았고 여권이라도 있어서 다행이라고 말했지만, 그 속이 온전할까 싶었다. 파리에서도, 러시아 크렘린궁에서도 소매치기들이 우리 뒤를 따라다녀서 긴장했었는데, 그래서 여행지 어느 곳이든 항상 주의해야 했어야 했다. 뒤늦게 후회를 많이 했다.

아쉬움을 뒤로하고 귀국행 비행기에 올라, 드디어 인천공항에 무사히 도착했다. 여행을 떠날 때마다 불안한 마음으로 출발하곤 한다. '내가 다시 인천공항에 발을 디딜 수 있을까?' 하고 말이다. 이렇게 긴 여행을 일곱 무지개 친구들과 함께 무사히 귀국할 수 있어 감사하고 행복했다. 또한, 필자의 고통스러웠던 장트러블도 즐거운 여행 앞에서는 힘을 쓰지 못했다. 이번 여행을 통해 어디를 가든 편안하게 비행기를 탈 수 있겠다는 자신감을 얻었다. 이번에 14시간을 비행했음에도 몸이 거뜬했으니 말이다. '미국을 가장 빨리 가는 방법은 좋아하는 사람과 함께 가는 것이다.'라고 누가 말했을까? 아프리카 속담이 떠오른다.

"혼자 가면 빨리 가고, 함께 가면 멀리 간다."

빨주노초파남보 일곱 무지개 친구들아! 그대들이 있어 행복하다. 사랑해! 그리고 고마워!

힘들고 지친 마음을 치유하기 위해 북유럽으로 떠나, 자연의 위대함을 느끼고 돌아왔다. 하지만, 여기에 한 가지가 더 있었으면 좋았겠다는 생각이 든다. 중국 황하문명이나 인더스문명을 보고 올 때처럼, 인류 문명에 대한 진한 감동이다. 후에 스페인이나 이집트에 가게 되면 이런 아쉬움이 채워지길 희망하며 또 다른 여행을 꿈꾼다.

이서영 교장쌤의 오늘도 가슴 뛰는 삶

- 5년 후의 나를 디자인하다
- 교과서 속 식물도감을 내 손으로
- 오색 빛깔 취미로 행복을 그리다
- 품격 있는 인생을 살아가는 법
- 전국 17개 도시에서 1주일씩 살아보기 프로젝트
- 행복을 나누다, 봉사로 완성하는 내 삶
- 스포츠댄스로 S라인 도전하기

Part V

은퇴 무렵의
가슴 뛰는 삶

5년 후의 나를
디자인하다

> "인생은 산이다.
> 당신의 목표는 정상에 도달하는 것이 아니라 당신의 길을 찾는 것이다."
> – 막심 라가세(Maxime Lagacé)

여름 감기로 몹시 힘들었던 어느 날, 병원에 가려고 조퇴를 했다. 가는 길에 차 안에서 라디오 방송을 듣게 되었는데, 그때 아나운서가 "10년 후를 생각해보셨나요?" 하고 물었다. 기운도 없고 기침은 계속 나오고, 컨디션이 좋지 않아 그날은 그냥 흘려들었다. 그 후, 건강을 회복하고 필자가 설계한 10년 후 삶은 이러했다.

첫째, 가까운 세종시 도서관을 주 1회 간다.
둘째, 의미 있는 여행을 한다.
셋째, 나만의 책 한 권을 출판한다.

첫째, 가까운 세종시 도서관을 주 1회 간다.
도서관에서 책을 빌려 읽고, 커피도 한 잔 마실 것이다. 노안이

이서영 교장쌤의 오늘도 가슴 뛰는 삶

와서 책을 오래 보진 못하지만, 도서관에 오가는 사람들을 구경하면서 4층에 올라가 맛있는 식사도 하고…… 남편과 친구가 되어 둘이 늘 함께할 것이다. 각자 읽고 싶은 책을 고르는데, 남편이 읽는 책은 밀란 쿤데라의 『참을 수 없는 존재의 가벼움』, 리처드 도킨스의 『만들어진 신』 등 주로 철학 서적들과 소설이다. 필자는 자기계발서, 여행 서적, 건강 서적, 그림 관련 서적 등을 주로 읽어 서로 취향이 다르다. 도서관에 자주 가기 위해서 1회 1권만 대출하려 한다.

도서관 바로 옆에 호수공원과 중앙공원이 있다. 공원 주변을 1시간 정도 산책하다가 힘들면 벤치에서 잠시 쉬어, 주변 사람들이 이야기 나누며 걷는 모습, 사진 찍는 모습, 꼬맹이들이 연 날리는 모습 등을 구경할 것이다. 그리고 벤치에서 일어나 다시 호수 주변을 한 바퀴 돌 것이다.

둘째, 의미 있는 여행을 한다.

필자는 오래전부터 여행에 대한 기대가 있었다. 어쩌다가 떠나는 해외연수 때는 떠나기 전의 설렘, 여행지에서의 감동, 돌아온 후의 흐뭇함에 잠 못 이루기도 했다. 방학 때만 여행이 가능하기에 비싼 여행비를 내야 하고, 또 계절적으로 매우 덥거나 추운 성수기에만 가야 했다. 퇴직 후에는 저렴한 경비로 봄, 가을 따뜻하거나 시원한 계절에 가고 싶은 곳을 갈 수 있으니, 이보다 더 좋을 순 없을 것이다. 더 늦기 전에 가고 싶은 곳을 맘껏 다녀보고 싶다. 물론 건강이 허락된다면 75세까지도 가능할 것이다. 해외 연수의 1차 목적은 문화체험에 두고 있다. 그래서 우선 문명의 발상지를 중심으로 여행할 것이다. 5대 문명의 발상지 중 못 가본 이집트문명, 메소포타미아문명, 잉카문명 등을 자유롭게 체험하기 위해 가고 싶다.

셋째, 나만의 책 한 권을 출판한다.

20여 년 전부터 필자는 기록하는 습관이 생겼다. 아마도 '종이에 쓰면 이루어진다'라는 연수를 듣고부터일 것이다. 정말로 기록한 내용이 하나씩 이루어졌다. 나만의 책 한 권 출판하기는 계획했던 것보다 빨리 이루어질 것 같다. 책 출판은 지금 이렇게 쓰고 있는 수필들을 모아 한 권의 책으로 출판될 예정이다. 퇴직할 무렵, 출판하려 했던 계획이 5년은 앞당겨질 듯하다. 앙드레 말로 (André Malraux)가 했던 말이 떠오른다.

"오랫동안 꿈을 그리는 사람은 마침내 그 꿈을 닮아간다."

최근 하우석 작가님의 『내 인생 5년 후』를 읽고 필자의 5년 후를 다시 한번 점검했다.

5년 후, 나는 어디에 있을 것인가?

초등학교 교장으로 정년퇴직을 꿈꾸고 있다. 예전에는 교사로 교실에서 학생들과 웃고 떠들며 온종일 학생들과 함께하는 모습

이서영 교장쌤의 오늘도 가슴 뛰는 삶

을 상상하며 정년퇴직하려고 꿈꿨었다. 지금도 그 꿈은 변함이 없다. 다만 교실에서 학생들을 가르치는 일을 행복학교 경영하는 일로 변경했을 뿐이다. 이렇게 행복한 교직 생활을 하다가 정년퇴직 후, 자주 도서관에 들를 것이다. 세종 도서관도 좋고, 집 앞 작은 도서관도 좋다. 이곳저곳 크고 작은 도서관을 찾아다니며 즐겨 책을 읽으려고 한다.

안중근 의사가 말하기를 "일일불독서구중생형극(一日不讀書口中生荊棘)"이라고 했다. 즉 하루라도 책을 읽지 않으면 입 안에 가시가 돋친다는 것이다. 독서를 통해 말은 물론 마음을 다스리려고 한다. 손자들과 함께 도서관 나들이를 즐겨 할 것이다. 그리고 치매 예방을 위해 꾸준히 독서하며 독후 노트를 쓸 것이다.

현재 살고 있는 도시, 즉 다양한 문화생활을 즐길 수 있는 도시에서 살 것이다. 어느 지인은 퇴직 후 시골 경치 좋은 곳에서 전원주택을 짓고 자연과 함께 살고 싶다고 한다. 그런 삶도 의미가 있지만, 필자는 벌레도 없고 생활하기 편리한 아파트가 좋다. 가끔 자연을 찾아가는 것으로 만족하려 한다. 현재 살고 있는 이 아파트, '행복한 집'에서 살 계획이다.

5년 후, 어떤 사람과 함께 있을 것인가?

평생 학교에서 근무하고 생활하다 보니, 필자 주변은 온통 교원들이다. 퇴직 후에는 만나는 사람의 범위를 넓혀볼까 한다. 특히 자유여행을 꿈꾸고 있다. 비행기도 한 번에 장거리 가기 어려우니 쉬엄쉬엄 중간에서 내려 한동안 그 지역을 돌아보고, 다시 비행기를 타고 떠나 다른 도시나 나라에 도착하여 그 나라 문화를 가까이에서 직접 체험하려 한다. 패키지 아닌 자유여행으로 떠나, 현지인들의 삶과 문화를 직접 체험하여 느껴보고 싶다. 정해진 스케줄대로 떠나는 패키지 여행도 매우 편리하고 좋지만, 스케줄에 의해 따라다니다 보면 쉽게 지치게 된다. 퇴직한 후에는 시간 여유도 있으니, 좀 더 여유롭게 그들을 만나며 그들의 삶을 공유할 것이다. 남프랑스 강렬한 태양 아래에서 빈센트 반 고흐가 열정적으로 그림을 그렸던 '아를'에도 찾아가 그때의 밤 카페와 밤하늘도 올려다볼 것이다. 그리고 인도에 다시 가 볼 것이다. 까만 피부에 검은 눈동자의 그 순수함을 지닌 그들을 다시 만날 것이다. 바라나시의 복잡한 시장도 여유 있게 돌아보고, 갠지스 강가에 앉아 그동안 이해하지 못한 그들의 삶과 죽음의 의식을 좀 더 자세히 들여다볼 것이다.

또한, 동호회와 취미활동을 통해 다양한 분야의 사람들과 소통하며 지낼 것이다. 그리고 나의 전문적 지식이 필요한 곳이 있다면 기꺼이 봉사활동에 참여할 것이다.

5년 후 오늘, 나는 무엇을 하고 있을 것인가?

5년 후는 역사적인 해이다. 2029년 2월 28일에 정년퇴직하니 말이다. 퇴직하면 잉카문명을 찾아 남미로 떠날 것이다. 물론 모든 일정을 장담할 수는 없다. 24시간 비행기를 타야 하는 어려움을 씻을 만큼 페루의 감동은 클 것이다. EBS 〈세계테마기행〉을 우연히 보게 되었다. 마추픽추로 가는 여정에 아파트 30층 높이에 있는 절벽 위의 호텔과 레스토랑을 보고 우선 놀랐다. 태평양 화산이 융기한 흔적이라며 5,000개의 팔레트 모양 염전들도 꼭 한 번 둘러볼 것이다. 그리고 산타 테레사 역에서 기차를 타고 마추픽추로 40분 정도 타고 갈 것이다. 세계 7대 불가사의 중 하나로 뽑힌 마추픽추, 잉카제국의 비밀을 안고 있는 페루의 유적 마추픽추에서 고대 벽화를 감상할 것이다. 그리고 돌아와 남편과 함께 차를 마시며 여독을 풀 것이다.

5년 후 오늘(2029.6.10.), 필자는 주위의 초록이 짙어지고 수국의 계절이니, 전남 해남의 비원 관광농원을 향해 출발할 것이다. 잘 정돈된 비원의 수목이 더 울창해진 모습을 상상하며, 만개한 색색의 수국을 기대하며…….

"여행을 하면 겸손해지고, 자신이 세상에서 얼마나 작은
자리를 차지하고 있는지 알게 된다."

프랑스 작가 구스타브 플로베르(Gustave Flaubert)의 말이다. 여행을 해본 사람은 겸손해질 수밖에 없다. 자신이 이 지구상의 한 점에 불과하다는 것을 깨닫게 되니 말이다.

교과서 속 식물도감을
내 손으로

"자연은 항상 인간에게 할 이야기가 있다."

– 랠프 월도 에머슨 (Ralph Waldo Emerson)

근무하는 학교마다 화단이나 울타리 주변에 다양한 식물들이 자리를 잡고 있었다.

그 식물들의 이름이 항상 궁금했다. 인터넷이나 백과사전을 찾지 않고 알 수 있는 식물은 그리 많지 않았고, 필자뿐만 아니라 당시 근무하던 교직원들 대부분도 식물 이름에 대해서는 잘 알지 못했다. 그런데 생태 전환 연수를 받던 어느 날, 한 교장선생님은 주변에 있는 식물들의 이름을 술술 꿰고 계셨다. 그 모습을 보고는, 어찌나 부럽고 존경스러웠던지, 자연스럽게 식물 공부에 관심을 가지게 되었다. 그때부터 식물에 이름표를 달아주기로 결심했다.

교감으로 발령 난 학교에서도 식물 이름을 붙여주긴 했으나, 그다지 만족스럽지 않았다. 그런데 교장으로 발령 난 첫 학교는 다른 학교보다 주변에 숲이 우거지고 녹지가 매우 넓어, 자연스럽게

이서영 교장쌤의 오늘도 가슴 뛰는 삶

이 숲을 정비하며 〈채움숲〉이라 이름 붙였다. 그리고 학생들뿐 아니라 교직원들까지 이 숲의 존재를 제대로 인식할 필요가 있다고 생각했다. 그래서 학교 주변의 식물들에도 이름을 붙여주기로 결심했다.

점심시간 후 〈채움뜰〉에서 만난 학생들이 질문을 던졌다.

"교장쌤! 이 식물은 이름이 뭐예요?"

숲해설 교육을 신청해서 생태 전환 교육의 일환으로 학생들과 함께 식물 이름을 알아보는 공부를 했다. 이후 교감선생님, 시설 주무관님과 함께 며칠 동안 핸드폰으로 검색해 식물 이름을 찾고, 최종적으로 조경 전문 업체에 문의하여, 학교 주변에 있는 식물 이름을 확인하였다. 그렇게 해서 만든 것이 바로 학교에 있는 식물 이름표들이다.

아래 표는 필자가 근무하는 학교 주변에 있는 식물들과 '꽃댕강나무', '남천나무' 이름표이다. 이외에도 더 있지만, 대표적인 식물들 먼저 이름표를 달아주기로 했다.

순	수목이름 (수량)	순	수목이름 (수량)
1	개나리	21	옥향나무
2	꽃댕강나무 (2)	22	왕벚나무
3	남천나무	23	은행나무 (2)
4	느티나무	24	이팝나무 (2)
5	등나무	25	장미
6	메타세쿼이아 (2)	26	조팝나무
7	명자나무	27	중국단풍나무 (3)
8	모과나무	28	철쭉
9	목련	29	측백나무
10	무궁화	30	칸나
11	무화과나무	31	팽나무 (2)
12	배롱나무 (2)	32	편백나무
13	병꽃나무 (2)	33	플라타너스 (2)
14	사철나무 (2)	34	향나무 (2)
15	산수유나무	35	화살나무
16	삼색버들나무	36	회양목
17	소나무(2)	37	살구나무
18	실화백나무	38	–
19	에메랄드골드	30	–
20	영산홍 (2)	40	걸이 30개, 지주 21개, 추가 16개

이서영 교장쌤의 오늘도 가슴 뛰는 삶

　이렇게 총 67개의 이름표를 제작하여 학생들과 함께 이름표를 붙이며 자연 생태 교육을 진행했다. 그 후 학생들의 반응은 바로 학부모들로부터 돌아왔다. 학부모님들은 학교에서 식물 이름표를 만들어 달아준 덕분에 몰랐던 나무 이름을 알게 되었으며, 아이들은 부모님께 자랑했다고 한다. 더 나아가, 우리 학교에는 느티나무와 팽나무도 있다고 자랑스럽게 이야기했다고 한다. 이런 변화를 일으킬 줄은 몰랐다.

　특히 우리 학교는 '중국단풍나무'가 20여 그루 있다. 나무들이 모두 매우 오래된 아름드리나무라 봄과 여름에는 초록빛으로 전교생을 힐링시키고, 가을에는 형형색색의 단풍을 펼쳐 놓으며 눈을 즐겁게 한다. 겨울에는 숨겨둔 몸매를 드러내며 강한 기둥과 가지들로 자신감을 드러낸다.

　이 나무가 '중국단풍나무'라며 학생들이 서로 목청 높여 말하는 소리가 멀리서도 들린다. 식물들에 이름을 달아주니, 학생들이

나무 이름을 부르며 신기해했다. 교정을 둘러볼 때마다 학생들의 입에서 식물들의 이름이 나오고, 꽃을 관찰하는 모습이 매우 보기 좋았다.

필자 역시 식물 이름을 달아주면서 '남천나무', '꽃댕강나무', '병꽃나무' 등을 새롭게 알게 되었다. 랠프 월도 에머슨(Ralph Waldo Emerson)은 이렇게 말했다.

> *"꽃은 그 자체로 기쁨이며, 그 존재는 우리가 세상의*
> *아름다움을 인식하게 해준다."*

필자가 식물에 관심을 두게 된 계기는 오래전 황대권 작가의 『야생초 편지』를 읽고 난 후였다. 이 책에서 가장 기억에 남는 것은 '학원간첩단 사건'으로 13년 동안 교도소에 갇혀 있던 작가가 고통을 견디기 위해 풀과 대화를 나누며 야생초를 그렸다는 내용이었다. 그 모습은 생존을 위해 몸부림치는 인간의 절박함처럼 느껴져 가슴이 먹먹했다. 야생초 하나하나에 의미를 부여하며 섬세하게 묘사한 글은 필자에게 깊은 감동을 주었다. 이 책은 필자 주변에 있는 식물들에 관심을 두게 했고, 나아가 그 식물들의 이름을 찾아 이름표를 붙여주고 싶다는 열망을 불러일으켰다. 또한 학교장으로서 학생들에게 학교 식물의 이름을 알게 하는 일이 중요한 교육 활동 중 하나라는 믿음이 생겼다.

이서영 교장쌤의 오늘도 가슴 뛰는 삶

경기도 광주시에 〈화담숲〉이 있다. '화담(和談)'은 '정답게 이야기를 나누다'는 뜻으로, LG 상록재단이 공익사업의 일환으로 설립한 수목원이다. 수국 축제와 반딧불이 축제 등 다양한 문화 행사가 열리는 곳으로 유명하다. 근무하던 학교의 한 교감선생님이 추천해 방문했는데, 약 5만 평 규모의 넓은 숲은 국내 자생식물과 도입식물 4,000여 종을 수집하여 전시하고 있었다. 특히 식물의 키와 크기에 따라 제작된 다양한 구리판 이름표가 인상적이었다. 관광객을 배려한 친절한 안내가 돋보였으며, 어린 자녀와 함께 온 가족들에게는 교육적으로도 매우 유익한 공간이었다. 여러 식물원을 다녀본 필자에게 화담숲은 식물 이름표를 가장 품격 있게 붙인 곳으로 남았다. 이곳에서 느낀 것은 단순히 이름표 이상의 의미였다. 사람들이 자신의 이름을 불러줄 때 기분이 좋아지듯, 식물들도 이름을 불러주는 일이 얼마나 의미 있을까 싶었다. 김춘수의 시 〈꽃〉이 생각난다.

내가 그의 이름을 불러주었을 때
그는 나에게로 와서
꽃이 되었다.

최근 지인에게 책 한 권을 선물 받았다. 황경택 작가의 『자연의 시간』이다. 이 책은 작가가 1년 365일 동안 관찰한 식물들을 계절별, 날짜별로 정리한 기록이다. 작가는 "자연을 잘 관찰하는 사람만이 자연의 소리를 잘 들을 수 있다."라고 말한다.

필자는 여기에 식물에 대한 설명을 조금 더 넣어서 학생들의 특히 초등학생들의 식물에 대한 이해를 돕고자 한다. 초등학교 교과서에 나오는 식물들을 학년별로 조사하고 표를 만들어서 그 식물에 대한 설명을 덧붙인 필자의 두 번째 책, 『교과서 속 식물도감』을 구상 중이다.

안젤름 포이어바흐(Anselm Feuerbach)는 이런 말을 남겼다.

> *"자연은 스스로 숨기지 않는 큰 책이므로,*
> *그것을 읽기만 하면 된다."*

그런데 자연을 제대로 읽으려면 자연에 대해 자세히 아는 것이 중요하다. 구상 중인 『교과서 속 식물도감』은 식물에 관심이 있는 초등학생들에게 큰 도움이 될 것이다. 이 책이 학생들에게 자연과의 친밀감을 키워주는 길잡이가 되기를 기대한다.

오색 빛깔 취미로
행복을 그리다

"취미를 찾는 것은 자신을 찾는 것이다."
– 프레드릭 더글러스(Frederick Douglass)

"삶의 마지막이 아름다운 사람이 진정한 행복을 누리는 사람이다."라고 많은 이들이 말한다. 그래서 젊었을 때 고생은 사서도 한다고 했다. 젊은 나이에 고생하는 모습은 아름답게 보인다. 그렇게 열심히 고생하며 살았으니, 삶의 후반부에는 좀 더 편안하고 행복한 노후가 되기를 바라는 마음이다. 필자는 퇴직 후, 하고 싶은 일들이 많다.

퇴직 후에도 경제활동을 해야 한다는 사람이 많다. 그리고 실제로 퇴직 후에도 경제활동을 하는 이들이 많다. 그 이유는 첫째, 규칙적인 생활을 통해 건강을 유지하기 위해서일 것이다. 둘째, 물가 상승으로 생활비와 부양비 외에 여가 생활비와 건강 유지비 등을 마련해야 하기 때문이다. 교육공무원 연금이 많다고들 하지만, 현재 우리나라 경제 사정을 보면 연금만으로는 생활이 넉넉하지 않은 것이 현실이다.

필자는 요즘 이른바 '마처 세대'에 속한다. '마처 세대'란 60~70년
대생(1964~1974)의 또 다른 이름으로, 부모를 봉양하는 '마'지막 세대
이자 자녀에게 부양받지 못하는 '처'음 세대를 의미한다고 한다. 이
말을 들은 남편은 한마디 덧붙였다. "부모님 기분도 맞춰야 하고
자녀들의 마음도 맞춰야 하니 '맞춰 세대'라는 뜻도 된다"고. 듣고
보니 과연 그럴듯했다. '마처 세대'나 '맞춰 세대' 모두 공통점은
현재의 자신을 제외한 삶이라는 점이다. 그러나 부모님이나 자녀
에게 맞춰 살다 보면 정작 자신의 인생은 사라지기 쉽다. '마처 세
대'라 해도 자신의 삶을 돌아보고, 조금은 이기적으로 스스로에게
맞추는 삶을 살아갈 필요가 있다.

'한 가정의 행복은 어떻게 만들어질까?' 필자는 가정의 행복은
가족 구성원 각자의 행복이 모여 완성된다고 믿는다. 따라서 각자
자신의 행복을 찾는 것이 한 가정의 행복을 유지하는 비결이 아닐
까 싶다. 필자가 시어머님께 가끔 드리는 말씀이 있다.

"어머니, 연세가 들수록 운동도 많이 하시면서 건강을 잘 챙기
셔야 합니다. 편찮으시면 어머님이 최고 힘드시고요, 그다음은
어머님이 사랑하시는 아들, 딸이 힘들어질 거예요."

며느리보다 아들, 딸 핑계를 대야 건강을 더 챙기실 것 같아 드

린 말씀이었다. 그래서일까? 시어머님은 규칙적으로 운동하시고, 기도하며 취미활동도 즐기신다. 85세를 넘긴 지금도 병원에 의지하지 않고 건강하게 생활하시는 시어머님의 모습은 정말 귀감이 된다. 긍정적인 성품과 감사하는 마음가짐, 활동적인 생활 습관이 그 비결이 아닐까 싶다. 연세가 들면 밥맛이 없어진다고들 하지만, 시어머님은 여전히 입맛이 좋다고 하신다. 참으로 복 받은 일이 아닐 수 없다. 돌아가신 시아버님과 친정 부모님을 생각할 때마다 가슴이 먹먹하지만, 시어머님께서 건강하신 것이 얼마나 다행인지 모른다.

에이미 포(Amy Poehler)는 취미에 대해 이렇게 말했다.

> "좋은 취미는 스트레스를 해소하고,
> 삶의 균형을 잡아 준다."

필자도 오색 취미활동을 계획 중이다. 그것이 결국 필자뿐만 아니라 가족과 자녀들을 위한 행복 비법이기도 하다.

오색 취미활동 중 첫 번째는 생존 수영을 배우는 것이다. 요즘은 초등학생도 생존 수영을 필수로 배우고 있다. 2014년 청해진해운 세월호 침몰 사고를 계기로 초등학교에서 생존을 위한 기초 수영 수업이 시작되었다. 본래 초등학교 3~4학년을 대상으로 했으나, 2020년부터는 5학년까지 확대되었다. 이 사고 이후 생존 수영은 온 국민의 필수 운동으로 자리 잡았다.

생존 수영을 배우면 여름에 바다나 수영장에서 '맥주병'이라 놀림당하지도, 튜브 없이 노는 사람들을 부러워하지도 않아도 된다. 무엇보다 물놀이 사고 등의 익사 위기에서도 자신을 지킬 수 있는 기술이다. 수영은 단순한 스포츠가 아니라 생존 기술이기 때문이다.

필자는 한동안 수영 레슨을 받은 적이 있다. 그러나 쉽지 않아 중간에 포기했다. 퇴직 후에는 자유형과 배영을 쉬지 않고 50m 정도 갈 수 있을 만큼 배우려 한다. 접영과 평영도 잘하면 좋겠지만, 어렵다는 것을 알기에 작은 목표부터 시작하려 한다.

오색 취미활동 중 두 번째는 그림 그리기다. 지금 함께하고 있는 동호회 활동을 좀 더 활발하게 할 것이다. 세종 사생회의 정기전에 작품을 겨우 전시하는 수준이지만, 앞으로는 좀 더 적극적으로 참여할 것이다. 그림 그리는 기법도 변화를 줄 계획이다. 한동안 박수근 선생의 화법이 궁금했다. 그의 화법에서 가장 두드러진 특징 중 하나가 바탕 질감 표현이다. 물감을 두껍게 올려 마치 나무껍질이나 돌의 표면 같은 거친 질감을 만들어 내는 독특한 기법이다. 이로 인해 그의 작품은 시각적 감각과 촉각적 감각을 동시에 불러일으키며 입체적인 느낌을 준다. 그 독특한 질감을 내기 위해 거친 붓 터치와 마티에르 기법을 연구하려 한다. 그래서 퇴직 후에는 좋은 작품을 완성하는 기쁨을 느끼는 동시에 주변 사람들에게도 그림으로 힐링과 기쁨을 주고 싶다.

오색 취미활동 중 세 번째는 집 가까이에 있는 장군산에 오르는 것이다. 정상까지는 약 2시간 정도 소요되는데, 이제부터는 맨발로 걸을 계획이다. 요즘 산행할 때 맨발로 걷는 사람들이 많아졌는데, 운동화를 신고 걸을 때보다 2배 이상의 운동 효과가 있다고 한다. 필자도 맨발 걷기의 효과를 직접 경험해 보고 싶다. 전국에서 유명한 '계족산 황톳길에서 맨발 체험'도 자주 하려고 한다. 건강한 생활은 맨발 걷기에서 시작된다고 역설하며 '맨발 걷기 전도사'라는 별명까지 얻은 권택환 교수는 맨발 걷기의 장점 3가지를 이렇게 말했다.

1. 뇌 감각을 깨운다.
2. 면역력이 증가한다.
3. 활성산소가 감소한다.

필자도 맨발 걷기를 시작했다. 처음에는 근육이 당기고 무릎도 아파 매우 힘들었다. 아마 발바닥에 힘을 주니 긴장이 되어서 그랬던 것 같다. 그러나 한두 번 조금씩 걸으며 시간이 날 때 시도해 보니, 지금은 익숙해져 발바닥이 시원하고 기분이 좋아졌다. 이젠 산행 중 맨발로 걷기 좋은 구간을 정하여 조금씩 더 걸어보려고 한다. 의학박사 전홍준 님은 『나를 살리는 생명 리셋』에서 다양한 치료법을 제시했는데, 필자가 가장 관심을 두고 있는 고혈압과 당뇨 치료법 중 일부는 다음과 같다.

> *"고혈압과 당뇨는 병이 아니다. 낮에 30분 ~ 1시간 이상*
> *햇볕을 쬐며 맨발로 땅을 걷기를 2회 이상하라.*
> *낫지 않는 병은 없다."*

오색 취미활동 중 네 번째는 탁구다. 같은 학교에 근무하다가 퇴직하신 조 교장선생님이 필자에게 추천한 운동이다. 비가 와도, 눈이 와도 날씨에 영향을 받지 않고, 하루 종일 해도 지루하지 않으며, 비용도 저렴하다고 하셨다. 골프는 야외활동이라 날씨에 많은 영향을 받지만, 탁구는 실내운동이기에 전천후 운동이라며 적극적으로 추천하셨다. 골프도 요즘은 스크린 골프를 많이 하니 전천후 운동이기는 하다. 그러나 실제 필드에 나가 잔디를 밟아야 골프의 참맛이 나기에 비용과 기후에 제약이 따르는 건 사실이다.

오색 취미활동 중 다섯 번째는 도서관에 자주 가는 것이다. 노안으로 장시간 책을 볼 수 없으니, 도서관에 들를 때마다 2시간 정도 머물며 약 50쪽씩 책을 읽을 계획이다. 손자들도 데리고 가서 책 속 이야기가 얼마나 재미있는지, 그리고 모든 공부의 기초가 독서라는 점을 자연스럽게 깨닫게 해주고 싶다. 또한, 호수공원에서 자전거를 타고 맛있는 점심을 함께 먹으며 손자들의 이야기를 들을 것이다. 빌 게이츠(Bill Gates)의 명언이 떠오른다.

> *"오늘의 나를 있게 한 것은 우리 마을의 도서관이었다.*
> *하버드 졸업자보다도 소중한 것이 독서하는 습관이다."*

이서영 교장쌤의 오늘도 가슴 뛰는 삶

퇴직 후 하고 싶은 활동이 이렇게 많으니, 학교 수업 시간표를 짜듯 계획적으로 실천해 보려고 한다. 요즘의 여가 활동은 단순히 시간을 보내는 데 그치지 않고, 삶의 질을 높이며 새로운 가치를 창출하는 활동으로 자리 잡고 있다. 다양한 취미활동으로 인생을 더욱 즐겁고 행복하게 만들 수 있다면, 필자는 날마다 그런 삶을 기꺼이 선택할 것이다.

품격 있는 인생을
살아가는 법

"인생은 겸손에 대한 오랜 수업이다."

– 제임스 M. 베리(James M. Barrie)

우리는 누구나 품격 있는 사람으로 살아가길 원하고, 또 그런 사람으로 인정받고 싶어 한다. 품격 있는 사람이란 어떤 사람일까? 이에 대한 기준은 사람마다 다르겠지만, 우포늪에서 22년간 천식과 싸우며 따오기 50여 마리의 생태를 지켜보고, 우포늪의 새, 어부, 환경, 마음을 사진으로 기록해 온 정봉채 사진작가님은 품격 있는 사람의 조건으로 네 가지를 제시했다. **여기에 필자는 '역사를 아는 사람'을 추가하여 다섯 가지를 제시하고자 한다.**

1. 겸손한 사람
2. 역사를 아는 사람
3. 환경을 생각하는 사람
4. 예술을 아는 사람
5. 선한 영향력을 주는 사람

이서영 교장쌤의 오늘도 가슴 뛰는 삶

겸손한 사람으로 살아가기

겸손한 사람은 자신의 능력이나 성취를 과장하지 않으며, 다른 사람을 존중하고, 타인의 의견에 귀 기울이며 자만하지 않는 태도를 가진 사람이다. 자기 PR의 시대, 자기만족의 시대에 겸손하기란, 또 겸손한 사람으로 살아가기는 결코 쉽지 않을 수 있다. 때로는 겸손함이 손해처럼 느껴질 때도 있을 것이다. 자신보다 타인을 먼저 생각하고 배려한다는 것은 쉬운 일이 아니기 때문이다.

겸손한 사람은 자신이 모든 것을 알고 있다고 여기지 않고, 언제나 배울 것이 있다는 마음가짐을 유지한다. 또한 자신의 성공을 타인의 도움과 운의 결과로 인정하며, 다른 사람의 기여를 진심으로 높이 평가한다. 이러한 태도는 인간관계를 원활하게 하고, 주변 사람들에게 존경받는 길이 된다. 따라서 겸손한 사람은 늘 감사의 마음을 지니고 있다. 감사할 일이 많다고 말하는 사람은 결국 겸손한 사람이라는 생각이 든다.

역사를 아는 사람으로 살아가기

역사를 아는 사람이란 말 그대로 자신의 역사와 우리 사회의 역사를 알고, 올바른 역사의식을 갖고 살아가는 사람이다. 이들은 과거의 사건, 인물, 문화, 사회 변화, 정치적 상황 등을 이해하며, 이를 올바르게 비판할 줄 안다.

역사를 아는 사람은 단순히 연대기적인 사건들을 나열하는 데 그치지 않는다. 그 사건들의 원인과 결과, 그리고 그로 인한 사회적·문화적·정치적 변화를 분석하고 이해한다. 이러한 지식을 바탕으로 더 나은 사회를 만들기 위해 노력하며, 역사적 통찰을 통해 현재의 문제를 깊이 이해하고 해결책을 모색하는 자세를 갖는다. 필자는 이런 점에서 역사를 아는 사람이 품격 있는 사람의 중요한 조건이라고 생각한다.

환경을 아는 사람으로 살아가기

환경을 아는 사람은 자연환경, 생태계, 기후 변화, 자원 관리 등에 대한 지식을 갖고, 환경 보전과 지속 가능한 발전을 실천하는 사람이다. 이들은 생태계를 이해하고, 지구 온난화와 기후 변화의 원인과 결과를 알고 있으며, 이를 해결하기 위해 다양한 활동에 참여한다.

특히 최근 지구 온난화로 인해 우리나라도 아열대 기후로 변화하고 있다고 한다. 2024년 여름은 기상 관측 사상 최장의 열대야를 기록하며 인명 피해, 재산 피해, 환경 파괴가 심각했다. 교육 현장에서는 오래전부터 탄소 제로 환경교육, 생태 전환 교육 등 환경보호 프로그램을 진행해 왔다. 그러나 필자는 이러한 환경교육의 중요성을 절실히 깨닫고 적극적으로 교육하지 못했음을 반성하게 되었다.

2024년의 지구 온난화로 인한 피해를 보며, 환경교육의 필요성을 깊이 느끼게 되었다. 앞으로는 교육 현장에서 더욱 적극적으로 환경 문제를 알리고, 학생들과 함께 지속 가능한 미래를 위해 노

이서영 교장쌤의 오늘도 가슴 뛰는 삶

력할 것이다. 21세기에 환경을 아는 사람은 품격 있는 사람으로 더욱 요구되는 조건이라 믿는다.

예술을 아는 사람으로 살아가기

예술을 아는 사람은 예술의 다양한 형식, 역사, 이론, 실천을 깊이 이해하고 감상할 줄 아는 사람이다. 예술 작품을 단순히 감상하는 것을 넘어, 그 작품의 의미와 가치를 이해하며, 예술이 사회와 문화에 미치는 영향을 탐구한다. 이를 통해 자신의 삶을 더욱 풍요롭게 하고, 다른 사람들과 예술적 경험을 공유하며 살아가는 사람이다.

흔히 예술적 재능의 유무에 따라 예술을 아는 사람과 그렇지 못한 사람을 나누기 쉽다. 그러나 타고난 재능이 없어도 예술에 관심을 두고, 이를 이해하려는 노력만으로도 충분히 예술적 감각을 키울 수 있다고 믿는다. 노래를 좋아하고 음악을 즐겨 듣는 것, 연주회나 공연, 미술 전시를 관람하는 등 소소한 일상에서 예술을 느끼는 것도 예술을 알아가는 중요한 과정이다. 예술을 아는 사람이 되는 것은 특별한 재능이 필요하지 않으며, 누구나 관심과 참여를 통해 충분히 가능하다는 것을 많은 이들이 알았으면 한다.

선한 영향력을 주는 사람으로 살아가기

선한 영향력을 주는 사람은 자신의 행동과 말로 타인에게 긍정적인 영향을 미치는 사람이다. 이들은 주변 사람들에게 좋은 영향을 주고, 사회를 더 살기 좋은 곳으로 만드는 데 기여한다. 이러한 사람들은 타인의 삶을 더욱 풍요롭게 만들고, 사회적 연대를 강화하며, 모두가 함께 성장할 수 있도록 돕는 중요한 역할을 한다.

하버드 대학교의 사회학자 니컬러스 크리스타키스(Nicholas Christakis)와 캘리포니아 대학교의 정치학자 제임스 파울러(James Fowler)가 공동 연구한 재미있는 결과가 있다. 그들의 연구는 감정, 특히 행복이 사회적 네트워크를 통해 퍼질 수 있다는 것을 보여준다. 이 연구에 따르면, 한 사람이 행복할 때 그 사람의 친구뿐만 아니라 친구의 친구, 그리고 그 친구의 친구까지도 행복해질 확률이 증가한다는 것이다. 사회적 연결망에서 행복의 파급 효과를 설명한 내용을 보자.

> *"내가 행복하면 내 친구가 행복해질 가능성이*
> *15% 증가하고, 내 친구의 친구가 행복해질 가능성은*
> *10% 증가한다. 내 친구의 친구의 친구가*
> *행복할 가능성은 6% 증가한다."*

다섯 가지를 100% 갖춘 품격 있는 사람이 되기란 쉬운 일은 아닐 것이다. 그러나 우리의 주변을 둘러보면 이미 이러한 가치를 지닌 사람들이 적지 않다. 따라서 우리 역시 품격 있는 사람이 되려고 노력한다면 얼마든지 가능하다는 생각이다. 존 러스킨(John Ruskin)은 이렇게 말했다.

"품격은 우연이 아니다. 항상 지적인 노력의 결과이다"

　필자 또한 겸손한 사람, 역사를 아는 사람, 환경을 생각하는 사람, 예술을 아는 사람, 그리고 선한 영향력을 주는 사람이 되기 위해 끊임없이 노력할 것이다. 나아가 학생들에게도 품격 있는 사람으로 성장할 수 있도록 지원하고자 한다. 특히 교육과정의 편성과 운영을 통해 이 다섯 가지 가치를 학교 현장에서 실현하는 데 기여하고자 한다.

전국 17개 도시에서
1주일씩 살아보기 프로젝트

> "모든 위대한 생각은 걷는 동안 떠오른다."
> – 프리드리히 니체(Friedrich Nietzsche)

전주에 사는 친구 소개로 군산 은파호수 둘레길을 걷게 되었다. 우연히 찾은 군산에서, 호수가 세 곳 정도 있고 바다도 가까우며 먹거리도 풍부해, 가까운 지역에 살기 좋은 곳이 있다는 것을 깨달았다. 우리나라도 이렇게 아름다운 곳이 많은데, 해외로만 다닐 생각을 했던 자신이 무색할 정도였다. 부산에서 강원도 고성까지 국토대장정을 해볼까 생각했고, 제주에서 한 달 동안 올레길을 걷는 계획도 있었다. 지금은 해파랑길, 남파랑길, 서파랑길을 돌며 우리나라 해안 길을 한 바퀴 돌아볼 계획이다. 또한, 국립백두대간수목원, 세종수목원 등 국립수목원과 유명한 지역 수목원, 황톳길을 포함한 지역 둘레길을 걸어보려 한다. 지방마다 그 지역의 박물관을 관람하고 역사문화 유적지를 찾아보는 알찬 계획도 가지고 있다.

그래서 퇴직 후 남편과 함께 우리나라 전국을 둘러보기로 했다.

전국 9도(제주도, 강원도, 경기도, 충청남북도, 전라남북도, 경남북도)와 8개 광역시(인천, 울산, 대구, 부산, 서울, 대전, 광주, 세종)를 1주일씩 머물며 지역을 탐방하기로 했다. 군산에서 느낀 평화롭고 여유로운 기분을 다른 곳에서도 느낄 수 있으리라 확신한다. 물론 필자가 사는 세종과 근무지인 대전, 그리고 제주도를 제외한 전국 14개 시도를 여유롭게 돌아볼 것이다.

각 지역에서 우선 찾아볼 곳은 역사와 문화를 이해할 수 있는 박물관과 역사문화 유적지이다. 또한, 수목원, 국립·도립공원, 둘레길, 맨발 걷기 코스, 비경 및 절경, 특산품, 그리고 빼놓을 수 없는 지역 맛집과 향토 음식도 놓치지 않을 것이다.

우리나라 국립수목원은 전국에 세 곳이 있다. 국립세종수목원, 국립백두대간수목원, 국립수목원(광릉수목원)이다. 세종수목원은 가까워 자주 방문하는 곳으로, 2020년에 개원해 아직 수목들이 작지만 넓은 녹지와 다양한 기후대 식물을 볼 수 있다. 특히 온대 및 아열대 기후 식물이 있는 온실이 유명하다.

국립백두대간수목원은 경북 봉화군에 있으며 2015년에 완공되었다. 백두대간 생태계를 보전하기 위해 조성된 이 수목원은 고산 식물 및 희귀식물들을 보존하고 연구하며, 세계에서 두 번째로 큰 규모를 자랑한다. 이곳은 38개의 주제 전시원을 갖춘 초대형 수목원으로, 백두산 호랑이 두 마리를 사육하여 관람할 수 있다. 트램을 이용해 호랑이 공원까지 이동할 수 있으며, 예약하면 숙박도 가능하다.

그다음은 우리나라를 대표하는 광릉숲 기반의 국립수목원이다. 1987년에 개장한 이곳은 다양한 생물 종이 서식하는 생태 보전 지역으로, 필자가 아직 가보지 못한 곳이다. 이곳은 경기도에서 1순위로 찾아볼 곳이다.

추가로 국립 진도 자연 휴양림 수목원(전라남도 진도군), 국립생태원(충청남도 서천군)을 포함하면 총 다섯 곳이다.

이 외에도 전국적으로 75개의 수목원이 있으니, 어디를 가더라도 수목원을 즐길 수 있다. 그리고 지역마다 공원을 잘 정비하여 지역주민과 외부인들이 많이 찾을 수 있도록 한 휴식 공간들이 많다.

며칠 전 뜨개질에 관심이 많은 김 교장선생님의 추천으로 경남 함양에 있는 상림공원을 다녀왔다. 인터넷으로 검색해 보니 공원과 꽃무릇, 연꽃 수련, 천년 숲으로 널리 알려진 곳이었다. 최치원 선생이 태수로 근무하며 조성한 상림공원은 정비가 잘 되어 있었고, 숲이 우거져 여름에도 시원할 듯했다. 특히 맨발 걷기를 위해 흙과 모래로 길이 조성되어 힐링하기에 최적이었다. 주변에 최치원 공원과 함양박물관이 있어 동선도 짧아 여행 일정을 세우기 좋았다. 이와 비슷한 우리나라 지방의 공원들도 두루 찾아볼 계획이다.

세종도서관에 손자들과 함께 그림책을 보러 갔다. 성인용 도서관도 구경시켜주려고 둘러보다가 김운영 님의 책『퇴직하는 날 집 나간 남자』를 발견했다. 이 책은 60세에 퇴직한 저자가 48일 동안 2,054km를 도보로 걸으며 만난 사람들의 이야기를 담고 있다. 필자도 이 책을 통해 전국 해안길에 대해 정리하게 되었다.

문화체육관광부는 2016년부터 동해안, 남해안, 서해안 해변을 따라 도보 여행이나 가벼운 산책을 할 수 있는 코리아 둘레길 사업을 추진해 왔다. 이 둘레길은 해변을 따라 걷는 길로, 시야가 탁 트이고 넓게 펼쳐진 바다와 바람을 느낄 수 있는 낭만적인 길이다.

해파랑길
태양과 걷는 사색의 길

구간	부산오륙도~ 강원 고성 (동해안 둘레길)
코스	총 51코스
길이	770km
개통	2016년

남파랑길
남쪽(南)의 쪽빛 바다와 함께 걷는 길

구간   부산오륙도~해남 (남해안 둘레길)   코스   총 90코스
길이   1,470km   개통   2020년

서해랑길
서쪽(西)의 바다(파도)와 함께 걷는 길

구간   인천강화군~
          전남 해남

코스   총 109코스

길이   1,800km

개통   2022년

출처: 네이버 지도

위의 길을 코스대로 모두 걷다가는 발에 병이 날 것이다. 시도
별 숙소를 정해 머물며 가까운 둘레길이 있으면 걸을 수 있는 만
큼만 걸어볼 계획이다. 코스 완주가 목적이 아니라, 가야문화를
처음 접했을 때 느꼈던 그 경이로움을 떠올리며 각 지방에서 1주
일 정도 머물며 그곳의 문화를 체험하고 자연을 둘러보고 싶다.
헨리 데이비드 소로(Henry David Thoreau)는 이런 말을 했다.

> *"걷기야말로 인간이 할 수 있는 가장 자연스럽고*
> *필수적인 운동이다."*

박동창 작가는 『맨발 걷기의 기적』에서 매일 맨발로 하루 1~2
시간씩 약 2개월을 걸었더니 갑상선 암의 종양이 줄어드는 등 각
종 증상이 개선되거나 치유되었다고 전하며, 맨발 걷기의 즐거움
과 치유 효과를 역설하고 있다. 요즘은 지방마다 주변 공원에 맨
발 걷기를 할 수 있도록 길을 잘 정비해 두어, 의지만 있다면 걷
기를 통해 건강한 생활을 충분히 누릴 수 있다.

맨발 걷기의 성지로는 '대전의 계족산(鷄足山)'이 유명하다. 산의
형세가 닭의 다리와 흡사하다 하여 '계족산'이라 부른다고 한다.
대전 8경 중 한 곳으로, 대전 시민이라면 한 번쯤은 가 보았을 것
이다. 필자도 연중행사처럼 찾던 곳이었는데, 맨발 걷기를 시작
하면서 계족산을 자주 찾게 되었다. 본교 학생들의 리더십 함양을
위해 5월에 계족산성을 오르기도 했다. 학생들은 다시는 오고 싶

지 않다고 말할 정도로 힘들어했지만, 산을 오른 후 느낀 성취감
에 뿌듯해하기도 했다.

　계족산 둘레길은 출발 지점부터 한 바퀴 돌아오는 길이 약
14.5km이고, 주차장에서부터 시작하면 약 15.5km 정도 된다.
코스는 순환형이어서 개인의 걷기 능력과 체력에 따라 얼마든지
조절할 수 있다.

　계족산 산림욕장 입구에서부터 황톳길이 시작되는데, 약 5km
까지는 예쁜 황톳길이 이어져 있다. 그 이후부터는 맨발 걷기가
조금 불편할 수 있다. 어떤 사람은 순환도로 전체를 맨발로 걷기
도 하지만, 필자는 잘 정비된 황톳길까지만 걷는다. 그래도 약
10km 정도는 충분히 걸을 수 있다. 세족 시설이 여러 곳 마련되
어 있어 맨발 걷기 후 발을 씻는 데 불편함이 없다. 또한, 울창한
숲길이어서 자외선 걱정을 하지 않아도 된다.

　가는 길목마다 귀여운 다람쥐를 볼 수 있고, 예쁜 꽃과 아름다
운 나뭇잎, 시원한 바람을 느끼며 걸을 수 있다. 멀리서 드넓은
대청호수를 바라볼 수 있는 점도 큰 매력이다. 퇴직 후에도 몸과
마음을 힐링할 수 있는 맨발 걷기는 계족산에서 계속될 것이다.

　　　　　　　이서영 교장쌤의 오늘도 가슴 뛰는 삶

맨발 걷기 효능

계족산 황톳길 S라인 구간

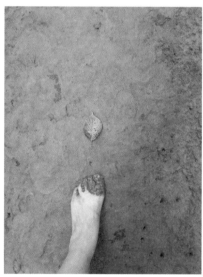

맨발과 낙엽

행복을 나누다,
봉사로 완성하는 내 삶

"나눔은 세상을 바꿀 수 있는 가장 강력한 힘이다."
– 넬슨 만델라 (Nelson Mandela)

"선생님! 오늘 미사 봉헌 반주를 좀 해주실 수 있어요?"

꽃동네대학교 내 '행복의 집' 수녀님이 봉사활동을 하러 간 당일에 갑작스레 부탁하셨다. 필자가 학교에 근무한다는 것을 알고 하신 말씀이었다. 음악을 전공한 적도 없고, 피아노 건반을 눌러본 지가 언제인지 기억도 나지 않는다. 요즘 초등학교에서는 음악 수업조차 음악 전담 교사가 맡기 때문에 피아노나 오르간을 연주할 기회가 거의 없었다. 이런 사실을 수녀님이 알 리 없으니, 당연히 가능하리라 생각하고 부탁하셨을 것이다. 죄송하다고 말씀드리면서도 무척 미안했다.

성당에서 미사 봉헌 시에는 누군가 성가 반주를 해야 한다. 성당에서는 대부분 봉사자가 성가 반주를 맡고, 수녀님들은 다른 일을 하신다. 그런데 이곳 '행복의 집'은 일반인들이 미사를 보는 곳

이서영 교장쌤의 오늘도 가슴 뛰는 삶

이 아니라 요양원이어서 수녀님이 미사 준비뿐 아니라 반주까지 도맡아 하셔야 하니 무척 힘드셨을 것이다. 어려움을 무릅쓰고 부탁하셨을 텐데 거절을 했으니, 필자는 필자대로 미안했고, 수녀님은 수녀님대로 실망하셨을 것이다. 그때 잠시 생각했다.

'미리 피아노 연주를 할 준비가 되어 있었다면 좋았을걸……'

언제든 부탁을 받으면 "그럼요!" 하고 성가 반주를 했더라면 이렇게 미안하지는 않았을 것이다.

그래서 퇴직 몇 년을 남겨두고, 이제라도 피아노 반주 레슨을 받으려 한다. 혹여 이후에라도 수녀님이 부탁하실 때, 아니 부탁하시기 전에 먼저 자원하여 미사 때 성가 반주를 할 생각이다. 필자는 음악적 재능이 없다. 특히 악기연주는 더욱 그렇다. 그런데 이렇게 늦은 나이에 반주를 배우려 하니 사실은 걱정이 앞선다. 하지만 늦은 때란 없다고 하지 않던가? 시작이 반이라는 말처럼, 새로운 일에 용기 내어 도전하려고 한다.

주변에 음악을 전공한 지인에게 이 이야기를 했더니, 고맙게도 다장조로 변환한 연주곡 〈시월의 어느 멋진 날에〉 악보를 건네주며 조금씩 연습하라고 했다. 집에 와서 건반을 한 번씩 눌러보았다. 손가락에 쥐도 나고, 양손이 따로 논다. 낮은 음계는 계이름을 적어가며 쳐야 했다. 마음은 대학생 시절 '즐거운 농부'를 연주할 때처럼 잘할 수 있을 것 같았지만, 실제로는 그렇지 않았다. 하지만 퇴직 전에 그 목표를 꼭 달성하여 성당 미사 봉헌 시 반주를 언제 어디서든 할 수 있게 준비할 것이다.

필자가 사는 아파트 7층에 '피아노 레슨' 현수막이 걸린 것을 우연히 발견했다. 예전에는 없는데 최근 이사를 온 것 같다. 실천하기 전까지는 어렵지만, 막상 시작하면 충분히 배울 수 있을 것이란 확신이 든다. 둘째 아들이 사용하던 전자 오르간이 서재에 있으니, 그것을 활용하면 좋을 것 같다. 손가락 운동이 뇌 활동에도 좋아 치매 예방에도 도움이 된다니, 필자를 위해서도 좋을 것 같다. 오래전 수녀님의 부탁을 들어드리지 못한 마음의 빚을 갚기 위해 시작한 일이지만, 둘째 아들과 함께 봉사활동을 하며 얻은 행복을 이렇게라도 사회에 환원하고 싶다.

며칠 전, TV 채널을 돌리다가 〈거인의 어깨〉라는 프로그램을 보게 되었다. 그 유명한 김문정 음악감독이 출연하고 있었다. 그의 삶 중에 잊지 못할 일을 사진 네 장으로 설명하며 자신의 삶을 진솔하게 얘기하고 있었다. 관객과의 질의응답 시간에, 뮤지컬 배우 진상현 님이 질문을 하며 즉석에서 노래를 요청했다. 그러자 김문정 음악감독이 직접 피아노 반주를 해주겠다며 '지금, 이 순간'의 전주곡을 치기 시작했다.

육아를 병행하며 짬짬이 시간을 내어 열정적으로 음악 활동을 이어온 그의 삶도 감동적이었지만, 즉석에서 반주를 할 수 있는 모습이 이제 막 반주를 배우려는 필자에게는 더욱 위대해 보였다.

어니스트 헤밍웨이(Ernest Hemingway)는 이런 말을 했다.

"나눔은 인생에서 가장 큰 행복을 가져다준다."

두 번째 봉사활동은 세종시에서 운영하는 '시민사회 봉사단'과 '다문화 학생 지원 활동'에 참여할 것이다. 세종뉴스에 따르면, 세종시는 퇴직공무원을 활용해 학교 교육활동을 지원하기 위해 시민사회봉사단을 조직하고, 교육복지 대상 학생들의 교육 후견인제(학습 상담제)를 지원한다고 한다. 필자는 퇴직 후, 이러한 기회를 통해 재능을 기부하고자 한다. 그리고 우리나라에서 다문화 학생들의 수는 점점 늘어나고 있다. 2022년 초·중·고등학교에 다니는 다문화 학생 수는 약 16만 8천 명에 달한다. 이주 배경을 가진 청소년들까지 포함하면 그 수는 훨씬 더 많아진다. 정부의 교육적 지원은 언어, 문화, 경제, 심리정서, 학습, 진로 진학, 보건의료, 학부모 교육역량, 다문화 친화적 환경 등 다양한 방면에서 이루어지고 있지만, 아직도 지원과 혜택이 미치지 못하는 곳이 많다. 전국 초등학교 학생 중 다문화 학생의 비율도 계속해서 상승하고 있다. 지역에 따라 다소 차이는 있지만, 대전 지역만 해도 2022년 기준으로 3,400명을 넘었고, 본교에도 꽤 많은 다문화 학생들이 있다. 저출생으로 인한 인구 감소가 계속되고 있는 상황에서, 다문화 학생들이 대한민국 국민으로 살아갈 수 있도록 한국 사회의 다문화 수용성을 높이는 교육적 노력이 필요하다.

그래서 필자는 퇴직 후, 그동안의 교직 경험을 살려 '시민사회 봉사단'과 '다문화 학생 지원 활동'에 참여하려 한다. 퇴직을 앞둔 교장선생님들과 네트워크를 형성해 각자가 지원 가능한 분야에 맞는 자격증을 취득하거나 연수를 받아 준비할 계획이다.

제2의 인생 설계 연수 중, 사회 봉사활동을 할 방법에 대해 토의한 적이 있다. 한국어 지도 자격증을 준비하겠다는 분, 안전지도사 자격증을 취득하겠다는 분, 숲 해설 자격증을 따겠다는 분, 서예, 댄스, 노래, 글쓰기, 악기연주, 종이접기 등 각자의 특기와 적성에 맞는 프로그램을 준비하면 좋겠다고 신이 나서 이야기했다. 지역 사회 학교나 마을공동체 학교 등에서 자원봉사자를 모집한다는 것을 알고 있다. 특히 정부가 최근 정책적으로 지원하는 〈늘봄 학교, 돌봄 학교〉에서도 자원봉사자가 많이 필요하다. 필자는 관심 있는 분야인 창의 미술 놀이 프로그램을 계획 중이다. 그림을 전문적으로 그리는 화가를 만드는 것이 아니라, 그림 감상법을 가르치며 새로운 것을 생각하고 미적 표현을 통해 창의성을 키울 수 있는 과정을 안내하려 한다. 또한, 학생들에게 예술적 감각을 기르고, 미술에서의 예술적 요소와 다양한 색채의 아름다움을 경험하는 체험 프로그램도 운영할 계획이다.

세 번째 봉사활동은 그림책 읽어주는 봉사이다. 대부분 학교에서는 아침마다 책 읽어주는 엄마·아빠 프로그램을 운영하고 있다. 본교에서도 이런 활동을 원하여 학기 초 가정통신문, 학부모 총회 등을 통해 자원봉사자 신청을 받았으나, 희망자가 거의 없었다.

이서영 교장쌤의 오늘도 가슴 뛰는 삶

그래서 현재는 아침 독서 활동을 교실에서 자율적으로 운영하고 있다. 바쁜 엄마·아빠들 대신 은퇴 후 여유가 있는 필자와 같은 할머니·할아버지들의 참여를 확대하는 것도 좋은 방법이라고 생각한다. 앞으로 이런 교육 프로그램을 운영하는 곳을 찾아 적극적으로 동참할 것이다.

서울의 어느 초등학교에서 자원봉사자 할머니들을 모집하여 '마을 도서관 책 읽어주는 할머니 활동'을 운영하고 있다는 이야기를 들었다. 할머니들이 실감 나게 동화를 구연하고 책을 읽어주며 독후 활동을 진행하는 등, '무릎 교육'의 전통을 되살려 세대 간 단절을 극복하고 문화적 연대감을 높이는 등의 지역사회 내 긍정적인 영향을 끼칠 것으로 기대된다고 한다. 이 교육 활동에 적극 공감한다. 할머니들의 사랑으로 어린 학생들의 감성을 키워주는 독서교육 활동이 학생들의 독서습관 형성에 많은 도움이 될 것으로 생각한다.

존 배리 모어(John Barrymore)는 이렇게 말했다.

> *"행복은 자주 내가 열어 놓은 줄도 몰랐던 문을 통해*
> *슬그머니 찾아온다."*

필자는 퇴직 후, 성당 미사 반주, 다문화 학생 지원, 책 읽어주는 활동을 통해 사회에 행복을 환원하는 봉사활동을 하기로 했다.

퇴직 후 봉사활동에 즐겁게 참여할 수 있도록, 앞으로 4~5년 동안 여가 시간에는 인생 2막을 위한 준비를 차근차근 해나갈 계획이다. 물론, 위의 세 가지 활동 외에도 적성에 더 잘 맞는 기회가 찾아올 수도 있다. 언제든 기회가 주어지면, 적극적으로 동참할 것이다.

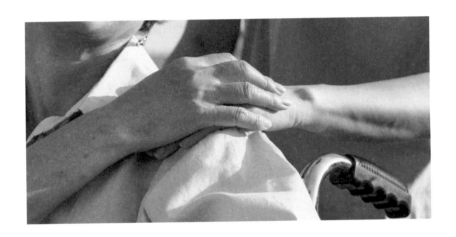

이서영 교장쌤의 오늘도 가슴 뛰는 삶

스포츠 댄스로
S라인 도전하기

"세상에 열정 없이 이루어진 것은 없다."
– 게오르크 빌헬름 프리드리히 헤겔 (Georg Wilhelm Friedrich Hegel)

미스유니버스 대회에 도전한 80세의 최순화 씨 이야기를 아는가? 우연히 인터넷 뉴스를 보다가 이 화제의 인물을 알게 되었다. 그녀는 50대까지 간병인으로 일하다가 72세에 모델을 시작했다고 한다. 모델이 꿈이었기에 과감히 도전할 수 있었다는 그녀의 이야기. 모델 학원에서 수업을 열심히 받고, 2018년 서울 패션위크 런웨이에 74세의 고령에도 불구하고 결국 모델로 데뷔했다. 그 후, 패션 잡지와 맥주 광고 등에 등장하면서 명성을 얻었고, 올해 80세에 미스유니버스 코리아 결선에 진출한다는 것이다. 정말 놀랍고 존경스러운 삶이다. 그뿐만 아니라, 그녀가 어떻게 자신을 관리하며 살아왔는지에 대한 궁금증도 든다. 본선 진출 여부와 관계없이, 그녀의 도전적이고 열정적인 삶에 박수를 보낸다. 당당하고 자신감 넘치는 그녀를 보며, 필자도 스포츠 댄스로 S라인에 도전해 보기로 마음먹었다.

초등학교에서는 교실, 복도, 도서관, 체육관, 운동장을 가릴 것 없이 늘 학생들이 뛰고 있다. 그래서 실내에서는 사뿐사뿐 걷도록 생활지도를 하고 있다. 필자의 어린 손자들 또한 예외 없이 밖에 나가면 바로 뛰었다. 잡던 손도 뿌리치고 넘어지더라도 뛰었다. 뭐가 그렇게 급했을까? 세상 모든 것이 처음 접하는 새로운 경험이니, 얼마나 궁금했을까? 이렇게 뛰던 아이들이 중·고등학생이 되면 뛰라고 해도 뛰지 않는다. 뛰는 것도 때가 있다. 그렇다면 어른이 된 우리는 언제 뛸까? 신호등 앞에서 급할 때 뛰고, 약속 시각이 늦었을 때 잠시 뛰게 된다. 그 외 일상생활에서는 거의 뛰지 않는다.

그런데 댄스스포츠를 하니 뛰게 되었다. 2018년, 코로나 이전 대전의 대학 평생교육원에서 댄스스포츠 강좌가 운영된다는 사실을 우연히 알게 되었다. 남편과 함께 초급 저녁 타임을 신청했다. 나이가 들면 부부가 친구가 된다고, 함께 취미생활을 하는 것도 좋다고 생각했기 때문이다. 한 학기를 마친 후, 또 수강 신청을 하자고 하니 남편은 "적성에 맞지 않는다."라며 혼자 하라고 했고, 결국 필자는 혼자 수강 신청을 하게 되었다.

필자가 댄스스포츠를 시작한 첫 번째 이유는 자세 교정이고, 두 번째 이유는 다이어트였다. 평소에 뒷모습 사진을 보면서 자세 교정이 필요함을 느꼈다. 그래서 의식적으로 바른 자세를 위해 뭔가를 하려던 차에 댄스스포츠를 신청하게 되었다. 다이어트에도 도움이 되길 바라는 마음도 있었다. 댄스스포츠는 스포츠 댄스와 동의어로 사용되기도 하지만, 여기서는 스포츠 댄스의 한 영역으로 이해하면 좋을 듯하다.

이 수업은 절대로 빠지지 않고 열심히 참여했다. 대부분의 사람들은 등록해 놓고 핑계를 대며 결석하거나, 수업료가 아까워 억지로 출석하지만, 댄스스포츠는 나에게 적성에 맞았는지 열심히 참석해서 초급에서 중급으로 한 단계 올라가기도 했다. 그리고 음악과 함께 움직이니, 사춘기 소녀처럼 마냥 즐거웠다. '자이브'와 '차차차'를 할 때는 신나는 음악과 함께, '룸바'는 분위기 있고 잔잔한 음악이다. 음악을 들으며 신체 활동을 하면 뇌가 더 활발하게 움직인다고 하니, 나이가 들어가는 사람들에게 좋은 운동이라고 생각한다.

수업을 마친 후, 이마에 흐르는 땀을 보며 흐뭇해했다. 운동 후 맛있는 간식을 먹어서 다이어트에는 도움이 되지 않았지만, 거울 앞에서 내 모습을 보며 예쁜 몸매를 꼭 만들겠다는 다짐은 굴뚝같았다. 사실, 필자는 몸치다. 요가를 해보았고, 몸이 유연하지 않다는 것을 깨달았다. 물론 정도의 차이는 있지만, 요가 수업을 끝까지 이수하는 것이 어려웠다. 그러나 댄스는 경쾌한 음악 덕분에 몸치인 필자도 재미있게 참여할 수 있었다. 인내로 성실하게 한 스텝씩 꾸준히 배우고 있다.

마크 트웨인(Mark Twain)은 이렇게 말했다.

"앞서가는 방법의 비밀은 시작하는 것이다.
시작하는 방법의 비밀은 복잡하고 과중한 작업을
할 수 있는 작은 업무로 나누어, 그 첫 번째 업무부터
시작하는 것이다."

2019년에 코로나가 시작되면서 댄스스포츠 수업은 중단되었다. 여러 번 수업이 중단되었으나, 학교에서 근무하는 필자로서는 대중과의 만남을 최대한 피해야 했다. 밀폐된 공간에서의 댄스 수업은 정말 참석할 수 없었다. 그래서 퇴근 후에는 장군산에 다니며 운동을 했다.

몇 년이 지난 뒤, 우연히 퇴근길에 동네 주민자치센터에서 운영하는 프로그램 안내 현수막을 발견했다. 인터넷으로 검색하여 프로그램을 살펴보니, 댄스스포츠가 있었다. 그런데 직장인을 위한 반은 옆 동네 주민센터에서 운영하고 있었다. 요즘은 지역마다 주민자치센터에서 다양한 프로그램을 운영하고 있다. 희망자가 많아 경쟁률이 매우 높았지만, 한번 신청해보기로 했다. 시간이 지나도 선정되었다는 문자가 오지 않아 포기하고 있었는데, 1주일 후에 대기자에서 선정되었다는 연락이 왔다. 반가움에 얼른 참여하겠다고 답을 하고, 매주 1회 지금도 참여하고 있다. 예전에 했던 경력이 있어서 룸바, 차차차, 자이브 스텝을 자연스럽게 따라갈 수 있었다. 주민자치센터의 프로그램은 정말 취미생활로, 참여하여 운동하는 것이 목적이다. 현재는 집 가까운 곳에서 스텝을 잊지

이서영 교장쌤의 오늘도 가슴 뛰는 삶

않고 기억하며 운동 중이다.

일곱 무지개가 북유럽 여행을 갔을 때, 필자와 룸메이트가 된 서울 사는 멋쟁이 친구가 있었다. 나이도 같고 이름도 같아 몇 날 밤을 보내며 친하게 지냈는데, 그의 가족은 4명이 모두 댄스를 한다는 것이다. 댄스 지도 강사 일을 하기도 했고, 두 자녀를 전국의 댄스스포츠 대회를 데리고 다니며 지원하기도 하니, 결국 남편도 댄스를 배우게 되어 온 가족이 취미로 댄스를 하게 되었다. 이 댄스 가족을 보니, 필자에게는 그들이 엄청 대단하게 느껴졌다. 온 가족이 함께 취미생활을 할 수 있다니, 그것이야말로 인생 최고의 선물이 아닐까, 하는 생각이 들었다. 그래서 북유럽 여행 마지막 날 밤, 댄스의 기본 매너와 간단한 스텝을 무지개 친구 7명이 전수받기로 하고 제일 큰 방에 모였다. 그날 밤은 북유럽 여행 중 가장 기억에 남는 추억이 되었다. 주말마다 프랑스 파리, 싱가포르 등 세계 각지에서 열리는 동호회 행사에 참여할 정도로 열심히 살았던 박서영 씨의 삶도 참 멋있었다.

필자가 퇴직 후에도 시골 한적한 곳으로 가지 않고, 현재 사는 곳인 금강과 장군산이 가까운 깨끗한 세종에서 살려는 이유 중 하나가 바로 이것이다. 퇴직 후에는 하고 싶은 프로그램에 얼마든지 참여할 수 있기 때문이다. 지금은 저녁 프로그램만 참여할 수 있어 그것이 못내 아쉽다. 우리 동네 주민자치프로그램은 총 32개

프로그램이 있다. 이 중에서 낮에 하고 싶은 것들은 라인댄스, 댄스스포츠, 스케치, 난타, 홈패션, 드럼, 기타, 문인화 등, 정말 맘에 드는 프로그램이 많다. 생각만 해도 입꼬리가 저절로 올라간다.

매주 화요일은 댄스스포츠를 하러 가는 날이다. 초보자들이 모여 운동하는 수준이지만, 필자는 그 시간이 좋다. 이렇게 쉬지 않고 운동하다가 다시 대학 평생 교육원에 참가할 기회가 오길 간절히 바란다. 대학 평생교육 프로그램에 함께했던 교원들이 생각보다 많았다. 초·중·고급을 모두 마스터한 사람들도 꽤 있었고, 그중 몇 명은 전국 댄스스포츠 대회에 참가하여 수상하기도 했다. 그렇게 열정과 인내로 참여한 분들처럼 필자 역시 꾸준히 댄스스포츠로 S라인에 도전할 것이다. 미스유니버스 대회에서 한국 대표로 선정되지는 못했지만, 최종 '베스트 드레서 상'을 수상한 80세의 최순화 님의 아름다운 삶처럼. 그녀의 한마디가 인상 깊었다.

> *"사람들이 저를 보고 하고 싶은 일을 찾고,*
> *그 꿈을 이루기 위해 도전하면 더 건강하게 살 수 있고,*
> *또 삶에서 기쁨을 찾을 수 있다는 것을 깨닫길 바란다."*

새로운 삶을 위한 도전은 우리가 살아가는 이유이자 세상을 변화시키는 힘이다. 도전에는 나이가 없으며, 그 시작은 언제나 '지금'이다. 오늘, 당신의 꿈을 향한 첫걸음을 내딛어라. 그것이 바로 가장 빛나는 인생을 만들어가는 길이다.

이서영 교장쌤의 오늘도 가슴 뛰는 삶

그래도!
좀 더 아름다운 세상을 만드는 일!

첫 번째 책, 『이서영 교장쌤의 오늘도 가슴 뛰는 삶』의 마침표를 찍으며, 2024년은 나에게 정말 특별하고 뜻깊은 한 해로 남게 되었다. 그렇게 오랫동안 꿈꿔왔던 책 한 권을 마무리하고 세상에 내놓을 수 있게 되었으니까.

사실, 내 이야기를 꺼낸다는 건 결코 쉬운 일이 아니었다. 모든 삶은 소중하고 가치가 있지만, 나를 세상에 드러내는 일은 늘 두려움과 마주해야 했다. 그래도! 이렇게 내 글을 내보일 수 있었던 것은, "독자보다 저자가 많다."라고 하는 이 시대에, 스스로 생각하는 것만큼 부끄러워할 것도 두려워할 것도 아니라는 생각이 들었기 때문이다. 그리고 용기를 가지고 스스로 결정해야 한다는 것을 알았다. 어느 시기가 되면 어렵게 펼쳐지던 문제들도 하나씩 해결이 되어간다는 것도 책 출간의 과정에서 새롭게 배웠다.

책을 완성하는 과정에서 필자는 또 한 번 성장했다. 기쁨이 차고 넘칠 때도, 너무 힘든 순간에도 감정을 조절해야 한다는 것을 절실히 느꼈고, 현재를 충실히 살면서도 좀 더 아름다운 세상을 만들기 위해 내가 할 수 있는 일이 무엇인지 깊이 고민하게 되었다. 이 책을 쓰면서 얻은 가장 큰 소득이 바로 그것이었다. 우리 모두의 삶은 세상에서 단 하나뿐인 귀한 것이며, 결국 행복은 우리에게 찾아온다는 메시지를 꼭 전하고 싶었다.

빈센트 반 고흐가 동생 테오에게 보낸 편지에서 "가장 어두운 밤이 끝나면 해가 떠오를 것이다."라고 말했듯, 풀리지 않는 문제란 없다. 다만, 시간이 필요할 뿐. 삶의 어려움 속에서도 우리는 늘 발전적인 방향으로 나아가고 있다는 것만은 변함없는 진리다.

이제 필자는 오랫동안 꿈꿔왔던 목표를 향해 한 걸음 더 나아가려 한다. 건강한 모습으로 정년퇴직까지 학생들과 함께하며 희망과 행복을 만들어갈 준비를 시작해야겠다. 가슴 뛰는 일을 찾고, 함께 웃을 수 있는 일, 그리고 선한 영향력을 전할 수 있는 일을 이어가려 한다. 그동안 내가 가장 가슴 뛰었던 일은 가방을 메고 들로 산으로, 밖으로 나가 세상과 만났을 때였다. 지금껏 가보지 못한, 그 아름다운 세상을 만나고 싶다.

우리는 늘 더 나은 세상으로 나아가야 한다. 좀 더 아름다운 세상, 좀 더 따뜻한 세상, 그 세상을 만드는 일에 나도, 여러분도 함께 할 수 있기를 소망한다.

맺음말

"삶을 기록하는 용기, 꿈을 펼치는 순간"

권선복 | 도서출판 행복에너지 대표이사

책을 출간할 때마다 가슴 한편이 벅차오름과 동시에 설렘과 기쁨, 그리고 책임감이 뒤섞인다. 한 사람의 삶을 담아 한 권의 책으로 엮어낸다는 것은 단순한 기록 이상의 의미를 지닌다. 그 안에는 인생의 궤적이, 오랜 시간 간직한 꿈이, 그리고 독자들과 나누고 싶은 따뜻한 마음이 담겨 있기 때문이다.

이번에 출간된 『이서영 교장쌤의 오늘도 가슴 뛰는 삶』도 같은 의미를 지닌다. 40여 년간 교직에 몸담으며 쌓아온 경험과 삶의 철학, 그리고 일상의 작은 기쁨들이 정성스러운 문장으로 엮여 독자들에게 전해진다. 누구나 자신의 이야기를 품고 살아가지만, 그것을 용기 내어 기록하고 세상에 펼친다는 것은 또 다른 도전이다. 특히나 교육 현장에서 수많은 학생과 부딪치며 치열하게 살아온 시간을 글로 남긴다는 것은 더욱 값진 여정이었을 것이다.

책장을 넘길 때마다 문장 하나하나에 담긴 따뜻한 시선과 깊은 성찰이 마음을 울린다. 교직 생활 속에서 마주한 순간들, 가족과의 추억, 여행을 통해 발견한 삶의 의미, 그리고 은퇴 이후의 새로운 준비까지, 저자는 자신의 경험을 솔직하고 담담하게 풀어내며, 독자들에게 따뜻한 응원과 격려를 전한다.

무엇보다 '삶을 기록하는 용기'가 이 책을 통해 더욱 빛을 발한다. 글을 쓰고 책을 완성하는 과정은 결코 쉬운 일이 아니지만, 저자는 그 길을 끝까지 걸어 나갔다. 그리고 마침내, 자신의 이야기를 세상에 내놓으며 새로운 꿈이 펼쳐지는 순간을 맞이했다.

이 책은 기록을 통해 삶을 정리하고, 새로운 꿈을 향해 나아가는 여정을 담은, 한 편의 서사시라 해도 과언이 아니다. 인생의 전환점에 선 학생들, 학교 현장에서 묵묵히 노력하는 선생님들, 그리고 은퇴를 앞두고 새로운 삶을 준비하는 분들에게, 이 책이 따뜻한 길잡이가 되어 줄 것이라 믿는다.

이서영 교장선생님의 첫 번째 책 출간을 진심으로 축하드리며, 이 책이 많은 독자들에게 삶을 기록하는 기쁨을 전하고, 앞으로 나아갈 용기를 선사하길 바란다. 그리고 모든 분의 인생에 새로운 꿈이 펼쳐지는 순간들이 가득하길 소망하며, 행복과 긍정의 에너지가 팡팡팡 샘솟기를 기원한다.

MEMO

MEMO

'행복에너지'의 해피 대한민국 프로젝트!

〈모교 책 보내기 운동〉〈군부대 책 보내기 운동〉

한 권의 책은 한 사람의 인생을 바꾸는 힘을 가지고 있습니다. 한 사람의 인생이 바뀌면 한 나라의 국운이 바뀝니다. 그럼에도 불구하고 많은 학교의 도서관이 가난하며 나라를 지키는 군인들은 사회와 단절되어 자기계발을 하기 어렵습니다. 저희 행복에너지에서는 베스트셀러와 각종 기관에서 우수도서로 선정된 도서를 중심으로 〈모교 책 보내기 운동〉과 〈군부대 책 보내기 운동〉을 펼치고 있습니다. 책을 제공해 주시면 수요기관에서 감사장과 함께 기부금 영수증을 받을 수 있어 좋은 일에 따르는 적절한 세액 공제의 혜택도 뒤따르게 됩니다. 대한민국의 미래, 젊은이들에게 좋은 책을 보내주십시오. 독자 여러분의 자랑스러운 모교와 군부대에 보내진 한 권의 책은 더 크게 성장할 대한민국의 발판이 될 것입니다.

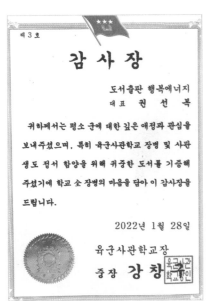